キツネのパックス

愛をさがして

サラ・ペニーパッカー 作
ジョン・クラッセン 絵
佐藤見果夢 訳

評論社

車のスピードが落ちたと、キツネは感じた。たいていのことは男の子より先に気づく。肉球や、背筋《せすじ》、毛根の神経《しんけい》が人間よりずっと敏感《びんかん》だからだ。ゆれがひどくなったのをみると、わき道に入ったらしい。キツネは男の子のひざの上で伸《の》び上がり、窓《まど》のすきまから空気の匂《にお》いをかいだ。車は森林地帯を走っているようだ。松の匂いがつんと鼻をつく。松の樹皮《じゅひ》、松ぼっくり、松葉の匂いが、まるで空気を切り裂《さ》くような勢《いきお》いで鼻に飛びこんでくる。その奥《おく》にクローバー、ワイルドガーリック、シダの葉の匂いがただよう。かいだことのない、何百何十もの青臭《あおくさ》い匂いもある。

ようやく男の子も、まわりのようすが変わったことに気づいたようで、キツネを抱《だ》き直し、グローブを持つ手に力をこめる。

どうして男の子はこんなに不安そうなんだろう。前にドライブに行った時は、のびのびと楽しそうだったのに。キツネは、大嫌《だいきら》いな革《かわ》の匂《にお》いをがまんして、グローブの中に鼻づらをつっこんだ。こうするといつも男の子が笑うからだ。笑いながらキツネの頭にグローブをかぶせて、じゃれあう。キツネはいつもそんなふうに、男の子の気持ちをひき上げてやった。

それなのに今日は、男の子はキツネの体をひき寄《よ》せて、その首元の毛に顔を埋《う》めてしまった。

この子は泣いているのだろうか？　体をひねって顔を見る。確《たし》かに泣いている。でも、声を出さずに泣くのは初めてだ。目から塩からい水を流したあと、なぐさめてほしそうな泣き声を上げるはず。ここしばらく男の子の涙《なみだ》を見ていないが、キツネの記憶《きおく》ではそうだった。

キツネは顔の涙をなめてやったが、余計《よけい》にわけがわからなくなった。血の匂いはしない。自分の鼻に間違《まちが》いはないはずだが、怪我《けが》を見逃《みのが》したのだろうか？　キツネは身をよじって腕《うで》から抜《ぬ》け出すと、注意深く男の子を観察した。やはり出血の気配はない。内出血もないし、前に一度やったような骨折《こっせつ》の気配もない。

車が右折して、シートに置いてあったスーツケースが左に片《かた》よった。スーツケースの中身は匂いでわかる。男の子の着替《きが》えと、あの子がよく手にしている品々。部屋のタンスの上にあった写真や、引き出しの奥《おく》に入っていた物やなにかだ。キツネは、スーツケースの角をひっかいてみた。少しふたが開けば、男の子も大好きな物の匂いを感じて元気が出るかも知れない。けれど、ちょうどその時また車のスピードがぐっと落ち、男の子は前のめりになって頭を両手でかかえてしまった。

キツネの心臓《しんぞう》は飛びあがり、尻尾《しっぽ》の毛が逆立《さかだ》った。男の子のお父さんの服にこびりついた硝煙《しょうえん》の匂いで、のどがヒリヒリする。キツネは窓《まど》に飛びついてガラスをひっかいた。家でガラスをひっかけば、すぐに男の子が窓を開けてくれる。ガラスの壁《かべ》が開くと、キツネの気分はたちまちよくなるのだ。

けれど、男の子はただキツネをひざに抱《だ》き直し、訴《うった》えるようにお父さんに話しかけただけだった。キツネは人間の言葉がいくつかわかるが、今聞こえるのもそのうちのひとつだった。「だめ」。たいていの場合、「だめ」という言葉は、よく知っているふたつの名前に続く。それはキツネの名前と、男の子の名前だ。耳を立てて注意深く聞いていると、男の子は訴《うった》えかけるように、「だめ」という言葉だけを何度も何度もくり返して、お父さんに言っている。

車は大きくゆれたあと、道路の右端《はし》に寄《よ》って停まった。窓《まど》の外に土ぼこりが舞《ま》い上がる。お父さんがシート越《ご》しに手を伸《の》ばし、嘘《うそ》の匂《にお》いがする優《やさ》しい声で男の子に何かを言いながらキツネの首の後ろをつかんだ。

男の子が抵抗《ていこう》するようすを見せなかったから、キツネもおとなしくお父さんにつかまれたまま、足を垂《た》らしてだらりとぶら下がった。けれど、ほんとうは軽くかみついてやりたいほどおびえていた。でも今日は、この人間たちを怒《おこ》らせないほうがよさそうだ。お父さんは車のドアを開けて、まばらに草の生えた砂利道《じゃりみち》に足をふみ出した。その向こうは森で、すぐそこまで木々が迫《せま》っている。男の子も車から降《お》りて、ついてきた。

お父さんが地面に下ろしてくれたので、キツネは急いでお父さんからはなれた。その時、人間たちを見て、驚《おどろ》いた。いつの間にか、ふたりの背丈《せたけ》が同じになっているではないか。

この二、三年で、こんなに男の子は背が伸びたのか。

お父さんが森を指さした。その顔を見つめる男の子の目から、はらはらと涙《なみだ》が落ちる。やがて男の子は、着ているT《ティー》シャツの襟元《えりもと》で涙をふくと、こくりとうなずいた。ジーンズのポケットに手を入れて、古びたプラスチックの兵隊人形を取り出す。キツネのお気に入りのオモチャだ。

大好きな遊びが始まると思って、キツネは身構《みがま》えた。男の子が兵隊人形を投げ、キツネがそれを追う。人形を見つけたキツネが口にくわえて待っていると、男の子が探《さが》しにきて、また人形を投げる。このゲームをやると、いつもたくさんほめてもらえるのだ。

思った通り、男の子は兵隊人形を持った手を高く上げ、森の中に放った。なぁんだ、このゲームをするためにここまで来たのか！　そう思って気がゆるんだキツネは、ふり返りもせず、まっしぐらに森の中へ駆《か》けこんだ。その時、もし一瞬《いっしゅん》でも後ろをふり向いていたら、男の子がお父さんの手をふり払《はら》い、両手に顔を埋《う》めるのが見えただろう。そして、キツネはすぐさま男の子の元にもどっていただろう。保護《ほご》だろうが、気晴らしだろうが、愛情《あいじょう》だろうが、男の子が必要とするものをなんでもさし出していたはずだ。

ところが、キツネはふり向きもせず兵隊人形を追いかけてしまった。人形探《さが》しは、いつもより少し難《むずか》しかった。なぜなら、森の中は生き生きとした匂《にお》いであふれかえっていたからだ。それでも、兵隊人形には男の子の匂いがしみついているから、それほど難しくはない。あの子の匂いなら、いつでもどこでもかぎ分けられる。兵隊人形は、こぶのあるシログルミの木の根方《ねかた》にうつ伏《ぶ》せに転がっていた。まるで絶望《ぜつぼう》のあまり、その場につっぷしたように見える。律儀《りちぎ》に顔にあてて構《かま》えたままのライフルの先が、落ち葉に埋《う》まっていた。キツネは鼻でつついて兵隊人形を掘《ほ》りおこして口にくわえると、男の子からよく見えるように、座《すわ》った姿勢《しせい》で待つことにした。

森の中はしんと静かで、動くものはただ、木の葉を透《す》かして緑色のガラスのようにきらめく太陽の光だけだった。キツネは体を伸《の》ばして座り直した。けれど男の子が来るようすはない。心配がふくれあがって背筋《せすじ》がぞくぞくする。キツネは兵隊人形を地面に置いて、吠《ほ》えた。返事がない。もう一度、そして何度もくり返し吠えた。だが、返ってくるのは静けさだけだ。これは新しい遊びなの？　この遊びは嫌《きら》いだ。

キツネは兵隊人形をくわえて、来た道をもどり始めた。ゆっくり森を駆《か》けて行くと、一羽のカケスが鋭《するど》い叫《さけ》び声《ごえ》を上げて頭上を飛び、キツネの神経《しんけい》をかき乱《みだ》した。

男の子ならキツネと遊ぼうと待っていてくれるが、鳥ときたらそうはいかない。家にいる時、キツネは自分の囲いの中から何時間も鳥をながめたものだ。夏の夕方の稲妻《いなずま》のように空を横切る姿《すがた》を見ると、体がふるえた。空を飛ぶ自由にあこがれ、うっとり見とれてしまう。

もっと奥《おく》のほうでカケスが鳴いた。それに答えて何羽かが鳴き交わす。キツネは、もう一度カケスの姿が見たくて木立の奥をのぞきこんだ。

ちょうどその時、バタンと車のドアが閉《し》まる音がした。続いて別のドアが閉まる音。それを聞いたキツネは、ほおをひっかくイバラを気にも留《と》めずに全速力で駆け出した。車のエンジンがかかる音がした時、キツネは道路端《ばた》にすべりこんで止まった。

男の子が車の窓《まど》ガラスを開けてキツネのほうに両腕《うで》をさしのべる。だが車は動き出して、スピードを上げると、砂利《じゃり》をはねとばして走っていってしまう。

「ピーター！」と、お父さんが男の子の名を叫《さけ》ぶ。それと同時に男の子が、キツネが知っている、もうひとつの名前を叫んだ。

「パックス！」

「こんなにいっぱいあったのか」

ピーターは、いかにもまぬけに聞こえると思いながらも、くり返さずにいられなかった。

「こんなにいっぱい」

そう言いながら、古いクッキーの缶《かん》にいっぱい入ったプラスチックの兵隊人形のオモチャを、手でかきまわす。ポーズが違《ちが》うだけで、あとはそっくり同じ人形だ。立っている兵隊、片《かた》ひざをつく兵隊、ほふく前進をする兵隊。みんなオリーブグリーン色に塗《ぬ》ったほおに、ライフル銃《じゅう》の台座《だいざ》をあてている。

「お父さんの兵隊人形って、あれひとつだと思ってた」

「ひとつなものか。よくふみそうになったから、何百もあるだろうよ。まあ、一連隊はある。兵隊人形だけにな」

おじいちゃんは、たまたま口をついて出た自分のジョークを面白がって笑ったが、ピーターはにこりともしなかった。暗さを増《ま》す裏庭《うらにわ》に何かが見えたような気がして、ピーターは一心に窓《まど》の外を見ていた。片方《かたほう》の拳《こぶし》をあごにあてたその姿《すがた》は、お父さんが無精《ぶしょう》ひげをこする時のしぐさによく似《に》ている。ピーターは、こぼれそうになる涙《なみだ》をそっと拳でぬぐった。赤《あか》ん坊《ぼう》じゃあるまいし、こんなことで泣くなんて。

どうして涙が出るんだろう？　ピーターは十二歳《さい》。もう何年も泣いていない。ジョシュ・ホリハンの凡《ぼん》フライを素手《すで》で受けて親指を骨折《こっせつ》した時だって、男は泣くまいと思ってこらえた。あの時は、ものすごく痛《いた》かったけれど、コーチにつきそわれてレントゲンを待つ間も少しも泣かずに悪態《あくたい》をつきまくっていた。それなのに、今日は二回も泣いてしまった。

缶《かん》の中から兵隊人形をひとつ取り出して手にのせると、同じ人形をお父さんの机《つくえ》から見つけた時のことがよみがえった。

「なにこれ？」ピーターは兵隊人形を持って、お父さんに話しかけた。手を伸《の》ばして人形を受け取ると、お父さんの顔がふっとなごんだ。

「おお。なつかしいなあ。子どものころ、よく遊んだよ」

「もらっていい？」

「そらよ」お父さんは兵隊人形を投げてよこした。

ピーターは自分のベッドのわきの窓枠《まどわく》の上にその兵隊人形を置いた。小さなプラスチックのライフルを構《かま》え、しっかり守りを固めてほしくて。ところが一時間もしないうちにパックスが兵隊人形をくわえて持って行ってしまったから、ピーターは大笑いした。パックスもあの兵隊人形がほしかったのだ。

兵隊人形を空《あ》き缶《かん》にもどし、ふたを閉《し》めかけた時、重なった兵隊人形の山から、黄色く変色した写真のふ

ちがつき出ているのが見えた。そっとひき抜《ぬ》いてみると、父さんの写真だった。十歳《さい》か十一歳ぐらいだろうか、一頭の犬に片腕《かたうで》を回している。コリーと何かの雑種犬《ざっしゅけん》だ。利口そうな犬に見える。自分の息子《むすこ》に自慢《じまん》したくなるような犬だ。

「お父さんが犬を飼《か》ってたなんて、知らなかったなあ」

そう言いながらピーターは、おじいちゃんに写真を見せた。

「デュークだ。とんでもなく、いいやつだったよ。よく言うことを聞いた」

おじいちゃんはもう一度写真をながめてから、まるで初めて見るような顔をしてピーターを見た。「お父さんと同じ、黒髪《くろかみ》だな」

そう言いながら、わずかに残る自分のもじゃもじゃの白髪《しらが》をなでつける。「これでも昔は黒髪だったんだ。ほら、お父さんも今のおまえと同じぐらいのやせっぽちだった。おじいちゃんもそうだった。コップの取っ手みたいにつき出した耳も同じ、我《わ》が家《や》の男はみんなそうなんだ。まさに、同じ血筋《ちすじ》の人間は、同じように生まれつくってことだな」

「そうですね」ピーターはなんとかほほえもうとしたが、うまくいかなかった。あの時、ピーターのお父さんも、「言うことを聞く」という言葉を使った。

「おじいちゃんは、パックスに言うことを聞かせることができないだろう。若《わか》いころのようには体が動かないし。おまえも、なるべく邪魔《じゃま》しないようにするんだぞ。おじいちゃんは、子どもと暮《く》らすことに慣《な》れていないんだから」

「戦争の時には私《わたし》も軍隊に行った。自分の父親がしたと同じようにな。我が家の男は、お国への義務《ぎむ》を果たせと言われれば必ず応《おう》じる。うちの血筋の人間は、同じように生まれついているから」おじいちゃんは写真をピーターに返した。

「そう言えば、おまえのお父さんとデューク、あいつらは切っても切れないくらい、いつもいっしょだったな。忘《わす》れてたよ」

ピーターは写真を空《あ》き缶《かん》にもどして、きっちりふたを閉《し》め、元通りベッドの下にしまった。そして、もう一度窓《まど》の外に目をやった。今、ペットの話をしたら危《あぶ》ない。だからと言って、国への義務の話は聞きたくない。逃《のが》れようのない血筋の話も、これ以上は勘弁《かんべん》してほしい。

「ここの学校は、何時始まりなの？」窓のほうを向いたまま、ピーターは聞いた。

「八時だな。担任《たんにん》の先生に紹介《しょうかい》するから、早めに来いと言ってた。担任は、ミレスだか、ラミレス先生だとかいう人だ。学用品はそろえておいたよ」おじいちゃんは、ノートと、使い古した水筒《すいとう》、輪ゴムで留《と》めたちびた鉛筆《えんぴつ》の束を、あごで示《しめ》した。

ピーターは机《つくえ》に近づいて、それを全部自分のリュックサックにおさめた。

「どうもありがとう。バスで？　それとも歩き？」

「歩きだ。お父さんも、あの学校まで歩いて通ったよ。アッシュ通りをつきあたりまで行って、右へ曲がれば学校通りだ、簡単《かんたん》だろ？　七時半に出れば十分間に合う」

ピーターはうなずいた。ひとりになりたくてたまらない。

「了解《りょうかい》、そうします。そろそろ寝《ね》たほうがいいかな」

「そうかい」おじいちゃんの声には、ほっとした気持ちがにじみ出ていた。やがて、おじいちゃんは、ピーターの部屋のドアをしっかり閉《し》めて出て行った。そのようすは、無言でこう言っているようだった。この部屋を使ってもいいが、それ以外は全部俺《おれ》の家だぞ。

ピーターはドアの前に立って、遠ざかるおじいちゃんの足音を聞いていた。一分もすると、ガチャガチャと流しで食器を洗《あら》う音が聞こえだした。せまいキッチンに立つおじいちゃんの姿《すがた》が目に浮《う》かぶ。あのキッチンで、夕ご飯のシチューを黙《だま》ってふたりで食べた。キッチンは、炒《いた》めた玉ねぎの匂《にお》いがした。おじいちゃんの寿命《じゅみょう》よりずっと長く続きそうなほど強い匂いだ。何代もの家族が入れ替《か》わりごしごし磨《みが》いて、百年以上経《た》ったとしても、まだ刺激的《しげきてき》なあの匂いが残っていそうな気がする。

おじいちゃんが廊下《ろうか》をもどって自分の寝室《しんしつ》に入る音が聞こえた。少しして、テレビをつける音。音量を下げたのか、ニュースコメンテーターの興奮《こうふん》した声がかすかに聞こえる。そのころになって、ようやくピーターは運動靴《うんどうぐつ》を脱《ぬ》いで小さなベッドに上がった。

これから六か月かそれ以上、この家でおじいちゃんと暮《く》らすことになる。おじいちゃんはいつも、今にも怒《おこ》りだしそうに見える。「おじいちゃんはどうしていつも怒ってるの？」何年か前に、お父さんに聞いたことがあった。

「いろいろなことに腹《はら》が立つんだろうな。おばあちゃんが亡《な》くなってから、怒りっぽくなった」お父さんが答えた。

お母さんが亡くなったあと、ピーターは心配になって自分のお父さんをそっと観察した。初めは、むっつり黙《だま》りこんでいるだけだった。けれどだんだん、表情《ひょうじょう》が固くなり、いつ怒《おこ》りだすかわからないようになった。きつく拳《こぶし》をにぎった両手を脇《わき》につけ、今にも爆発《ばくはつ》しそうにしていることがよくあった。

ピーターは、そういう状況《じょうきょう》を避《さ》ける方法を覚えた。お父さんから遠ざかることにしたのだ。

古い油と玉ねぎの匂《にお》いが壁《かべ》を伝って、ベッドの上にまではい上がってくる。ピーターは、ベッドのわきの窓《まど》を開けた。

吹《ふ》きこむ四月の風は肌寒《はだざむ》いほど冷たい。パックスはひとりで外に置かれたことがない。家の檻《おり》以外。ピーターは最後に目にしたパックスの姿《すがた》を、頭から消そうとした。あいつはいつまでも車を追いかけはしないはずだ。そう考えても、混乱《こんらん》して道路のわきの砂利道《じゃりみち》を必死に走り続けるパックスの姿が浮《う》かんでくる。

ピーターは不安だった。それを言うなら、一日じゅう、車でおじいちゃんの家まで来る間じゅう、不安が渦巻《うずま》いていた。不安は、ヘビのようなものだ。目につかないところにひそんでいて背筋《せすじ》をはい上がり、シューシューと音を立てて、心をざわつかせる機会をうかがっている。「ここにいちゃいけない。おまえの居場所《いばしょ》はここではない。いるべき場所にいないと不吉《ふきつ》なことが起きるぞ」

ピーターは起き上がると、ベッドの下からクッキーの缶《かん》をひっぱり出した。お父さんの写真を探《さが》し出して、もう一度ながめる。のん気そうな顔で、白黒ぶちの犬の体に手を置いている。この犬を手放すことなど考えられないかのように。

切っても切れないほどいつもいっしょだった。そう言った時のおじいちゃんの声がどこか得意気だったのを、ピーターは聞き逃《のが》さなかった。確《たし》かに自慢《じまん》だろう。息子《むすこ》を、忠誠《ちゅうせい》心《しん》と責任感《せきにんかん》を持った人間に育てたのだから。子どもと飼《か》い犬とは切っても切れない間柄《あいだがら》だと知っている人間に。突然《とつぜん》、その言葉自体が胸《むね》につき刺《さ》さった。それなら、ピーターとパックスの間柄はどうなんだ？　切ったら切れるってこと？

そんなことがあるものか。実際《じっさい》ピーターには、自分とパックスがひとつになった、不思議な感覚を持った経験《けいけん》がある。最初に感じたのは、初めてパックスを家の外に連れ出した時だ。一羽の鳥を見て、パックスは体に電流が走ったかのようにブルッとふるえてひき綱《づな》をひっぱった。その時ピーターにも、パックスの目が見ている鳥の像《ぞう》が見えた。稲妻《いなずま》のように飛ぶ姿。信じられないはどの自由とスピード感。パックスと同じように自分の体もぞくっとふるえ、翼《つばさ》が欲《ほ》しくて肩《かた》が熱くなった。二回目は、今日の午後。車で走り去る時、自分のほうが置いていかれる気持ちになったのだ。頭が真っ白になり、心臓《しんぞう》が飛び出しそうだった。

また涙《なみだ》がこみ上げてきて、ピーターは乱暴《らんぼう》に掌《てのひら》でほおをぬぐった。お父さんは、あするのが一番の方法だと言った。「戦争が始まるんだ。だれもが何かを犠牲《ぎせい》にして、できることをしないといけない。お父さんは軍に入隊して、務《つと》めを果たす。おまえは、家をはなれて疎開《そかい》する」

もちろんピーターも、なんとなくわかってはいた。疎開のうわさが出始めたころには、すでに友だちのうち二家族が荷造《にづく》りをして、街を出ていたからだ。だが、そのあとの言葉は予想もしていなかった。「キツネだって……いずれにしても、そろそろ野生にもどす頃《ころ》合《あ》いだろうから」

その時、コヨーテの吠《ほ》える声が聞こえた。あんまり近かったので、ピーターはギョッとして飛び上がってしまった。別のコヨーテがその声に応《こた》え、さらに別のコヨーテも吠える。

起き上がって窓《まど》を閉《し》めたが、もう遅《おそ》い。不吉《ふきつ》なコヨーテの鳴き声がピーターの頭で反響《はんきょう》し始めた。

お母さんのことで思い出したくないことが、ふたつだけある。いい思い出は数え切れないほどあって、よくそれを思い出して心をなぐさめるのだが、あまり何度も思い出しすぎて色あせてしまわないかと心配になる。それと反対に、悲しい思い出は記憶《きおく》の底の奥《おく》深くに埋《う》めてある。全神経《しんけい》を使って、埋めておく努力をしてきた。ところが今、コヨーテどもが頭の中で吠え立てて、そのうちのひとつを掘《ほ》り起こしてしまった。

ピーターが五歳《さい》ぐらいのころ、お母さんが花壇《かだん》の前で困《こま》り果てて立ち尽《つ》くしていることがあった。花ざかりのチューリップの列が、半分は《気をつけ》の姿勢《しせい》で立っているが、あとの半分が地面にたおれていた。真っ赤な花びらが土の上に散らばっている。

「きっとウサギね。チューリップが好物なんでしょう。悪いやつだわ」

その日の夜、お父さんが籠型《かごがた》のわなをしかけるのをピーターも手伝った。「痛《いた》くはないよね？」

「大丈夫《だいじょうぶ》、捕《つか》まえるだけだから。捕まえて、隣町《となりまち》に放すさ。よその家のチューリップを食べてくれって」

金網《かなあみ》の籠《かご》の中にエサの人参を置いたのは、ピーターだった。そして、庭で寝《ね》て見張《みは》ってもいいかと、お父さんに聞いた。それは許《ゆる》してもらえなかったが、一番先に起きられるようにと、目覚まし時計をかけるのを手伝ってくれた。朝になって目覚ましが鳴った時、ピーターは急いでお母さんの部屋へ行き、お母さんの手をひっぱって外に出た。そして、ふたりで惨状《さんじょう》を目にすることになったのだ。

地面に直径一メートル半ほどの穴《あな》ができていて、その真ん中で金網の籠が横倒《よこだお》しになっていた。そして、中で一匹《ぴき》の子ウサギが死んでいた。その小さな体には、ひとつも傷《きず》がなかったが、籠自体にはひっかいた跡《あと》とかみ跡がたくさんあって、庭はめちゃくちゃになっていた。

「コヨーテだな」遅《おく》れて外に出てきたお父さんが言った。「籠

から出そうとしてひきずり回すうちに、死んでしまったんだろう。三人とも気づかないで眠《ねむ》っていたとはなぁ」

お母さんが子ウサギを取り出し、亡骸《なきがら》にほおずりをした。

「チューリップなんて、どうでもよかったのに。たかがチューリップなのにね」

ピーターが拾った人参は、端《はし》っこが一口だけかじられていた。

ピーターはその人参を、力いっぱい遠くに放り投げた。ピーターの掌《てのひら》に子ウサギをのせると、お母さんはシャベルを取りに行った。ピーターは、シダの葉っぱのようなウサギの耳を指でなでてやった。小さな前足、小さな体の毛は、お母さんの涙《なみだ》で濡《ぬ》れていた。

もどって来たお母さんがピーターのほおにふれた時、燃《も》えるように顔がほてった。

「しょうがないわ。こんなことになるとは知らなかったんだもの」

でも、しょうがないではすまされなかった。それ以来長い間、目を閉《と》じるたびにピーターにはコヨーテが見えた。鋭《するど》い爪《つめ》が地面をひっかき、大きな口を開けた姿《すがた》。本来いるべき

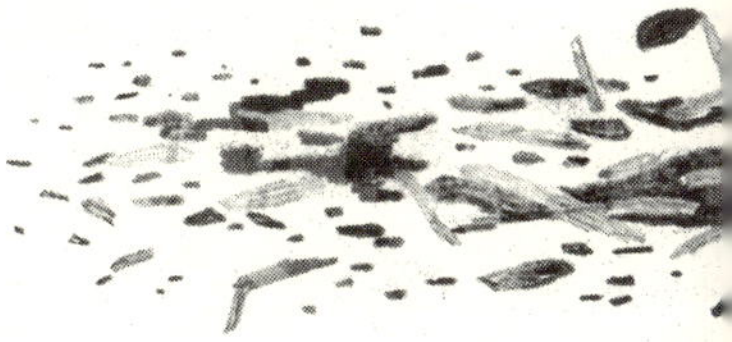

だった場所にいる自分が見える。あの夜、庭で見張《みは》っている姿《すがた》。何度も何度も、自分がするべきだったことをする姿を見た。寝袋《ねぶくろ》からはい出して、石を拾って投げつける。コヨーテどもは暗闇《くらやみ》に逃《に》げこみ、ピーターは籠《かご》を開けて子ウサギを逃《に》がす。記憶《きおく》がよみがえり不安のヘビに襲《おそ》われて、ピーターは息をするのもつらくなった。コヨーテが子ウサギの命を奪《うば》った夜、自分はいるべき場所にいなかった。そして今も、いるべき場所にいない。

なんとか息をすることができるようになると、ピーターはしゃんと起き直った。手に持った写真をふたつに破《やぶ》り、さらに小さくびりびりにしてベッドの下に投げこんだ。パックスを森に置いてくるのは、一番の方法なんかじゃない。

ピーターはベッドから飛び降《お》りた。もう何時間も無駄《むだ》にしてしまった。スーツケースから、長袖《ながそで》の迷彩柄《めいさいがら》のTシャツ《ティー》、下着、靴下《くつした》を出してリュックサックに詰《つ》めた。フリースは中に入れずに腰《こし》に巻《ま》き、ジャックナイフと財布《さいふ》をジーンズのポケットに入れた。ハイキング用の靴とスニーカーのどちらにするかとしばらく悩《なや》んでハイキング靴に決めたが、まだはかずにおいた。

部屋を見回して、懐中電灯《かいちゅう》かキャンプ用品がないかと探《さが》した。この部屋はお父さんが子どものころ使っていた部屋だが、本棚《ほんだな》に残る何冊《さつ》かの本以外はおじいちゃんが片《かた》づけてしまったようだ。兵隊人形の入ったクッキー缶《かん》を見て驚《おどろ》いていたから、あれは見逃《の》がしていたのだろう。ピーターは本棚の本の背表紙《せびょうし》に沿《そ》って指を走らせた。

地図帳があるじゃないか。幸運に驚《おどろ》きながら地図帳をひき抜《ぬ》き、お父さんといっしょに車で走って来た地域《ちいき》のページを探す。「ほんの五百キロはなれてるだけさ」車中で言葉をつなぐために、お父さんは何度もそう言っていた。「一日でも休暇《きゅうか》がとれたら、会いに行くよ」それはあり得ないと、ピーターは知っていた。戦争に休暇などない。

いずれにしてもピーターが会いたくてたまらないのは、お父さんではない。その時、初めて気づいたことがあった。車で走った幹線《かんせん》道路は、山すそをぐるりと回っている。幹線道路を行かずに近道をすれば、ずっと時間の節約になるだろう。それに、人に見つかる危《き》険《けん》も減《へ》る。そのページを切り取ろうとして考え直した。はっきりした手がかりを残すわけにはいかない。それで、切り取る代わりに地図を長い間見て頭に入れてから、地図帳を本棚にもどした。

五百キロ。近道をすれば、百五十キロは減《へ》らせるだろう。だから、約三百五十キロというところか。一日最低五十キロ歩けば、一週間ぐらいで行ける。

パックスを降《お》ろしたのは、ロープ工場跡《あと》に行く道の入口だ。通る人がほとんどないだろうからその場所にしてくれと、ピーターが言い張《は》ったのだ。パックスは車の通る道路に慣《な》れていないからだ。それに、そこのまわりは森や野原で自然のままだから。七日であそこにもどって、待っているパックスを見つけるのだ。人間に飼《か》われていたキツネの身に七日の間にどんなことが起こるかは、考えたくない。いや、パックスなら、車から降ろされたあの道路端《ばた》で待っているはずだ。腹《はら》をすかせているだろう。心細いだろう。でも大丈夫《だいじょうぶ》。自分が家に連れて帰って、家でいっしょに暮《く》らそう。今度は、自分が残る。それこそが、一番いい方法だ。

ピーターとパックスは、切っても切れないほどいつもいっしょなのだから。

今すぐ駆《か》け出したい気持ちをおさえて、ピーターはもう一度部屋を見回した。手ぬかりがあってはならない。ベッドだ。毛布《もうふ》をはがしてシーツをくしゃくしゃにし、拳《こぶし》で枕《まくら》をたたいて寝《ね》た跡《あと》をつける。それから、スーツケースの中から、うちの机《つくえ》の上に飾《かざ》ってあった

お母さんの写真を取り出した。お母さんの最後の誕生日《たんじょうび》に撮《と》った写真だ。ピーターが作ってあげたタコを持って、こんなにすてきなプレゼントは初めてと笑っている。その写真をリュックサックに入れた。

次に、家ではタンスの一番下の引き出しに隠《かく》していた、お母さんの形見の品々を取り出した。お母さんが最後に使った時の泥《どろ》のしみがついた庭仕事用手袋《てぶくろ》。お母さんが大好きだった紅茶《こうちゃ》の箱。ミントの香《かお》りはとっくに消えてしまっている。冬になると愛用していた、しましまの厚手《あつで》の靴下《くつした》。ひとつずつ手に取って、これを全部家に持って帰りたいと思った。あるべき場所にもどしたい。けれど、結局、一番小さい物を選んだ。お母さんが身に着けていた、金のブレスレット。エナメルの不死鳥のお守りがついている。それを、写真といっしょにリュックサックの真ん中にしまった。

ピーターは最後にもう一度部屋をながめた。机《つくえ》の向こうのグローブとボールに目を留《と》めて取りに行き、リュックサックに入れた。それほど重くはないし、家にもどったら野球の道具が必要になる。それに、持っているだけで楽しくなるから。やがてピーターは部屋のドアを開けて、そっとキッチンに入った。

リュックサックを木のテーブルに置いて、コンロの上の窓《まど》からのうす明りを頼《たよ》りに食料をつめる。干《ほ》しブドウひと箱。クラッカー。容器《ようき》に半分ほど残ったピーナツバター。ピーナツバターがあれば、パックスはどこにいても出てくるだろう。冷蔵庫《れいぞうこ》からスティックチーズを一束と、オレンジをふたつ。水筒《すいとう》に水を詰《つ》めてから、引き出しを探《さぐ》ってマッチを探《さが》し出しアルミで包んだ。流しの下から、運よくふたつの物を見つけた。防水《ぼうすい》テープ一巻《まき》と丈夫《じょうぶ》なゴミ袋《ぶくろ》だ。防水シートのほうがうれしいけれど、感謝《かんしゃ》してそれをリュックサックに入れた。

最後に、電話のわきのメモ用紙を一枚《まい》取って、手紙を書き始めた。《親愛なるおじいちゃんへ》自分が書いた字が知らない国の言葉に見える。しばらくながめていたが、それを丸めて、新しいメモ用紙に書き直した。「新しい学校に慣《な》れたいので、早く出ます。行ってきます」そこまで書いて、またしばらくながめた。これで気持ちが伝わるだろうか？結局、最後につけ加えた。「いろいろありがとう。ピーター」。そして食卓塩《しょくたくえん》のビンの下にメモを置くと、家を抜《ぬ》け出した。

レンガの舗道《ほどう》に出たところでフリースを着て、腰《こし》をかがめてハイキング用靴をはいた。

そして立ち上がると、リュックサックを背負《せお》った。あたりを見回すと、おじいちゃんの家が、着いた時よりひと回り小さくなったように思えた。遠ざかった過去《かこ》のように。行く手を見ると、地平線を雲が飛ぶように動いている。ちょうどその時半月が姿《すがた》を現《あらわ》して、道を明るく照らした。

とても寒く、空腹《くうふく》だったが、パックスが眠《ねむ》りから覚めたのはそのせいではなく、隠《かく》れ場がない不安感が原因《げんいん》だった。まばたきをしてあとずさると、いつもの檻《おり》の柵《さく》とばかり思いこんでいたものが、ポキッと折れたではないか。ふり返るとそれは、何時間か前にもぐりこんだ茂《しげ》みの、干《ひ》からびたトウワタの茎《くき》だった。

ピーターを呼《よ》ぼうと吠《ほ》えかけて、思い出した。あの子はいない。パックスは、これまでひとりでいたことがなかった。赤ちゃんの時はもぞもぞ動く生まれたての四匹《ひき》のうちの一匹だった。父さんギツネは早くに姿を消してしまったから、その匂《にお》いさえ記憶《きおく》にない。それから何日も経《た》たないある朝、今度は母さんギツネが巣に帰らなかった。やがて兄弟姉妹は一匹《ぴき》ずつ力尽《つ》きて動かなくなり、冷え切った巣にパックスだけが残された。その時あの子、ピーターが拾い上げてくれたのだ。

その瞬間《しゅんかん》から、ピーターがいない間のパックスは、ひっきりなしに自分の檻《おり》の中を行ったり来たりして、帰りを待ち続けるようになった。夜になるとピーターに鳴きかけて家の中に入れてもらい、人間の寝息《ねいき》を聞きながら眠《ねむ》った。

パックスはピーターが大好きだった。というより、ピーターに対して強い責任《せきにん》を感じていた。ピーターを守る責任。その役割《やくわり》が果たせないのは、つらい。

パックスは背中《せなか》の夜露《よつゆ》をふり払《はら》うと、伸《の》びをする時間も惜《お》しんで、ピーターの匂《にお》いを探《さが》しに道路のほうに向かった。

ピーターの匂いはどこにもない。夜の風が匂いをすっかり運び去ってしまったようだ。ただ、早朝のそよ風にのった何百という匂いの中に、あの子を思わせる何かの匂いが混《ま》じっている。ドングリだ。ピーターがよく両手にいっぱい拾っては、パックスの背中にパラパラ落とし、パックスがふり落とすのを見て笑っていた。そのあと、殻《から》を割《わ》ってドングリの実を食べる。なじみのあるドングリの匂いが手がかりに思えて、パックスはまっしぐらにそちらに向かって走った。

ドングリは、最後にピーターの姿《すがた》を見た地点から《何飛び》分か北へ行ったあたりの、雷《かみなり》でたおれたナラの木の根元に散らばっていた。いくつかかみ砕《くだ》いてみたが、しなびたかび臭《くさ》い実ばかりだ。パックスは、ナラの倒木《とうぼく》に座《すわ》り、道路から運ばれてくる音をひとつも聞き逃《のが》すまいと耳をそばだてた。

やがて、待っている間自分の毛皮をなめてきれいにすることにした。毛皮をなめると、かすかにピーターの残《のこ》り香《が》を感じて気持ちが落ち着いた。次は前足に取りかかり、肉球にできたいくつもの切り傷《きず》を念入りになめる。

不安を感じるとパックスは決まって自分の檻の床《ゆか》を掘《ほ》ったものだ。固いコンクリートで足の裏《うら》はズタズタになったが、そうせずにはいられなかった。この一週間というもの、パックスは毎日床を掘っていた。

前足がきれいになると、両前足を胸《むね》の下に折りたたんで座り、ピーターを待った。朝の空気は春の雑音《ざつおん》にあふれている。長い夜の間、パックスは周囲の物音を警戒《けいかい》し続けていた。暗黒の闇《やみ》は、夜行動物が活動する音で震動《しんどう》した。木々も夜じゅう音を立てた。葉が広がる音、若木《わかぎ》を上がる樹液《じゅえき》の流れ、樹皮がはじける音、そんな音が耳に入るたびにパックスはおびえ、ピーターの帰りを待ちこがれた。やがて夜明けがやってきて空を銀色に染《そ》めるころ、パックスはふるえながらようやく眠《ねむ》りについたのだった。

森の朝の音が、今はパックスを誘《さそ》うように呼《よ》びかけてくる。敏感《びんかん》な耳は、百回もピクリと反応《はんのう》し、ようすが見たくて何度も立ち上がりかけた。そのたびに、ピーターのことを思い出して気をしずめるのだった。人間は記憶力《きおくりょく》がいいから、必ずこの場所にもどってくるはずだ。その代わり人間は視覚《しかく》にしか頼《たよ》れない。他の感覚はとても鈍《にぶ》いから、もどってきた時に自分の姿《すがた》が目に入らなければ、すぐに立ち去ってしまうだろう。パックスは道路端《ばた》にとどまり、誘惑《ゆうわく》を無視し続けた。南へ行きたくてならない衝動《しょうどう》も押《お》さえた。南へ向かえば家に帰れると本能《ほんのう》が告げているけれど、何があろうとピーターがもどるまではここにいるのだ。

頭上で、一羽のハゲワシが上昇《じょうしょう》気流に乗って輪を描《か》く。ずるいやつだ。命を落とした動物の腐肉《ふにく》を探《さが》しているのだ。じっと動かないでいる赤い毛皮のキツネを見つけたハゲワシは、腐《くさ》った匂《にお》いがしないのを不思議に思って、低く降《お》りて確《たし》かめに来た。

パックスはそのV字型《ブイ》の影《かげ》を見て、本能的に危険《きけん》を感じ、あわてて木の幹《みき》から飛び降りると下の地面をひっかいて穴《あな》を掘《ほ》りだした。

その時地面が、心臓《しんぞう》の鼓動《こどう》のような、遠くの響《ひび》きを伝えた。パックスは頭上の危険も忘《わす》れて伸《の》び上がって見た。最後に男の子の姿を見た時と同じ振動《しんどう》が、道路を近づいて来る。パックスは路肩《ろかた》の砂利道《じゃりみち》に飛び出して、ピーターに置いていかれた地点へと駆《か》け出した。

振動が轟音《ごうおん》となって響く。パックスは車の中から自分の姿が見えるように、そちらに向いて座《すわ》ったが、それはピーターの車ではなかった。乗用車でもない。道路に現《あらわ》れた車は、人間たちが住んでいる家ぐらい大きい緑色の大型トラックだった。同じ緑でも森の木々のような生き生きした緑ではなく、暗いオリーブ色。森の木々が命を失った時にまとう死の色だ。パックスがトウワタの茂《しげ》みに隠《かく》した兵隊人形と同じ暗いオリーブ色。ディーゼルの匂いが鼻をつく。ピーターのお父さんの新しい服にしみついていたのと同じ、硝煙《しょうえん》の匂いもする。土ぼこりと砂利を巻《ま》き上げ、トラックは道路をばく進してくる。そのあとからもう一台、そのまたあとから、またあとから……。

パックスは道路からはなれた。するとハゲワシも高く舞《ま》い上がり、翼《つばさ》をひとふりすると空のかなたに飛び去って行った。

おじいちゃんの懐中《かいちゅう》電灯を探《さが》さなかった――それがこの旅の第一の失敗だった。月が行く手を照らしてくれたのは二時間ぐらいで、そのあとは厚《あつ》い雲に隠《かく》れてしまったのだ。ピーターは一時間ほど暗がりを歩いたが、よくぶつかるので、さすがにあきらめた。足を止めると、ゴミ袋《ぶくろ》を切り開いて細長い敷物《しきもの》を作り、もう一枚《まい》も開いてポンチョにして、冷たい霧《きり》をよけるために身にまとった。そして排水溝《はいすいこう》のわきで、グローブを枕《まくら》にして眠《ねむ》った。

眠ったと言うのは大げさで、昇《のぼ》り始めた朝日の最初の光がまぶたにあたった時、びしょ濡《ぬ》れの冷え切った体で、眠りとは呼《よ》べない浅いまどろみから覚めたのだった。

目が覚めて最初に頭に浮《う》かんだのは、パックスのことだった。あいつはどこで朝を迎《むか》えているだろう。パックスも濡《ぬ》れて冷えきっているだろうか。こわがっているだろうか。

「今、行くからな」ゴミ袋《ぶくろ》をたたんでリュックサックにしまいながら、そう声に出していた。

「待ってろよ」

そのあとスティックチーズ一本とクラッカーを何枚《まい》か食べ、水をがぶ飲みすると、靴《くつ》のひもを結んで道路に出た。

体はあちこち痛《いた》むが、少なくとも不安が消えて気持ちは軽い。まだ十キロぐらいしか進んでいないが、おじいちゃんが仕事から帰ってピーターがいないことに気づくまで、丸一日ある。

本棚《ほんだな》にあった地図によれば、幹線《かんせん》道路に出るまで、あと三十キロほどだ。そこからは、よさそうな道を選んで左折し、近道をする。今夜は文明をはなれ、大自然の森の中で夜を過《す》ごすことになる。人に見つかる危険《きけん》がある地域《ちいき》は、今日で終わりだ。

おとといお父さんの車で通った時、もっとまわりの景色に注意するべきだった。これが、第二の失敗。残念ながら幹線道路を出て、活気のない町を通り過《す》ぎたぐらいの記憶《きおく》しかない。あとは、ときどき農場が見える森や林ばかりだった。

朝出発してからピーターは五時間歩き続けた。かかとにマメができ、リュックサックの重みで両肩《かた》が痛《いた》い。それでもひと足ごとにパックスに近づき、はなれるべきではなかった自分の家にもどりつつあると思うと、希望が湧《わ》いてくる。正午を少し過ぎたころ、道の両側にパラパラと民家が現《あらわ》れ、すぐに町の広場に出た。

そのとたん、通り過ぎる人々がみな、ピーターをいぶかしげに見るのに気づいた。どうしてあの子は学校に行っていないんだろうというように。ひとりの女の人が、よちよち歩きの子どもをひき留《と》めてまで足を止め、こちらにじっと視線《しせん》を向けたので、ピーターは目の前の金物屋のウインドウを見ているふりをした。

その時、ウインドウのガラスに映《うつ》る自分の姿《すがた》が目に入った。これでは、みんながジロジロ見るのもあたり前だ。髪《かみ》の毛に木の葉がからまり、フリースは泥《どろ》で汚《よご》れてしまもようになっている。しかも鼻の頭が赤くなっていて、この分では一日が終わるまでに顔じゅうが日焼けで真っ赤になりそうだ。

さっきの女の人ははなれて行くようだったが、ピーターがそこから歩きだす前に、肩に人の影《かげ》が落ちた。

「お兄さん、何か入り用かい？」

見上げると、金物屋のロゴのついた青いジャンパーを着た男が店の入口で、タバコをふかしている。うすくなりかけた白髪頭《しらがあたま》の男で、大きな腹《はら》の上で腕《うで》を組んでいる。鼻先をつき出して相手を見下ろす姿《すがた》は、タカのようだ。一度ピーターは、大きなヒマラヤスギの上から獲物《えもの》を探《さが》しているタカを見たことがある。

男がウインドウを指さしたので、ピーターはあわててウインドウに向き直った。袋《ふくろ》に入った野菜の種、庭仕事の道具……。

「いえ、あの、ぼくはただ……その、懐中《かいちゅう》電灯はありますか？」

男は頭をかしげ、ピーターから目をはなさずに深々とタバコを吸《す》った。やっぱり、タカに似《に》ている。

少しして、男がうなずいた。

「七番の棚《たな》だ。学校は休み？」

「昼休みなんです。急いでもどらないと」

男はタバコをもみ消し、ピーターのあとから店に入った。それからあと、ピーターが一番安い懐中電灯と単三電池を選ぶ間じゅう、棚のそばをはなれず、店から出るまでずっと後ろについて歩いた。

店の外に出たピーターは、無意識《むいしき》のうちに止めていた息を長くはき出した。そしてリュックサックに懐中電灯と電池をつっこんで、交差点に向かった。

「おい、待てよ」

ピーターは凍《こお》りついた。

店の外に出て来ていた男が、肩越《かたご》しに親指をつき出す。

「学校は、あっちだぜ」

ピーターはうすら笑いを浮《う》かべ、うっかりしたというように手をふって方向を変えた。曲がり角でふり返ると、男はまだこちらを見ている。

ピーターは駆《か》け足になった。ふき出す汗《あせ》が首筋《くびすじ》に流れる。学校の入口までそのまま走り続け、駐車場《ちゅうしゃじょう》を横切った。

ほんの何分かでいいから、どこかに、例えばトラックの陰《かげ》かどこかに身を隠《かく》して、逃《に》げ道を探《さが》したい。駐車場《ちゅうしゃじょう》と学校の施設《しせつ》の先に、トラックよりよさそうなものが見えた。緑の草地の中に、野球場がある。その三塁《るい》側のラインに沿《そ》って、学校と反対側を向いて口を開けたダグアウトがあるではないか。

ピーターは高台から周囲をながめ、ほんの一分だけ考えた。パックスのために、先を急ぎたい。けれど、あの金物屋の男が警察《けいさつ》に連絡《れんらく》したら、どうなる？　今すぐ道路に出るのは、危険《きけん》だ。懐中《かいちゅう》電灯が手に入ったのだから、少し休憩《きゅうけい》したとしても、夜の間にその分を取りもどせる。そう思ったら、急に疲《つか》れを感じた。死ぬほど疲れた気がする。

野球場がピーターを歓迎《かんげい》し、誘《さそ》っているように見えたからというのも大きな理由だった。どんな時でも野球場に来れば気持ちが晴れた。それに、野球場に出くわしたのは、いいことがある前兆《ぜんちょう》かも知れない。予兆や前兆などは信じないほうだが、昨夜コヨーテの声を聞いて以来、信じるか信じないか自分でもよくわからない。ピーターはリュックサックを背負《せお》い直して、ゆっくり坂を下った。

ダグアウトは、なじみのある匂《にお》いがした。革《かわ》の匂いと甘《あま》い風船ガムの匂いが、歓迎するようにピーターを包みこむ。急いで予備《よび》の服に着替《きが》え、髪《かみ》の毛についた泥《どろ》や葉っぱを取った。ここを出る時には、警察が通報《つうほう》を受けた男の子とは別人になっているはずだ。ピーターは水飲み場で水筒《すいとう》に水をくんで飲み干《ほ》し、もう一度水をいっぱいに入れた。体をよじってベンチの下にもぐりこむ時、きっとパックスもここを隠《かく》れ場所に選ぶだろうと思ってほほえんだ。身を隠して休むことができて、しかも見晴らしがきくから。

一時間だけ休もう。そのあとは、学校をはなれてまた道路に出る。警察が呼《よ》ばれたとしても、探《さが》すのをあきらめるぐらいの時間。ピーターはグローブを枕《まくら》にして、つぶやいた。

「ほんの一時間だけだ。目をつぶる暇《ひま》もないくらい」

「ここはあたしの場所」

うとうとしていたパックスは、驚《おどろ》きのあまりナラの木から転げ落ちそうになった。一日じゅう見張《みは》りを続けて、バッタより大きい物は目に入らなかったというのに、今、目の前に、輝《かがや》く毛皮の雌《めす》のキツネが現《あらわ》れた。自分以外のキツネを見たことはないが、それでも本《ほん》能的《のうてき》にキツネだとわかる。年齢《ねんれい》も若《わか》く、体つきも華奢《きゃしゃ》だが、キツネだ。耳と尾《お》を立てているのを見て、パックスに服従《ふくじゅう》を求めていると直観した。

「あたしの狩場《かりば》」

パックスは、仮《かり》のねぐらに駆《か》けもどって草むらに伏《ふ》せて隠《かく》れたくてたまらなかった。家で、自分の檻《おり》に逃《に》げこむように。それでもふみとどまった。ピーターがもどって来た時にに、自分がここにいなかったら、どうなる？　パックスは逃げ出さずに、耳を後ろに寝《ね》かせ、敵対心《てきたいしん》がないことを示《しめ》した。

パックスは、ゆっくり近づく相手の体臭《たいしゅう》を吸《す》いこんだ。自分自身の体臭のようになじみがあると同時に、どこか魅惑的《みわくてき》な匂《にお》いだ。雌《め》ギツネもパックスの匂いをかいだが、人間の匂いを感じ取って、全身の毛を逆立《さかだ》てた。

実際《じっさい》、生まれた時にはパックス自身も同じ本能を持っていたはずだ。けれど、生まれたばかりの赤《あか》ん坊《ぼう》ギツネは、惜《お》しみなく絶《た》えず注がれる愛情《あいじょう》に接《せっ》して、人間に対する警告《けいこく》を解除《かいじょ》したのだろう。ピーターに拾われた時、パックスはわずか生後十六日だった。父も母もなく、まだ目も開かない灰《はい》色の毛玉だったから、自分を家に連れて帰ってくれた、物静かでひょろひょろの人間の男の子を信頼《しんらい》するのに時間はかからなかった。

雌ギツネはとがった鼻をつき出してさらにパックスの匂いをかぎ、またゾワッと逆毛を立てた。

「ピーターの匂いだよ。あの子を見なかった？」

パックスは、自分が探《さが》している人間の特徴《とくちょう》を告げた。毛のない丸型の耳。ひょろ長い足。あの子の足は信じられないほど長いから、走ると転びそうで、いつも心配だった。黒い巻《ま》き毛《げ》は長くなったり、短くなったりする。

「ここに人間はいない。けれど近づいている」

次の瞬間《しゅんかん》、まるで目に見えない針金《はりがね》にひっぱられたように雌《め》ギツネ《サカゲ》が頭を持ち上げた。すぐわきの花ざかりのセージの茂《しげ》みに耳を向け、かすかな音も聞き逃《のが》すまいと身構《みがま》える。お尻《しり》の筋肉《きんにく》が緊張《きんちょう》してピクリと動く。と思った瞬間、サカゲは黒い鼻づらに前足をかざすようにして高く飛び上がると、白い尻尾《しっぽ》の先端《せんたん》をひらりと見せて、茂みに飛びこんだ。

パックスも身構えた。一秒後、モリネズミを口にくわえたサカゲが顔を出した。サカゲは茂みから飛び出て、モリネズミの首筋《くびすじ》に鋭《するど》い牙《きば》をつき立てたあと、地面に落とした。

離乳期《りにゅうき》より前に親をなくしたパックスは、生肉を食べたことがない。だが、ネズミの血の匂《にお》いに空腹感《くうふくかん》と好奇心《こうきしん》をかき立てられて、そっと一歩近づいたが、サカゲに猛烈《もうれつ》なうなり声を浴びせられたので、安全な場所に退却《たいきゃく》して見守ることにした。

サカゲが獲物《えもの》をひと口かみ砕《くだ》くごとに、パックスの空腹感が強まる。自分用の食器にあふれるほど盛《も》られたドッグフードが、ピーターが手に持ってさし出すおやつが、そして特別なごちそうピーナツバターが思い浮《う》かぶ。どうしてもあの子を探さなくては。ピーターならば食べ物をくれるはずだ。

「近づいてくる人間」のことを聞き出す前に、食べ残した長い尻尾つきのネズミの後ろ足を一本口からぶらさげたまま、サカゲは歩き出した。パックスはサカゲが草むらをかき分けて進み、オレンジ色と白の影《かげ》になるまで見ていた。行ってしまった。パックスの頭に、ピーターの車が砂利《じゃり》をはね飛ばして道路を走って行ってしまった記憶《きおく》がよみがえる。

サカゲは、森の端《はし》のシダの茂みにすべりこもうとする寸前で立ち止まって、パックスをふり返ったが、ちょうどその時、ナラの小枝《こえだ》が折れる鋭い音がしてギョッとした。落ちる小枝に続くように、乾《かわ》いた葉陰《はかげ》から赤い毛皮がひらりと飛び出して草むらの上を滑空《かっくう》したと思うと、サカゲの背中《せなか》に着地した。

パックスは地面に伏《ふ》せた。襲《おそ》った何者かとサカゲが取っ組み合いをしながらキャンキャン鳴く声が聞こえる。けれど、なぜかその声に切迫感《せっぱくかん》はなく、いらいらした調子を感じる。

おそるおそる顔を上げて見ると、サカゲが毛糸玉のような物と戦って牙《きば》を立てているではないか。サカゲの前足に捕《と》らえられているのは、なんとサカゲによく似《に》た、やせてちっぽけなキツネだった。

パックスは呆然《ぼうぜん》とした。キツネが鳥のように飛べるとは驚《おどろ》いた。空から舞《ま》い降《お》りるのは、どんなに願おうとも叶《かな》わない技《わざ》だと思っていた。

ちっぽけなキツネは背中《せなか》を地面につけて寝転《ねころ》び、服従《ふくじゅう》の印に自分の腹《はら》を見せたが、余《よ》計怒《けいいか》りを誘《さそ》っただけらしく、今やサカゲは鳴き声の合間にたたいたり、かみついたりしている。パックスは好奇心《こうきしん》に負けて見に行った。

小さいキツネは、なじみのない人間の匂《にお》いに驚いたが、サカゲの肩越《かたご》しにパックスを見ると、目玉を丸くしてはね起きた。

「味方だよ。生まれ年の違《ちが》う弟。遊ぼう！」小さいキツネがパックスに言った。

サカゲが弟ギツネに向かって歯をむいてうなる。

「危険《きけん》。近づくんじゃない」

パックスはサカゲの警告《けいこく》を無視《むし》して、小さいキツネにあいさつした。

「味方。飛んだね！　鳥なの？」

小さいキツネはナラまで走ると、幹《みき》に飛びついた。枝《えだ》が一本つき出している。小さいキツネは軽々とその枝を歩き、これ見よがしにパックスを見下ろした。

パックスは尻《しり》をついて座《すわ》り前足を胸《むね》の下に折りたたみ、あんな風に飛び上がるのはとても無理だと考えた。もちろん自分の檻《おり》の壁《かべ》は登ったが、二メートル以上の高さには登ったことがない。パックスの尾《お》がぴくりと動く。

サカゲがゆっくり何歩かはなれると地面に横たわり、まっすぐ弟を見上げた。弟が可愛《かわい》くてたまらないのがよくわかる。

「あれは末っ子（スエッコ）。小さいけど、暴《あば》れん坊《ぼう》。狩《か》りには連れて行けない。なのについてくる」

サカゲは、弟の遊びにつき合ったことを責《せ》めるように、パックスに向かってうなり声を立てた。

小さなキツネのスエッコは尻尾《しっぽ》でバランスを取りながら枝の先まで歩き、体を丸めると、地面にいる二匹《ひき》のキツネの頭を越《こ》えて飛び降りた。そして、大きな葉をつけたゴボウの茂《しげ》みに着地したと思うと、トゲのある実を毛皮にたくさんつけて飛び出してきた。猛烈《もうれつ》な勢《いきお》いで、狂《くる》ったようにぐるぐる円を描《か》いて回っている。飛ぶことで体じゅうに満ちた喜びを、足から地面に放出するとでもいうのだろうか。

姉さんギツネが弟に襲《おそ》いかかった。

「道路に近すぎる！」

そして、弟の毛からゴボウの実を取ってやりながら、向こう見ずな行動を長々といさめた。だがパックスは、その飛行に魅《み》せられた。一度も地面に足をつかず、《五飛び》は飛んだ。いつか自分も、やってみよう。

弟ギツネのスエッコは、ようやく立ち止まると、頭を下げて姉さんギツネにすり寄《よ》った。姉さんギツネは弟を地面に押《お》したおし、体の上にのった。今度は本気でなく、ふざけたようすで。弟はもがきながらも姉を押しのけようとはせず、されるままに毛づくろいをしてもらっている。

パックスは礼儀《れいぎ》正しく、距離《きょり》を置いて座《すわ》った。しばらくすると弟の興奮《こうふん》がしずまり、姉さんのいらだちもおさまったようで、サカゲは食べ残しの肉片《にくへん》を取って来ると弟の前に置いた。そして落ち着いて自分の前足をなめ始め、それが終わると前足で顔をこすりだした。パックスは地面に腹《はら》をつくほど低い姿勢《しせい》で、じわじわと近づいて行った。歓迎《かんげい》されるかどうかは別として、この二匹《ひき》のキツネにはどうしようもなくひかれる。

サカゲは、かたむきかけた陽のあたる場所に寝《ね》そべっていた。しっとりしたほおは、パックスの家の人間たちが食事をするテーブルのカボチャ色の木肌《きはだ》のように赤く輝《かがや》き、なめらかなのど元の白い毛をひき立てる。

スエッコのほうを見ると、いつの間にかパックスの寝床《ねどこ》の匂《にお》いをかいでいる。毛の色ともようはそっくりだが、姉ほど輝いてはいない。弟の毛はまばらな箇所《かしょ》や束になっているところがあり、腰骨《こしぼね》もつき出している。スエッコが急に後足で立ったと思うと、何かで遊びだした。兵隊人形だ。

パックスは、スエッコが兵隊人形を空中に投げ、落ちたところを足で押さえる遊びをくり返すのを、ながめていた。自分も小さいころ、同じように遊んだものだ。パックスが走って行って遊びに加わると、スエッコはまるで生まれた時からいっしょに遊んでいるように大喜びで迎《むか》えた。

サカゲが立ち上がった。

「ここへ持っておいで」

弟は無視《むし》していたが、姉のがまんの限界《げんかい》を測《はか》っていたかのように、結局少しすると兵隊人形を持って姉のところにぴょんぴょんはねて行った。

サカゲは兵隊人形を見ると、おどすようなうなり声を出した。

「人間。さわるな。帰るよ。おいで」

サカゲが弟に命令を下した。

スエッコはパックスに寄《よ》りかかって、前足をふんばる。

するとサカゲが飛んでもどって、弟にかみついた。

「そいつは人間臭《くさ》い。忘《わす》れるな」

パックスは、その時サカゲが弟に送ったイメージにぞっとした。吹《ふ》きすさぶ、冷たく荒《こう》涼《りょう》とした風。一組のキツネの夫婦《ふうふ》。家のパックスの檻《おり》に似《に》た物体と格闘《かくとう》している。鉄でできていて、柵《さく》ではなく、大きなギザギザの歯と留《と》め金《がね》がついている。その鉄の歯も、雪の積もった地面も、あたり一面血まみれだ。

サカゲは雲行きを見るように頭をかしげて、風の匂《にお》いをかいだ。南から激《はげ》しい雷雨《らいう》が迫《せま》っている。

「帰るよ」

スエッコは尻尾《しっぽ》を垂《た》らして、姉に従《したが》って歩きだした。と、思う間にパックスのそばにもどってきて、いっしょに行こうと誘《さそ》った。

パックスはためらった。ここからはなれたくない。家の人間たちがもどってくるはずだから。けれど、空には黒雲が湧《わ》き起こり、遠くで雷《かみなり》がとどろきだした。天気の悪い時には、ピーターは外を出歩かないのをパックスは知っていた。道路端《ばた》で雷雨にさらされて濡《ぬ》れねずみになりたくない。ひとりっきりで。

パックスは兵隊人形をくわえて口の中にしまい、二匹《ひき》のキツネのあとを追った。

パックスがついてくる気配を感じ取って、サカゲがふり返った。

「ひと晩《ばん》だけ。ヒトクサイヤツ」

それでいい。雷雨が去ったら、自分の匂いをたどってここへもどることにしよう。そうしたら、パックスの家の人間たちももどってくるだろう。ピーターに会ったら、もう絶対《ぜったい》にそばをはなれない。

完全に目が覚める前から、ピーターの耳にはその音が届《とど》いていた。放課後を待ちかねてグラウンドに飛び出す小学生の足音、叫《さけ》び声、さあこいと自分のグローブをたたく拳《こぶし》の音。ピーターは寝《ね》ていたベンチの下からあわててはい出して、持ち物をかき集めた。もう、二十人ほどの小学生とコーチが丘《おか》を駆《か》けおりてきている。上の駐車場《ちゅうしゃじょう》には大人が何人か集まっていて、そのようすを見ている。制服《せいふく》の警官《けいかん》も見える。一番いいのは、あの子どもたちの中にまぎれることだ。小学生たちはもうグラウンドに散らばり、かたまったりはなれたりしている。

ピーターは外野席の最前列に腰《こし》かけて、リュックサックを置いた。野球の練習を見てい

HOME
VI
00
0

る男の子――何も不自然ではない。それでも、鼓動《こどう》が激《はげ》しくなった。

グラウンドでは外野に向かってコーチがノックを打ち始めた。ほとんどは、野球の練習でよく見るタイプの子どもたちだ。よく動き、よく叫《さけ》ぶ。ピーターはひとりの男の子に目を留《と》めた。麦わら色の髪《かみ》を短く切り、色あせた赤いＴ《ティー》シャツを着た小柄《こがら》なショートの選手だ。他の選手たちが子犬のように走り回っているのに対して、その子は両手を腰《こし》に置き、コーチのバットから目をはなさずに、銅像《どうぞう》のように立っている。そして、バットがボールにあたると同時に飛び出す。自分の守備範囲《しゅびはんい》のボールは、なんとか捕《と》れている。かなり背《せ》が低いから、チームのだれかについてきた弟かもしれない。

ピーター自身が、野球場によくいるタイプの子ではなかった。それどころか、互《たが》いに肩《かた》をたたきあったり、なじりあったりするダグアウトは、どうもくつろげない。だが、グラウンドに出ていると、ここにいるためにこそ自分は生まれてきたと感じるのだ。

その感覚は、今までだれにも説明しようとしたことがない。個人的《こじんてき》なことでもあるし、そもそも、うまく説明する言葉が見つからないからだ。「神聖《しんせい》な」が一番近い言葉かもしれないが、「落ち着く」という意味もある。どちらか一方の言葉だけでは、ずばり言い表すことができない。妙《みょう》な話だが、あのショートの子も、「神聖《しんせい》な」「落ち着き」を今感じているんじゃないかと思った。

コーチがマウンドに上がって、ゆるいボールを投げ始めた。選手が交代で打席に立って鋭《するど》いライナーやゴロを打つと、外野手たちがようやく集中し始め、少なくともボールの方向を見るようになった。ピーターは相変わらずショートに注目していた。ショートの子は、まるでコーチとの間に電気が流れているかのように、コーチの動きに釘《くぎ》づけだ。

そんなふうに集中することが、ピーターにもあった。選手の動きに集中しすぎて、まばたきすることも忘《わす》れて、目が乾《かわ》くことさえあった。集中することには、それだけ価値《かち》がある。あの赤いT《ティー》シャツのショートのように、ピーターもグラウンドの中に自分の守備範囲《しゅびはんい》を持っていた。サヤヌカグサの茂《しげ》みまで広がる自分の守備範囲の、乾いたほこりっぽい匂《にお》いまでが大好きだった。けれど何より好きなのは、その先にあるフェンスの存在《そんざい》だ。フェンスは、どこまでがピーターの責任《せきにん》で、どこからは気にしなくていいのか。その境界《きょうかい》を示《しめ》してくれるからだ。フェンスの内側にボールが落ちたら、捕《と》らなければならない。フェンスを越《こ》えて飛んでいけば、それ以上ピーターが心配する必要はない。一目瞭然《いちもくりょうぜん》だ。

ときどきピーターは思う。どんな責任にも、野球場のフェンスのような、はっきりした境界があればいいのに。

お母さんが亡《な》くなったあと、しばらくピーターはセラピストのところに通っていた。七歳《さい》という当時の年齢《ねんれい》では、自分の気持ちを人に話したいとは思わなかったし、母を失った気持ちをどんな言葉で表したらいいのか、単純《たんじゅん》にそれがわからなかった。

セラピストは優《やさ》しい目の女の人で、白髪《しらが》を一本の三つ編《あ》みにしていた。その人は言った。

「いいのよ。話さなくてもいいの」

セラピーの間じゅうピーターは、オモチャ入れから出したミニカーやトラックで遊んでいた。あそこには、ミニカーが百台ぐらいあったと思う。あとから考えると、あのセラピストはピーターのために店ごとオモチャを買い占《し》めたのかもしれない。ピーターは、そのミニカーを二台ずつぶつけて遊んだ。終了《しゅうりょう》の時間が来ると、セラピストはいつも同じことを言った。「つらいでしょうね。お母さんが車で買い物に行って、その日に限《かぎ》って帰ってこなかったなんて」

ピーターは一度も答えなかったが、その言葉を正しいと感じたのを覚えている。あのセラピーの時間自体も必要だったのだろう。自分のいるべき場所を見つけるために。ピーターは、ミニカーをぶつけるよりほかに、何もできなかった。「つらいでしょうね」という言葉を聞くよりほかに、何もできなかった。少なくとも、あの日セラピストが他の言葉を言うまでは。

「ピーター、怒《おこ》っているの？」

「ううん」ピーターは即座《そくざ》に答えた。「怒ってない」。それは嘘《うそ》だった。

そう言ったあとピーターは立ち上がり、セラピーの終わりにいつもしてきたようにドアのわきの器から青りんごのキャンディーをひとつ取った。それが、優《やさ》しい目のセラピストとピーターとの間の取り決めだった。話を終わりにしたいと思ったら、キャンディーをひとつ取って、家に帰る。けれど、その日外に出たピーターは、緑色のキャンディーを道路の溝《みぞ》に投げ捨《す》てた。そして、帰る途中《とちゅう》お父さんに告げた。もう、セラピーには行きたくないと。お父さんは反対しなかった。どちらかというと、ほっとしたようだった。

ピーターは、ほっとするどころではなかった。あの優しいセラピストは、ピーターが怒っていたのを、悪い事をしたのを、ずっと知っていたのだろうか？　ピーターが悪い事をした罰《ばつ》で、お母さんが買い物に連れて行ってくれなかったのを。だから、ピーターの責任《せきにん》だと思っているのだろうか？

その何か月かあとに、ピーターはパックスと出会ったのだ。家の近くの道路わきで、一匹《ぴき》のキツネが車にはねられて死んでいた。自分の母親の棺《ひつぎ》が地面の下に埋《う》められたのを見てからあまり時間が経《た》っていなかったから、どうしてもそのキツネを埋めてやりたかった。埋める場所がないかと近くを探《さが》した時、キツネの巣を見つけた。巣の中には、冷たくなった赤ちゃんギツネが三匹《びき》、そしてまだ温かくて息のある灰《はい》色の毛糸の玉のような赤ちゃんギツネが一匹いた。ピーターはパックスをセーターのポケットに入れて、家に連れて帰ると、お父さんに言った。頼《たの》んだのでもなく、聞いたのでもなく、言ったのだ。「この子を飼《か》う」と。お父さんは、答えた。「ああ、いいよ。しばらくの間はね」

その夜、赤ちゃんギツネはひと晩《ばん》じゅう悲しそうに泣き通し、ピーターはずっとそれを聞いていた。そして思った。もし、あの優しい目のセラピストのところにまた行くことがあったら、一日じゅうでも、ひと晩じゅうでも、永遠《えいえん》にミニカーをぶつけてやろう。怒っているからではなくて、ただみんなに見せたいから。

パックスのことを考えただけで、不安がヘビのように巻《ま》きついてピーターの胸《むね》をしめ上げる。先に進まなければならない。遅《おく》れを取りもどさなければ。野球の練習は終わって、小学生たちはゆっくりグラウンドから出ていくところだった。野球道具を放りこんで、ダグアウトを通り過《す》ぎて行く。グラウンドにだれもいなくなるのを待って、ピーターは外野席から出てリュックサックをかついだ。ダイヤモンドのそばを通る時、ショートの子が見えた。

ピーターはためらった。パラパラと校庭から出て行く小学生の群《む》れにまぎれないといけない。けれど他のみんなは、ショートの子に道具の片《かた》づけを押《お》しつけて行ったのだ。ピーターにはその子の気持ちがよくわかる。それで、ボールをいくつか拾って、ショートの子に渡《わた》してやった。ショートの子は、愛想笑いを浮《う》かべてボールを受け取った。

「ありがとう」

「ナイスプレーだったね。最後のは、ライナーだった？　あれは怪《あや》しいな」

ショートの子は向こうをむいて土を蹴《け》っていたが、うれしそうなのがわかった。

「ああ、そうね。一塁《るい》手は鋭《するど》いあたりに見せたんだ」

「いいや、きみが取ったからいいけど、さもないとあの一塁手は、まずいことになっただろうよ」

ショートの子は、ピーターに笑いかけた。

「ほんとほんと。コーチの甥《おい》だからね。きみも野球やってるの？」

ピーターはうなずいた。

「うん。センター」

「転校生？」

「いや……ここに住んでるわけじゃなくて……」

ピーターは、それとなく南のほうを頭で示《しめ》した。

「ハンプトン？」

「そう、ハンプトン」

ショートの子の顔つきが変わった。

「なんだ、土曜の試合の偵察《ていさつ》か？　クズだな」そう言い捨《す》てると、つばをはいてダグアウトにもどって行った。

校庭を出ながらピーターは、警察《けいさつ》から逃《に》げられたのは我《われ》ながら上出来だと思った。けれど今のひと言で気が重くなった。みじめな気持ちだ。

ピーターは、必死にその気持ちをふり払《はら》おうとした。気の持ちようについて、お父さんが何か言っていたっけ。コップに四分の一残ったコーヒーを、多いと思うか、少ないと思うかだったかな？　そこで、ふと時計を見た。四時十五分。三時間以上無駄《むだ》にしてしまった。

急ぎ足で歩いたが、さっきの広場では金物屋の反対側に渡《わた》って、なるべくふつうの速さで歩き、図書館を過《す》ぎ、バス停を過ぎ、カフェを通り過ぎた。そのあと千歩数えてから、ようやく顔を上げた。

そこでもう一度時計を見た。四時五十五分。今ごろおじいちゃんは帰り支度《じたく》をしているだろうか。おじいちゃんがさびた青いシボレーの所まで歩いてキーを回し、エンジンをかけるようすを想像《そうぞう》する。

おじいちゃんの姿《すがた》が目に浮《う》かんだとたん、不安の嵐《あらし》に襲《おそ》われて息ができなくなった。低い木の塀《へい》を越《こ》えて低木の藪《やぶ》の中に降《お》りる。不安がおさまって楽に息ができるようになったのは、藪を十メートルばかり進んだころだった。背丈《せたけ》より高い木が混《ま》じるようになって、だいぶ歩きにくくなってきたが、幹線《かんせん》道路に並行《へいこう》しているようだ。そのまま十五分も行くと、幹線道路に出た。

ピーターは体をかがめて幹線道路に入ると、車の切れ目を待って側溝《そっこう》まで走り、金網《かなあみ》のフェンスをよじ登って反対側に飛び降りた。やったぞ！　心臓《しんぞう》が飛び出しそうだ。西へ入る道を探《さが》しながら木の間をゆっくり歩く。何分か進むうちに、わき道があった。幹線道路と直角に走る未舗装《みほそう》道路だ。正直なところ、大昔に駅馬車が通った道より少しましな程度《ていど》だが、方向的には合っているし夜でも歩けそうだ。その道に入る。

しばらく進むとだんだん木がうっそうとしてきて、鳴き交わす鳥の声とリスが動き回る音以外は聞こえないほど静かになった。しばらく文明社会とはお別れになりそうだ。そう思うと、心がはずむ。

ところが数分後角を曲がったとたんに、花の咲《さ》いた果樹《かじゅ》が雑然《ざつぜん》と並《なら》ぶ牧草地のわきに出た。境界《きょうかい》を仕切る石積の壁《かべ》があり、遠くに平屋建ての納屋《なや》が見える。納屋の建物に灯りはなく、自動車もトラックも停まっていない。それでもピーターの気分は沈《しず》んだ。納屋の壁《かべ》は最近塗《ぬ》り直したようだし、屋根にも手入れをしたらしく木材が新しくてピンク色の部分がある。どうやらこの道は民家に続く私道《しどう》のようだ。または最悪の場合、あの地図が古すぎてのっていない新しい道路につながっているのかもしれない。どっちにしても、山を越《こ》える近道ではなさそうだ。

ピーターはリュックサックを下ろして石の壁がくぼんだところに座《すわ》りこんだ。どっと疲《ひ》労《ろう》と空腹《くうふく》を感じる。靴《くつ》を脱《ぬ》ぎすて、靴下も脱いで裸足《はだし》になった。両足の裏《うら》に大きなマメができて、ズキズキする。これがつぶれたら、死ぬほど痛《いた》くなるだろう。リュックをかき回して予備《よび》の靴下を探《さが》し、重ねばきした。石壁に頭をもたせかけると、太陽の熱でまだほかほか温かい。その太陽は、ちょうどこずえの上にかかり、牧草地を桃色《ももいろ》に染《そ》めていた。

干《ほ》しブドウを出して、一粒《つぶ》ずつかみしめる。合間に少しずつ水をすすった。それからチーズを二本と、クラッカーを四枚《まい》、果樹園《かじゅえん》の上の夕日をながめながら、できるだけ時間をかけて食べた。そうしていると、太陽がゆっくり沈《しず》んでいくのが目で追えるのに驚《おどろ》いた。今まで十二年間生きてきて、じっくり日没《にちぼつ》を見たことがないとはどういうことだ？

やがてピーターは靴をはき、ひもを結んだ。立ち上がろうとして、シカがいるのに気づいた。一頭のシカが奥《おく》の森から果樹園に入ってこようとしている。息を止めて見ているうちに、次々にシカが現《あらわ》れて、いつの間にか果樹園はシカでいっぱいになっていた。全部で十四頭いる。シカが草を食べ始めた。時折そっと低い木の枝《えだ》をかむのもいる。

立つのをやめて腰《こし》をおろすと、一番近くにいた斑点《はんてん》もようの華奢《きゃしゃ》な小ジカに寄《よ》りそう母ジカが、頭をめぐらせてまっすぐこちらを見た。傷《きず》つける気がないと伝えたくて、ピーターはゆっくり掌《てのひら》を見せて片手《かたて》を上げた。母ジカはピーターと子ジカの間に入ったが、やがて再《ふたた》び頭を下げて草を食べ始めた。

その時、澄《す》んだ夕暮《ゆうぐ》れの空気を切り裂《さ》くように、納屋《なや》の裏側《うらがわ》から甲高《かんだか》い電動鋸《のこぎり》の音が響《ひび》いた。驚いたシカたちは、暗くなりだした森に白い尾《お》のきらめきを残して消えていった。あの母ジカは、飛び去る前にもう一度ピーターをまっすぐ見た。そのようすは、こう言っているように思えた。「おまえたち人間は、何もかも破壊《はかい》してしまう」

ピーターは、来た道を歩き出した。幹線《かんせん》道路にもどると、すでに半分以上の車がヘッドライトをつけて走っていて、どれもまっすぐ自分に向かってくるように見える。ピーターは低くかがんで幹線道路をそれた。

地面はふかふかして、ピートの匂《にお》いがした。見つかる覚悟《かくご》で懐中《かいちゅう》電灯をつけるかどうか考えていた時、うっかり片足《かたあし》をぬかるみにふみこんでしまった。頭の上にある木の枝《えだ》をつかんで足を抜《ぬ》いたが、もう取返しはつかなかった。冷たい沼の水が靴《くつ》の中にしみこむ。ピーターは自分に悪態《あくたい》をついた。第三の失敗。予備《よび》の靴下を一足しか持ってこなかったこと。これで失敗は終わりにしてほしい。

ところがそのあと元の地面にもどろうとして、次の失敗——さらにひどい失敗をしてしまったのだ。

右足を木の根にひっかけて、思いっきり転んだ。いやな音がした。骨《ほね》の折れる、鈍《にぶ》い、くぐもったような音。同時に、足に激痛《げきつう》が走った。かなり長い間座《すわ》りこんで、痛《いた》みにあえいだ。ようやく木の根から足を外して靴を脱《ぬ》ぐ。少しでも動かすと、飛び上がるほど痛い。びしょ濡《ぬ》れの靴下を下ろして、思わず息をのんだ。みるみる足が腫《は》れていくではないか。

あまりの痛さに泣き叫《さけ》びそうになりながら靴下をはき直し、それ以上腫れて入らなくなる前に、歯をくいしばって靴をはいた。それから、手近な木まではって行き、幹《みき》につかまって立ち上がった。試しに痛めた足に体重をかけてみて、また転びかけた。生まれてから味わったことがないほど痛い。この痛さに比《くら》べたら、以前やった親指の骨折《こっせつ》なんて虫さされ程度《ていど》でしかない。

ピーターは歩くことができない。

もぞもぞと身動きしたパックスは、なにか温《ぬく》もりのあるものが寄《よ》りそっているのを感じて、ひどくうれしかった。ねぼけたまま、ピーターの匂《にお》いを求めて鼻を動かしたが、鼻に入ってきたのは人間ではなくキツネの匂いだった。

それで、すっかり目が覚めた。自分に寄りかかってぐうぐう寝《ね》ているのは、雌《め》ギツネの弟のスエッコだった。スエッコは広げた尻尾《しっぽ》をパックスの体にかぶせるようにして、ぐっすり眠《ねむ》っている。

パックスはしゃんと起き上がった。優位《ゆうい》な立場の者として命令したことなどないが、この状況《じょうきょう》ではしかたがない。

「帰れ。自分の巣穴《すあな》に」
それでもスエッコが胸元《むなもと》に体をすり寄せてくるので、パックスはその肩《かた》に歯を立てた。スエッコはブルっと体をふるわせて目を覚まし、ようやく立ち上がったが、頭を下げて服従《ふくじゅう》を示《しめ》そうともせず、その場から去るでもない。それどころか、遊びに誘《さそ》うではないか。他の時なら、気のいい幼《おさな》いキツネと遊ぶのも悪くない。けれど、サカゲとまた険悪《けんあく》になるのは避《さ》けたいし、何よりも今は、ピーターの元にもどることしか考えられなかった。
パックスは隠《かく》しておいたプラスチックの兵隊人形を取って来て、それを地面に置いてさし出し、もう一度「帰れ」と告げた。スエッコは泣きつかんばかりの顔を見せたが、やがて兵隊人形を口にくわえた。パックスはスエッコのあとをつけて行き、尾《お》の長さ五本ほどの距離《きょり》の巣穴に入るのを見届《みとど》けた。
昨日の雨は短いわりに激《はげ》しくて、まるで空一面が怒《いか》りのあまり破《やぶ》けたかのようだった。激しい雷雨《らいう》の中パックスは、サカゲとスエッコの寝穴《ねあな》の近くの空いている巣穴になんとかもぐりこんだのだが、周囲に注意をはらうゆとりはなかった。淡《あわ》い半月の光の中で、ようやく今初めてあたりを見回すことができた。

そこは南に面した丘《おか》の中腹《ちゅうふく》で、砂混《すなま》じりの地面に、にぎりしめた茶色の拳《こぶし》のようにゴツゴツした木の根がはっている。そんな木の根の間に、巣穴の入口が三つある。

丘の上は北西の方向にこんもりした森になっていて、その先は道路に続く。丘の下は谷間で、一面草地の斜面《しゃめん》が広がる。理想的な地形だ。下の斜面には敵《てき》が隠《かく》れる場所がないから安全だし、森の木々はキツネたちを北風から守ってくれる。草地は生命の匂《にお》いに満ちていた。

安全な場所にいることがわかると、パックスの本能的《ほんのうてき》な緊張《きんちょう》がゆるんだ。小さなキツネだった時、人間の男の子の巣の隅《すみ》に自分の皿を押《お》しやったが、三回目でようやくピーターはあきらめて皿をそこに置かせてくれた。その場所は寒い北側の壁《かべ》から一番遠くて、しかも怒《おこ》ったお父さんが入ってくる危険《きけん》のあるドアを見渡《みわた》せる場所だった。安全な場所。

けれど今いる場所は、パックスにとって最適《さいてき》とは言えなかった。この草地には年長のキツネとその連れ合いが住んでいると、サカゲから警告《けいこく》されている。年長のキツネは、すでに一匹《ぴき》のよそ者ギツネから縄《なわ》ばりの挑戦《ちょうせん》を受けているから、新しい雄《おす》が入るのを許《ゆる》さないだろう。ちょうどその時、下の草地で動くものが見えた。黒とグレイの毛が混じった肩《かた》幅《はば》の広い年長のボスギツネが、斜面の中ほどの藪《やぶ》から出て来て、そばの若木《わかぎ》にオシッコをかけてマーキングをした。大きなボスギツネは毛づくろいをしていたが、そのうちに耳に前足をあてたまま、空気の匂《にお》いをかぎ始めた。パックスはあわてて丘を駆《か》け上がり、下生えの中に飛びこんだ。

どんなに雨が降《ふ》ったあとでも、自分の匂いはかぎ分けられる。パックスは、木の葉にたまった雨水をすするために少し立ち止まっただけで、自分の匂いをたどって車から降《お》ろされた道路までつっ走った。

道路には一昨日の軍隊輸送《ゆそう》トラックの匂いがまだ残っているが、あれ以来車は一台も通っていないようだ。パックスは、前に座《すわ》ったナラの倒木《とうぼく》にもどって、その上で待つことにした。

あたりは虫の群《む》れの羽音と、早起き鳥のさえずりであふれていたが、道路を通る車の音はなかった。やがて太陽が上がり暑くなった。太陽の光は、木々や草の葉の上のしずくをみるみる乾《かわ》かしていく。

パックスは空腹《くうふく》だったが、のどの渇《かわ》きのほうがつらかった。人間の家を出てから一口も水を飲んでいない。のどがからからで、舌《した》までぼってりはれているように感じる。少しでも身動きをすると、くらっとする。風に乗って、かすかな水の匂《にお》いがパックスの鼻先を何百回も通り過《す》ぎた。けれどピーターたちがもどると信じていたから、その場をはなれようとはしなかった。パックスは倒木《とうぼく》の幹《みき》に爪《つめ》をかけて座《すわ》り、道路をやってくる車の音に全神《しん》経《けい》を注いだ。一時間経《た》ち、二時間が経った。うとうとしかけては目を覚まして思い出し、またうとうとしては目を覚まして思い出した。やがて、風が別の知らせを運んできた。何かが近づいてくる。

キツネだ。朝がた見た雄《おす》のキツネ、サカゲが気をつけろと警告《けいこく》してくれたあの雄のボスギツネだ。足どりはゆったりとして、動きにためらいも無駄《むだ》もない。骨格《こっかく》から灰《はい》色の毛皮が垂《た》れ下がり気味なところを見ると、相当の年齢《ねんれい》のようだ。近づくにつれて、両目も灰色に曇《くも》ってきているのがわかった。

自分の匂いを十分かがせたあと、ボスギツネの《ハイイロ》はパックスが座る倒木の近くの草地に座った。少しも力を見せつけないのは、敵意《てきい》がないということだ。

「おまえ、人間の匂いがするな。私《わたし》も昔人間と暮《く》らしたことがある。人間が近づいている」

にわかにパックスの心に希望が湧《わ》いた。

「男の子を見ましたか？」パックスは、ピーターの特徴《とくちょう》を知らせた。

けれどハイイロは、若《わか》いころいっしょに暮らして以来、ひとりの人間も見ていないと言った。しかも、人間と暮らしたのはここではなく別の場所だそうだ。乾いた、石の多い土地。冬が長く、太陽の光が射《さ》さない、ずっと遠いところ。

「人間たちは西から近づいている。戦争を運んでくる。知らせをくれたカラスは、子どもがいるとは言わなかった」

がっかりしたパックスは、体がぐらりとゆれた拍子《ひょうし》に倒木から落ちそうになった。

「水がいるようだな。ついて来い」

パックスはためらった。ピーターたちが今にももどってくるかもしれない。しかし、のどの渇《かわ》きは切実なものになっていた。

「近くですか？　水場から、道路の音が聞こえます？」

「ああ。流れは道路の真下だ。ついて来い」

ハイイロの物腰《ものごし》が自信に満ち、しかもおどすようすもないので、パックスは信頼《しんらい》して持ち場の倒木《とうぼく》をはなれ、あとについて行くことにした。

すぐに、地面に刻《きざ》まれた深い谷のような場所に出た。水の匂《にお》いと、豊かな土に生える植物の匂いが立ちのぼる。ふちから下をのぞくと、そこここに黒い石が散らばる、銀色に輝《かがや》く小川が見えた。両岸には緑色の草の葉と、紫《むらさき》色の花。ハイイロは慎重《しんちょう》に斜面《しゃめん》を降《お》りていく。水の匂いに誘《さそ》われて、パックスはハイイロを追い越《こ》して急な坂を降りた。ところが、半分降りたあたりで足をとられ、あとの半分は横すべりにスリップしてしまった。

体勢《たいせい》を立て直したパックスは目をみはった。巨大《きょだい》な蛇口《じゃぐち》からあふれだすように、水が流れ落ちている。パックスを風呂《ふろ》に入れる時にピーターがひねる蛇口より、ずっと大きい。パックスは頭を水につっこんだ。銅《どう》と松と苔《こけ》の匂いのする冷たい水が、生き物のように口の中に入ってくる。水は歯にぶつかり、口をひたし、のどを下っていく。パックスは飲みに飲み、お腹《なか》がパンパンにふくらむまで飲み続けた。

あとからハイイロも加わっていっしょに水を飲むと、並《なら》んで休もうと誘《さそ》った。

パックスは頭を上げ、排水溝《はいすいこう》の上の静まりかえったままの道路に耳を澄《す》ませた。

「道路のそばにいないといけないんです。ピーターたちが探《さが》しにもどってくるから」

ハイイロは体を伸《の》ばして地面に寝《ね》そべった。

「あの道路は、戦争病によって昨日閉鎖《へいさ》された」

パックスは一昨日通っていったトラックを思い浮《う》かべた。ピーターのお父さんの新しい服の匂いがした。確《たし》かにあのトラックのあと、車が通らない。でも、そんなことは関係ない。

「ピーターは、あそこに迎《むか》えに来ます」

「来ないな。カラスの知らせだ。道路は閉鎖された」

パックスは岩場を行き来しながら、考えをまとめるために地面を尻尾《しっぽ》でたたいた。答えが見つかった。

「家に帰れば、ピーターに会える」

「家は、どこだ？」

念のために周囲を見回したが、間違《まちが》えようがない。ひとつの方角に、強烈《きょうれつ》にひかれる。家はあっちだ。

「南」

ハイイロは驚《おどろ》かなかった。

「南には人間の領土《りょうど》がいくつもある。戦争病がここに来たら、私《わたし》の家族もそちらに近いほうに越《こ》すか、北へ、山の中に行かねばならない。南に住む人間について教えてほしい。どんな暮《く》らしをしているのか」

今度も、ハイイロの落ち着いた態度《たいど》のおかげで気持ちが静まった。パックスはハイイロのかたわらにもどって座《すわ》った。

「遠くから見たことがある人間はたくさんいるけど、よく知っているのはふたりだけです」

「人間は相変わらず嘘《うそ》をつくのか？」

パックスには、言われた意味がわからなかった。

ハイイロは興奮《こうふん》して上半身を立てると、自分が目にした人間のふるまいを描写《びょうしゃ》してみせた。

本当はたっぷり食料があるのに、ないように見せかけ、腹《はら》をすかせた隣人《りんじん》に背《せ》を向ける人間。結婚《けっこん》相手として選んだ人の世話をおこたる人間。優《やさ》し気《げ》な声で群《む》れから誘《さそ》い出したヒツジの命を奪《うば》って食べる人間。

「おまえの家の人間たちは、そういうことをしないのか？」

すぐに頭に浮《う》かんだのは、自分を車から降《お》ろした時のピーターのお父さんの声だった。悲し気な声を出していたものの、体から嘘の匂《にお》いがプンプンした。

パックスは小川を見た。石にぶつかる流れはふたつに分かれ、またひとつになって、銀色の長い髪《かみ》のように流れて行く。パックスに別の記憶《きおく》がよみがえった。

ピーターに拾われたばかりの、まだやんちゃな子ギツネだった時、家の玄関《げんかん》に知らない女の人が来た。テーブルの下から見ていると、ピーターのお父さんが、その人とあいさつしていた。銀色の長い髪《かみ》が片方《かたほう》の肩先《かたさき》に流れ落ちていた。お父さんはその人に、歯を見せて笑って見せた。パックスが学んだところによると、その顔は歓迎《かんげい》を示《しめ》す「ようこそ。会えてうれしいです。元気でよかった」と伝える表情《ひょうじょう》だ。ところが、その笑顔とうらはらに、お父さんの体は怒《いか》りとおそれでこわばっていた。

お父さんがなぜおそれるのか、パックスには理解《りかい》できなかった。その小柄《こがら》な女の人が発散している感情は、親切心と気遣《きづか》いだけだったから。女の人は、パックスが知っている言葉《ピーター》を、何度も何度も訴《うった》えるような声音でくり返していた。歯を見せた笑顔はまだお父さんの顔にはりついていたが、女の人に答える声の中のごまかしの苦い匂《にお》いが、部屋にあふれていた。やがて、その人の目の前でドアをぴしゃりと閉《し》めた時、お父さんの胸《むね》はおどすようにふくらんでいた。

パックスは、年長のキツネに向き合った。

「見たことがあります。ピーターは絶対《ぜったい》しないけど。でも、お父さんは確《たし》かにそういうことをします」

ハイイロは、長い時間をかけてその答えを考えていたが、大儀《たいぎ》そうに座《すわ》り直すと、また聞いた。

「人間は、いまだに考えなしか？　私《わたし》が人間と暮《く》らしていた時、彼《かれ》らは考えなしだったが」

「考えなしって？」

「人間は畑を耕《たがや》す時に、そこに住む者のことを考えず、警告《けいこく》もせずに耕してネズミたちを殺してしまう。人間は考えなしに川をせき止めて、魚を殺す。人間は、いまだに考えなしだろうか？」

前に、ピーターのお父さんが木を切りたおそうとした時、ピーターがその木に登って鳥の巣を別の木に移《うつ》してやっていたのを見たことがある。ピーターは、寒い時にはパックスの囲いに新しい藁《わら》を入れてくれていた。ピーターは、いつでも自分が食べる前にパックスの水とエサを準備《じゅんび》してくれた。

「ピーターは、考えなしではありません」

ハイイロは、そう聞いて安心したようだったが、すぐにまた言った。

「戦争が来たら、人間は考えなしになる」

「戦争ってなんですか？」

ハイイロは少し考えて答えた。

「キツネの病気がある。その病気にかかったキツネは、それまでの暮《く》らし方を忘《わす》れてまわりのキツネを攻撃《こうげき》する。戦争というのは、それに似《に》た、人間がかかる病気だ」

パックスは飛び上がった。

「ピーターも、その戦争病にかかる？」

「戦争は、私《わたし》が人間といっしょに暮らしていた土地を襲《おそ》った。何もかも失われた。何もかも焼き尽《つ》くされた。大勢《おおぜい》が命を落とした。戦争病は、大人の人間も、子どもも、母親も、年寄《としより》も殺す。動物も殺す。戦争病にかかった人間の男が足をふみ入れると、その場所のすべてがめちゃくちゃになる」

「その戦争病が、近づいているってこと？」

ハイイロが頭を上げて遠吠《とおぼ》えし、空気そのものにもの悲しい気分があふれた。

「ここから西、戦争がすでに広がった地域《ちいき》では人間たちが殺しあって、何もかも失われた。カラスが知らせてくれた。川がせき止められた。土地は焼き尽くされ丸裸《まるはだか》になった。イバラさえ生えない。ウサギも、ヘビも、キジも、ネズミも……生き物はすべて殺された」

パックスは道路に向かって駆《か》け出した。ピーターを探《さが》さなくては。戦争が来る前に。

ハイイロがそのあとを追う。

「待て。私も南へ行く。新しい住処《すみか》を探す。いったんもどろう」

「牧草地へ？　いいえ。サカゲが、もどるなと言いました」

「サカゲは、おまえを嫌《きら》うだろう。おまえは人間と暮らしていたから」

サカゲとスエッコの間でやり取りされた一瞬《いっしゅん》の情景《じょうけい》がパックスによみがえった。冷たく吹《ふ》きすさぶ風。夫婦のキツネに起きた悲劇《ひげき》。留《と》め金《がね》のついた鉄の檻《おり》。雪を染《そ》める鮮血《せんけつ》。

そして突然《とつぜん》、すべてが消える。

「だが、あいつに主導権《しゅどうけん》はない。ついて来るんだ。体を休めて食事を取ったあと、今夜出発しよう」

ピーターが世界で一番好きな音、それは革《かわ》のグローブにボールが飛びこむ音だ。それがあまりリアルに聞こえたから、思わずにっこりしながら夢《ゆめ》から覚めた。ところが、起きたとたんに、驚《おどろ》いて叫《さけ》び声《ごえ》を上げた。

目の前に女の人が立ちはだかり、こちらを見下ろしている。片手《かたて》にはめたグローブに、ボールをたたきつけながら。つぎをあてたオーバーオールの肩《かた》ひもは、色あせたバンダナを結んである。ピーターのようすを見ようと頭をかたむけるたびに、ボサボサの髪《かみ》がゆれる。

粗削《あらけず》りの木の床《ゆか》の上をあとずさり、ピーターは再《ふたた》び叫んだ。今度の叫び声は、右足の激《げき》痛《つう》のせいだ。我《われ》に返ったピーターはあわててリュックサックを探《さが》した。リュックサックは女の人のそばにあって、中身は床にぶちまけられている。

女の人はさらに近づき、さらに力をこめてグローブにボールをたたきつける。ぼくのボールと、ぼくのグローブだ。ボールはリュックサックにしまってあったはずだし、グローブは枕《まくら》にしていた。ピーターは起き上がって言った。

「ちょっと！　それ、ぼくのだぞ。何やってんのさ」

それを聞いて女の人は頭をのけぞらせ、笑い声とも鼻息ともつかない音を立てた。そして、ボールとグローブを放りだすと、しゃがみこんでピーターの顔を正面から見た。首につけた皮のネックレスの先の羽の束を片手でいじりながら。

間近で顔を見ると、案外若《わか》そうだ。お父さんより少し上ぐらいだろうか。白髪《しらが》が一本飛び出して目立つが、肌《はだ》にはつやがある。目を細め、ピーターの顔の前でパチンと指を鳴らすのを見て、この人は頭がおかしいのかも知れないと思った。

「違《ちが》う違う違う。ここはあたしの物置で、あんたが勝手に入りこんだんだ。だから、何やってんのさ？　っていうのは、こっちのセリフだね」

ピーターは座《すわ》ったままジリジリと後ろに下がった。仁王立《におうだ》ちになって自分を見下ろすこの人は、背後《はいご》の壁《かべ》に所せましと下げた手斧《ておの》や草刈鎌《くさかりがま》を持っていて、頭がおかしいかもしれないのに、走って逃《に》げたくても自分は片足《かたあし》しか動かせない。

「確《たし》かにそうです。実はゆうべ、足を痛《いた》めたもので。それでここの前を通りかかった時、少し休む場所がほしくて……その……あの、出て行きますから」

「まあ、そう急がないで。ここの前を通りかかったとは、どういうこと？　この土地は私有地《しゆうち》だし、人里はなれた場所だ」

女の人はすっくと立ち上がり、ピーターはさらにあとずさった。

「その……家に帰ろうと近道をして……あの……」ピーターの頭に、一昨日の野球場が浮《う》かんだ。「……バッティングの練習から」

「あたしの土地を通って、バッティング練習から家に帰ろうとしたって？　じゃあ聞くけど、まず、どうしてバットがないんだい？」女の人は、片手でピーターのリュックサックを指した。「どうして、ガムテープやゴミ袋《ぶくろ》やブレスレットや着替《きが》えや食料や水やなんかは持ってるのに、バットがないのさ？　え？　ぼうや？」

ぼぉやぁと、音を伸《の》ばす言い方の中に、少しなまりがあるような気がする。小さいころ、こんな歌うような調子で語りかける大人に囲まれて育ったのだろうか。

「それが、その……持ってこなかったんです。バットは重くて持ち歩きに向かないし」

女の人は、不愉快《ふゆかい》そうに首を横にふった。そして、やにわに自分のズボンのすそをまくり上げた。見ると、女の人の左足のひざから下は足がなくて、粗削《あらけず》りの木の棒《ぼう》だった。それをピーターの脇《わき》につき立てる。

「この足をご覧《らん》。ああ、この足だって重いさ、ぼうや。堅《かた》い松の芯材《しんざい》だからね。それでも、あたしは持ち歩いてる」

女の人は、義足《ぎそく》を見下ろしているうちに、何か気になる物を見つけたようだ。ベルトからナイフを抜《ぬ》くと手首をさっと動かして、義足の足首の少し上のささくれを削り落とした。そして、手にしたままのナイフをピーターの目の前につき出すと、真正面から顔を見て言った。

「さあ、もう一度聞く。どうしても知りたくなったよ。あんたがバッティング練習に行ってたなら、なぜバットがないんだ?」

ピーターは視線《しせん》を女の人の顔からナイフに移《うつ》した。ナイフの刃《は》は長く、鋭《するど》く、おそろし気にカーブしている。この人は頭がおかしいどころか、もっとひどいかも知れない。胸《むね》は高鳴り、口の中はカラカラだったが、なんとか言葉を押《お》し出した。

「バットは持ってません」

女の人は少し笑って、ウィンクをした。

「よろしい。今度は嘘《うそ》じゃなさそうだ。名前は?」

ピーターは名前を言った。

「では、バットのないピーター君、その足はどうしたんだい?」

ピーターはナイフに目をすえたまま、かけてあった服をどけて、痛《いた》めた足を見せた。それだけのことで激痛《げきつう》が走ったことに驚《おどろ》く。体がガタガタふるえ、その時初めて自分が冷え切っていることに気づいた。

「ひねったんです」

女の人がしゃがむと、義足《ぎそく》が不自然な方向に曲がる。ピーターは思わず目をそむけた。

「じっとして」

止める間もなく冷たいナイフの刃をピーターの靴下《くつした》の内側にすべらせると、一瞬《いっしゅん》のうちに切り裂《さ》いた。ピーターは泣き声を出さないように、口をきつく結んだ。痛めた足は黒ずみ、ナスのようにパンパンに腫《は》れ上がっていた。

「この足で歩いて来たの？」

ピーターはわきに置いた木の枝《えだ》を指さした。

「枝を切って、杖《つえ》にしたんです」

指がふるえる。ピーターは手を下ろした。

女の人はうなずくと、ピーターの痛めた足のかかとに両手をそえて言った。

「動かすよ。いいかい？」

「だめ！　さわらないで！」

そんな言葉には耳も貸《か》さず、女の人は次々に指示《しじ》を出して足を調べ始めた。

「親指を動かして。次は全部の指。足首を横に」

痛みに耐《た》えかねて半泣きになりながらも、ピーターは言われた通りにした。

「運がよかった」

ピーターの足を服の上にもどしながら、女の人が言った。

「第五中足骨《ちゅうそっこつ》の転位のない骨折。つまり、右足の一番外側の骨の単純《たんじゅん》骨折ね」

「運がよかった？　骨折したのが、運がいいわけ？」

女の人は少し下がって自分の義足《ぎそく》をピーターの手のわきにドシンと置くと、ナイフをつき立てた。

「さてね、どうなんだろう……ただの骨折が、なぜ運がいいのか……」

「ああ、ごめんなさい。わかりました」

すると、義足からナイフをひき抜《ぬ》いてピーターに向けた。

「まだ若《わか》いから、そうね、六週間もギプスで固定すれば治るんじゃないかな」

「くわしいんですね。お医者さんか何かですか？」

「衛生兵《えいせいへい》だったから。昔のことだけど」

そう言うと立ち上がって、わかったというようにピーターを見直した。

「家出かぁ」

腕組《うでぐ》みをして、ピーターの目の前に顔をつき出す。

「あたり？　家出してきたんでしょ？」

「違《ちが》います！　ただ、あの……ハイキング」

女の人は両手で耳をたたいて顔をしかめた。

「悪いけど、聞こえないなあ。嘘《うそ》つき警報機《けいほうき》が鳴ってるんでね。もう一度聞くよ。うちから家出してきたんでしょ？」

ピーターはため息といっしょに答えた。

「まあ、そうです。正確《せいかく》に言えば違うけど」

「じゃあ、正確に言うと、あなたはどうして着替《きが》えと食料を持って昨晩《さくばん》、あたしの土地に侵入《しんにゅう》したのですかな？　バットなしのピーターさん？」

「正確に言うと、自分のうちから家出したのではなくて、うちに帰るために家出したんです」

「おや、それは複雑《ふくざつ》だ。それで？」

ピーターは作業台の奥《おく》の窓《まど》を見やった。水色の朝の空を背景《はいけい》に、背《せ》の高い松の木が何本もそびえている。木のてっぺんで、カラスの群《む》れが騒《さわ》がしく鳴き交わしている。この小屋から逃《のが》れてパックス探《さが》しの旅にもどれるような話を、作り上げられるだろうか。骨折《こっせつ》した第五中足骨をひきずって、今日じゅうに出て行けるような。そんな物語は、ひとつも思い浮《う》かばなかった。ピーターは壁《かべ》に寄《よ》りかかって、話しだした。

「戦争のせいなんです。住んでいた町に、敵軍《てきぐん》が近づいてきたんです。川まで迫《せま》っていて。それで、お父さんは軍隊に行かなきゃならなくなり、うちはお母さんが死んでてぼくはひとりになってしまうから、それでお父さんはぼくを連れて……」

「お父さんは、いくつ？」

「えっ？　ああ、三十六歳《さい》ですけど、なんで？」

「なら、軍隊に行かなきゃならないってことはないね。徴兵《ちょうへい》なら十八から二十歳だもの。まだ若《わか》くて洗脳《せんのう》しやすいから。お父さんが軍隊に入ったってことは、自分から入ったってことだね。希望したってことだ。事実関係をはっきりさせて話す。それが、この家の規《き》則《そく》」

「わかりました。お父さんは軍隊に入ることにしました。それで、ぼくはおじいちゃんの家で暮《く》らすことになって……」

「おじいちゃんの所がいやだったわけだ」

「そうじゃないんです。ええと……その、それをしまってもらえます?」

そう言われて初めてナイフを手にしていることに気づき、女の人は自分で自分をたしなめた。

「失礼よ、ヴォラ。お客様の前ではお行儀《ぎょうぎ》よくってことを、忘《わす》れたのね!」

ヴォラという名前らしい女の人は、ナイフを作業台に放り投げた。

「それで?」

「ありがとうございます。ぼくはキツネを飼《か》ってたっていうか、飼っているんです。そのキツネを山に放したんです。道路のそばに置いてきました。お父さんは、そうするのが一番だと言ったけど、そうしちゃいけなかったんです」

パックスを置いて車で走り去った時からずっと、ピーターの頭にお父さんに言うべきだった言葉がたまっていた。それが今、一気にあふれ出した。

「パックスは、赤ちゃんギツネの時からぼくが育てたんです。あいつはぼくを信じきっている。野生の世界でどう生き延《の》びたらいいかなんて、パックスは知らない。お父さんは

『たかがキツネ』って、パックスが犬や何かよりおとるように言ったけど、そうじゃない」

「わかった、わかった。あんたは怒《おこ》って、頭にきて、家出したんだね」

「怒ってません。違《ちが》います。ただ、パックスはぼくのキツネで、あいつはぼくを頼《たよ》りにしてるってこと。だから、今すぐあいつのところにもどらないといけないいんです」

「ああ、今は無理だね。予定変更《へんこう》だ」

「できません。あいつの所に行って、家に連れて帰らないと」

ピーターは立ち上がろうとして、激痛《げきつう》にあえいだ。枝《えだ》の杖《つえ》をつかんで、一瞬《いっしゅん》体重をかけたが、それだけのことでもすさまじい痛《いた》みに襲《おそ》われてたおれこんでしまった。

「さて。それでもまだ言い張《は》るかい？　その子を置いて来た地点は、どれぐらい遠いの？」

「三百キロ。もっとあるかも」ピーターは言った。

ヴォラが鼻を鳴らした。

「その足じゃ、三キロも歩けやしないね。森の中でクマのエサになるのがオチさ。それも、ひと晩《ばん》で低体温症《ていたいおんしょう》になって死ななければの話。体温が保《たも》てる速さで歩くことができないもの」

ヴォラは作業台に寄《よ》りかかり、バンダナを指でねじっている。何かを真剣《しんけん》に考えているようだ。そのようすは、頭がおかしいようには見えない。何かを思案しているようにも、心配そうにも見える。しばらくして、考えが固まったようだ。

「だれかが、あんたを探《さが》しにくるだろう。それは困《こま》る。だから、ここから去ってほしいのさ。ただ、こんな状態《じょうたい》で放り出すことはできない。あたしにも良心があるからね。だから、その足をしばって、痛み止めをあげよう。子どもにも飲ませられる物を、そうしたら……」

「子どもじゃありません！　もうすぐ十三歳《さい》なんだから」

ヴォラは肩《かた》をすくめて続けた。

「そうしたら、出て行けるだろう。幹線《かんせん》道路を少し行ったところに、自動車修理《しゅうり》工場がある。そこからおじいちゃんに電話して、迎《むか》えに来てもらえばいい」

「おじいちゃんのところにはもどらない。ぼくのキツネを連れもどしに行くんです」

「その足では無理だ。骨折《こっせつ》した部分が治って、体重をかけられるまでには、少なくとも……六週間はかかる。治ってから、また挑戦《ちょうせん》すればいい」

「六週間？　そんなに待てないよ。ぼくのキツネは……」

「お忘《わす》れでないよ、ぼうや。あたしゃ、一本足で歩き回ることにかけちゃ、少しは経験《けいけん》があるんだから。折れた骨《ほね》が修復《しゅうふく》する前に動くには、両肩《かた》と両腕《うで》を使って進むコツを学ばないとだめなのさ。今までと違《ちが》う意味で、強くならないといけない。それは、大人にとっても大変なことなんだから、ましてや子どもが……」

「子どもじゃないって！」

ヴォラは、黙《だま》れという代わりに片手《かたて》を上げた。

「もどって、骨折《こっせつ》した骨を治すんだね。まずは、患部《かんぶ》をしばって、その枝《えだ》よりましなものを作ろうか」

ヴォラは作業台からはなれると、小屋から出て行った。ピーターは、ヴォラが松の木立の中に消えて行くのを見ていた。片足をひきずって歩く後ろ姿《すがた》は、とてもつらそうだ。ヴォラが行ってしまうと、ピーターは床《ゆか》をはい回って、自分の持ち物をリュックサックに詰《つ》め直した。作業台につかまって立とうとしたが、あまりの痛《いた》さに失神しそうになり、頭がはっきりするまで手に汗《あせ》をかくほど作業台のふちをにぎりしめずにいられなかった。立ち上がってみると右足は激《はげ》しく痛み、とても歩けそうもないのがわかった。でも、ヴォラが治療《ちりょう》してくれる。それできっと歩けるようになる。歩かなければならない。

ピーターは、作業台に寄《よ》りかかって待つことにした。懐中《かいちゅう》電灯は持っていたが、昨夜は小屋の中を見る余裕《よゆう》がなかった。今、ようやくゆっくり見回すことができた。ドア近くには、むき出しの床に種や肥料《ひりょう》の袋《ふくろ》がきちんと積んであり、小屋の中は清潔《せいけつ》な麦わらと木の香《かお》りがする。どこかでニワトリの声がするけれど、動物の匂《にお》いはない。

作業台は小屋の壁《かべ》いっぱいの長さがあって、小型の工具や木材が並《なら》んでいる。向かい側は、出入口わきの壁の暗がりに、黄麻布《おうまふ》をかぶせた何かがかけてある。

ピーターの体が、またぶるぶるふるえだした。今度は寒くてふるえたのではない。布《ぬの》をかぶせた何かが、人間の頭のように見えたのだ。ふつう、物置小屋の壁にかける物といえば何百とあるだろうが、人間の頭はあり得ない。

のどがカラカラになり、鼓動《こどう》が速まる。自分が馬鹿《ばか》で、考えなしだった。あの頭のおかしい女の人は、ぼくを行かせてくれるだろうか？　ここから出すつもりがないのかもしれない。ピーターはヴォラが投げ出したナイフを見つけ、そのなめらかな柄《え》を手で包んだ。どう動くにしても相手のほうが優勢《ゆうせい》だけれど、少しでも自分の身を守りたい。ピーターがナイフをポケットにすべりこませた瞬間《しゅんかん》、ヴォラが戸口に現《あらわ》れた。

「これを飲みな」

ヴォラはピーターにコップを手渡《てわた》し、椀《わん》をわきに置いた。ピーターはコップの中身の匂《にお》いをかいだ。

「リンゴジュース。柳《やなぎ》の樹皮《じゅひ》が少し入ってる。全部飲むんだ」

「柳の樹皮？」

「天然のアスピリンさ、鎮痛《ちんつう》作用がある」

ピーターは飲まずにコップを置いた。頭のおかしな女が作った魔法《まほう》の薬など、飲めやしない。

「勝手にするさ」

ヴォラは椀を取り上げ、中に入った緑色のどろどろしたものを指でかき混《ま》ぜ始めた。

「それは何？」

「湿布薬《しっぷやく》。アルニカは打撲傷《だぼくしょう》にいい。折れた骨《ほね》にはコンフリーが効《き》く」

そう言うと、身ぶりで右足を作業ベンチに上げるように指示《しじ》した。

痛《いた》めた足の熱くほてった肌《はだ》に湿布薬を塗《ぬ》ってもらうと、冷たくて気持ちいい。ヴォラは自分のオーバーオールからバンダナを一枚《まい》ほどいて、それをピーターの足に巻《ま》いた。そして、もう一枚も重ねてしっかり巻いてからオーバーオールで手をふきながら立ち上がると、聞いた。

「身長は?」

「百六十センチ。なんで?」

ヴォラは答えない。木材の山をかき回して、ある程度《ていど》長さのある棒《ぼう》を何本か選び、木挽《こび》き台にのせた。そして、二本を同じ長さに切り始めた。さわやかな木くずの匂《にお》いが立ちこめる。長い棒の先に短い板を釘《くぎ》で止めたので、ようやくピーターにもわかった。松葉杖《まつばづえ》だ。松葉杖を作ってくれている。ポケットに入れたナイフが、ずっしりと重くなった。

何分も経《た》たないうちに、ヴォラは杖の上の部分を補強《ほきょう》して、手をかける部分をねじ止めした。ピーターの体に杖をあてて長さを確《たし》かめると、地面につく先を三センチほどずつ切り取った。

次に小屋の奥《おく》から古タイヤを転がしてきた。作業台のところに行って、何かを探《さが》して端《はし》から端まで見ている。ヴォラがふり向いた時、ピーターのほおは赤く染《そ》まった。

「あたしのナイフを盗《と》った？」

危険《きけん》な声。小屋の屋根を焼き尽《つ》くすほどの炎《ほのお》に巻《ま》かれるような危険。

ピーターは頭が真っ白になり、心臓《しんぞう》がまたも高鳴る。ポケットからナイフを出して、ヴォラに手渡《てわた》す。

「どうして？」

ピーターはつばを飲んだ。言葉が出ない。

「どうして？」

「それはその……ええ、殺されるかも知れないと思って」

「あたしがあんたを殺す？」ヴォラがピーターを見すえた。

「何だって？　森の中に住んでるから、殺人鬼《さつじんき》だってわけ？」

ピーターは片手《かたて》を上げて、壁《かべ》に並《なら》ぶ刃物《はもの》類を示《しめ》した。

「工具のこと？　八ヘクタールの土地の木を手入れするんだよ。それに、あたしゃ彫刻《ちょうこく》家《か》なの。木を削《けず》るのが仕事。あれが武器《ぶき》だと思ったのかい？」

ピーターは恥《は》ずかしくて、横を向かずにいられなかった。

「こっち向いて、ぼうや」

ピーターは向き直った。

「その通りかもしれない」ヴォラは目を見つめて言った。

「あんたの目は正しいかもしれないよ。あたしは、本当は……」そう言いながら両手をゆっくり上げて、ピーターの目の前で指を組み、銃《じゅう》を撃《う》つまねをした。

「バーン。こんなふうに、警告《けいこく》もなく人を撃つかもね！」

ピーターは真っ青になった。

「ごめんなさい。ぼくが悪かったんです」

ヴォラは掌《てのひら》をピーターに向けると、くるりと後ろを向いた。それっきり黙《だま》ってタイヤから四切れのゴムを切り取り、杖《つえ》の先とにぎりの部分に巻《ま》きつけて麻《あさ》ひもでしっかりと結《ゆ》わえつける。そして、でき上がった松葉杖をさし出した。

ピーターは脇《わき》の下に松葉杖《まつばづえ》をはさんで、床《ゆか》に立った。痛《いた》めた足を床《ゆか》につかずに、まっすぐバランスを取って立つことができる。

「掌《てのひら》で体重を受けて、体を持ち上げる。寄《よ》りかかったらだめ。それで、体を振《ふ》り子《こ》のようにして進む」

ヴォラにお礼を言おうとしたが、さえぎられた。

「この道を行くと幹線《かんせん》道路につきあたる。左に四百メートルも行くとガソリンスタンド。そこから先は、自分でなんとかするんだね」

そういうとピーターにリュックサックを背負《せお》わせ、それからあとは背中を向けて、木のブロックを取り上げた。そして、もうピーターなどそこにいないかのように、削《けず》り始めた。

ドアに向かって一歩をふみ出したピーターは少しよろけたが、転びはしなかった。

「それじゃジャンプだよ」ヴォラが顔も上げずに言った。「体を振り子のようにって言っただろう?　さあ、出て行っておくれ」

ピーターはしばらく動けなかった。どこへ向かえばいいのかがわからない。おじいちゃんの家に帰らないことだけは確実《かくじつ》だ。ヴォラがふり返ってピーターのほうに顔を向けると、指を組んでもう一度撃《う》つまねをした。

「行きな。殺されないうちに」

森から下の牧草地に降《お》りかけたところで、ハイイロが突然《とつぜん》立ち止まった。鼻を上に向けて匂《にお》いをかいでいる。

「まただ」

顔を上げ、さらに注意深くあたりの匂いを確《たし》かめる。

「近い」

いっしょに足を止めたパックスも、身構《みがま》えた。

ハイイロは木立がとぎれるあたりへ急ぐ。

「流れ者のキツネが縄《なわ》ばりを狙《ねら》っている。ここをほしがるのは、若《わか》い雌《め》ギツネのサカゲの気をひきたいからだ。この冬には、サカゲも相手を決めることになるだろう」

ハイイロについて行くと、パックスにも下のようすが見えてきた。牧草地にはキツネが四匹《ひき》いた。サカゲとスエッコが並《なら》んで立ち、先の黒いとがった耳を油断《ゆだん》なく他の二匹に向けている。知らない二匹のキツネは、丘《おか》を半分ほど下った岩棚《いわだな》の上で向き合っている。片《かた》方《ほう》はサカゲより毛色の濃《こ》い、お腹《なか》に子どものいる雌ギツネ。もう一匹は黄褐色《おうかっしょく》の荒《あら》っぽい大きな雄《お》ギツネで、背中《せなか》の毛を逆立《さかだ》てている。左耳がちぎれているようだ。

自分がいることを知らせるためにハイイロが吠《ほ》え声《ごえ》を上げると、大きな雄ギツネは回れ右して岩棚を降り、耳から血を流しながら牧草地を駆《か》け下りて逃《に》げて行った。

ハイイロの後についてパックスも丘を下りた。サカゲとスエッコのそばを通る時、ハイイロが近づくと二匹がほっとするように感じた。まるで、目に見えない手が背中をなでてくれるかのように。パックスを見て、スエッコは喜んで踊《おど》り出したが、サカゲは上くちびるをまくり上げておどした。

パックスは急いでハイイロを追った。大きなお腹の雌ギツネがいる岩棚に着くと、パックスもそこに礼儀《れいぎ》正しく座《すわ》った。大きなお腹のキツネはハイイロの連れ合いのようで、パックスを歓迎《かんげい》するあいさつを終えると、ハイイロに近況《きんきょう》を報告《ほうこく》した。

「今朝は西風。火の匂《にお》いを運んで来た。引《ひ》っ越《こ》しを急がなければ」

そして、パックスを見て言った。

「このよそ者、人間の匂《にお》いがする」

サカゲとスエッコが、ハイイロの返事に聞き耳を立てながら近づいて来た。

「南でいっしょに暮《く》らした人間のところにもどるそうだ。彼《かれ》とともに旅をして、引っ越し先を見つける。我々《われわれ》は体を休めて、今夜発つ」

ハイイロの後ろでサカゲが再《ふたた》びうなり声を上げたので、パックスは逃《に》げ出したくなった。自分は、ただあの子……ピーターを見つけたいだけ。けれど本能《ほんのう》が、体が休息と食料を必要としていることを告げている。パックスが同意を示《しめ》すと、ハイイロと連れ合いは静かに緑の牧草地に消えて行った。

そのとたんにスエッコが飛んできて、体あたりした。くわえてきた兵隊人形を落とし、いっしょに遊ぼうとパックスを誘《さそ》う。するとサカゲが割《わ》って入り、兵隊人形を蹴《け》とばした。

「人間。危険《きけん》。忘《わす》れるな」

スエッコは兵隊人形を拾いに行くと、わざと反抗的《はんこうてき》に口にくわえて見せた。

その時、パックスは感じた。スエッコが以前より言うことを聞かなくなった原因《げんいん》は、自分だ。ピーターとお父さんの間でも、そんなことが何度もあった。ピーターをお父さんの怒《いか》りから守るひとつの方法は、自分がその場を去ることだった。パックスは後ろに下がった。けれど、サカゲはそれだけでは満足しなかった。

「人間ギツネに近づくな」サカゲがスエッコに告げる。「危険。忘れるな」

パックスはスエッコに一歩近づいた。

「うちの人間は、危険じゃない」

スエッコは、パックスが戦いを挑《いど》んだものと思っておびえ、巣穴《すあな》を目指して丘《おか》を駆《か》け上ろうとした。だが、サカゲのほうが早かった。サカゲはスエッコの行く手をふさぎ、すり抜《ぬ》けようとする弟を、降参《こうさん》するまでたたきのめした。

「人間はどれも危険だ」

その時、サカゲが呼《よ》び起こした情景《じょうけい》に、パックスは総毛立った。雪まじりの冷たく激《はげ》しい風。その風をパックスは知っている。サカゲが語ろうとしている話の結末は、白い雪を染《そ》める血潮《ちしお》と、冷たい鉄のあご。
サカゲはパックスに牙《きば》をむいて見せると、語りだした。

シカを見た場所までようやくもどったところで、ピーターは立ち止まった。

転んだ時に岩の角で掌《てのひら》を切ったせいで、血まみれだ。汗《あせ》もびっしょりかいた。ほんの何分か歩いただけなのに、常《つね》に体重がかかる両腕《うで》がふるえている。ゴムのにぎりですれて、両掌の皮がすりむけた。右足は雷鳴《らいめい》がとどろくようにうずいている。だが、事態《じたい》は最悪だった。方向を間違《まちが》えたようだ。うす暗いおじいちゃんの家にもどることすらできずに、ぐるっと回って同じ場所へ帰ったのだ。地面に松葉杖《まつばづえ》をつき立てては体を前へ、またつき立てては体を前へをくり返したあげく、着いたのがヴォラの物置小屋に続く道だとは。

「まさか」

ピーターは立ち尽《つ》くした。

ヴォラが顔を上げた。にらみつけるような顔をしているが、どこかおびえているような気もする。

「ぼくはおじいちゃんの家にはもどらない」ピーターは意地になって言った。「助けてくれてもくれなくても、ぼくは自分のキツネを取りもどしに行く」

「助ける？」

ピーターはベンチまで行って、体をもたせかけた。

「教えて下さい。あなたが言っていた、腕《うで》を使った歩き方を。体を強くする方法を。あなたが身につけた片足《かたあし》で歩く方法を、ぼくにも教えて下さい。衛生兵《えいせいへい》だったんでしょ？　ぼくの足を治して下さい。お願いです。何でも言われた通りにしますから」

ピーターはなんとかして信頼《しんらい》の気持ちを示《しめ》そうと、薬の入ったコップを手に取って一気に飲み干《ほ》した。

「治ったら出て行きます。でも、もしあなたが助けてくれないとしても、ぼくは自分のキツネを取りもどしに行きます」

ヴォラは両手を腰《こし》にあてて、ピーターと同じ高さまで顔を下げるとまっすぐ目を見た。

「人間が飼《か》いならしたキツネを、野生に返したんだね？　生きては行けないってこと、わかるだろう？」

「わかります。ぼくのせいです。死んだとしても、家に連れて帰って埋《う》めてやりたい。どっちにしても、ぼくのキツネを探《さが》しにあそこにもどって、家に連れて帰るつもりです」

ヴォラは、改めてピーターを上から下まで見た。

「聞くけど、どっちなんだい？　家に帰りたいのか、それともキツネを見つけたいのか？」

「どっちも同じことなんです」

急に口をついて出た言葉だが、まさにその通りだったので、自分でも驚《おどろ》いた。

「それで、だれが止めようと、どうしてもやりとげようって言うんだね？　それが自分にとって正しいこと。心の底からそう思うんだね？」ヴォラは、にぎり拳《こぶし》で自分の胸《むね》をたたいた。「心の底から、そう言うんだね？」

ピーターはしばらく考えた。この女の人は、頭がおかしいのか、おかしくないのかわからない。この質問《しつもん》の答えに、全世界の運命がかかっているとでもいうような聞き方ではないか。けれど、答えは決まっていた。あまり考えずに出た答えだが、間違《まちが》ってはいない。一生かかって考えたとしても、答えは同じ。ピーターも自分の胸《むね》をたたいて答えた。心臓《しんぞう》が飛び上がりそうだった。

「はい。本当に、ぼくの心の底にあるのは、そのことだけです」

ヴォラはうなずいた。

「そうかい。十二歳《さい》なら、自分のことは十分わかっているだろうからね。そのことでとやかくは言わない。よろしい、わかった」

「助けてくれますか?」

「助けよう」ヴォラは手をさし出して握手《あくしゅ》を求めた。

「ただし、条件《じょうけん》が三つある」

「弟は、私《わたし》の次の年に生まれたうちの一匹《ぴき》。この子たちは生まれた時期が早かった。去年は春が遅《おそ》く、降《ふ》った雪がいつまでも残った。地面はまだ雪の下で凍《こお》りついていた。私は近くに住んで狩《か》りを手伝った。両親と私は一日じゅう、食料を探《さが》し回った。子ギツネたちは、いつでも腹《はら》をすかせていたから。けれど、獲物《えもの》は少なかった。

ある日、二匹の子ギツネが息をひき取った。農場。母ギツネが言った。人間の農場ならいつでも、暖《あたた》かい納屋《なや》に太ったネズミがいる。人間の農場なら、ニワトリ小屋の中に卵《たまご》がある。

父ギツネは、危《あぶ》ないからだめだと言った。

三匹《びき》目の子ギツネが衰弱《すいじゃく》して立てなくなった時、母は父の制止《せいし》をふり切った」

スエッコが顔を上げて、訴《うった》えるような目でサカゲを見た。

サカゲは無視《むし》して続ける。「母は、その時生まれた中で一番強く育った妹と、私《わたし》を連れて農場へ向かった」

スエッコがすり寄《よ》ってきて、パックスの肩《かた》に鼻づらを埋《う》めた。そのとたんに、サカゲが顔をなぐりつける。けれどサカゲが爪《つめ》を出さずになぐっているのにパックスは気づいていた。スエッコは地面に体を伏《ふ》せた。

「大勢《おおぜい》の人間と動物にふまれて、納屋《なや》のまわりには雪がなかった。あたりは、ネズミの匂《にお》いで満ちていた。母は、土台に近い板壁《いたかべ》の割《わ》れ目に向かった。尻尾《しっぽ》二、三本ほど後ろに私と妹が続いた。もう少し、というところで、地面から突然《とつぜん》鉄のあごが飛び出して、空気を切り裂《さ》いたのだ。母が悲鳴を上げた。鉄のあごが母の前足に食いこんでいた。暴《あば》れれば暴れるほど、鋭《するど》い鉄が足を切り裂く。母は逃《に》げのびるために自分の足をかみ切ろうとした。私たちが母のそばに駆《か》けつけようとするたびに、あっちへ行けと言われた。

父ギツネが来た。あとをつけてきたのだ。妹と私を藪《やぶ》のかげに追いこみ、そこにいろと命じた。そして、父は母を救いに行った」

サカゲが伝えてきたのは、深い情愛《じょうあい》で結ばれた二匹のキツネの悲惨《ひさん》な姿《すがた》だった。あまりの恐怖《きょうふ》に二匹とも白目になっている。パックスにも恐怖の鋭い匂いが感じられるほどだ。耐《た》えきれずに泣きだしたスエッコをなぐさめようとしたが、サカゲに止められた。

「やがて人間が出てきた。棒《ぼう》を手に持って。両親は、走って家に帰れと私たちに向かって叫《さけ》んだ。でも私たちはそこにいて、見てしまった。人間がこん棒をふり上げると、私たちの目の前で両親の体は血まみれになった。毛が、肉が、砕《くだ》けた骨《ほね》が、雪の上に飛び散った」

スエッコが泣きながら巣に帰ろうとしたが、またサカゲにはばまれた。

「私と妹は、両親の亡骸《なきがら》からはなれられなかった。暗闇《くらやみ》が訪《おとず》れ、やがて次の朝になった。それでも私たちは納屋のそばの薪《まき》の山に隠《かく》れていた。ようやく立ち上がったが、夜から雪が降《ふ》りだした。雪はすべての音と匂いを消し去った。私たちは道に迷《まよ》い、大きな松の大枝《おおえだ》の下にもぐりこんだ。私は小さな妹を抱《だ》いて寄りそった。朝になると、妹は死んでいた。雪が止んでわかったが、その木は巣穴《すあな》のある尾根《おね》のすぐ上の大松だった」

大きな松の根元で凍死《とうし》した妹の姿《すがた》を伝えると、サカゲは精魂《せいこん》が尽《つ》き果てたようだった。

「さあ弟よ、私《わたし》たちに家族がいないのは、なぜだ?」

スエッコがパックスに向かって答えた。

「人間のせいだ。だから家族がいない」

サカゲが金色の瞳《ひとみ》でパックスを挑戦的《ちょうせんてき》に見た。

できることなら、ピーターの優《やさ》しさをサカゲに教えてやりたいとパックスは思った。けれど、サカゲが抱《いだ》く人間への憎《にく》しみはあまりにも深く、無理もないことだ。パックスは同《どう》情《じょう》を現《あらわ》すしるしに、ほおを近づけた。だがサカゲは体をひるがえすと、巣に入れと弟に告げた。

12

「入らないの？　ハエを中に入れるために戸を開けてやってるんじゃないんだよ」

ピーターはリュックサックを置いて松葉杖《まつばづえ》に寄《よ》りかかり、丸太小屋に見入っていた。

「このへんの木で建てたんだね」

質問《しつもん》したわけではなかったが、ヴォラはうなずいて丘《おか》の上を指さした。

「トウヒ。メイソン尾根《おね》の頂上《ちょうじょう》から切ってきたんだ。リンカーンが生まれた丸太小屋みたいだと思ってるんだろ？」

「まあね」本当は違《ちが》った。ピーターは小屋の丸太に手をふれてみた。こんなに……なんていうか、大切なものを自分で作るって、どんな気持ちなんだろう？　木を切り、青い空からたおれてくるのを自分の目で見、平地まで転がして下ろす。両手は、鼻を刺《さ》す臭《にお》いのねばねばした樹脂《じゅし》でベトベトだ。切った丸太を所定の位置にすえ、刻《きざ》み目《め》を入れて組み立てていく。そう、幼稚園《ようちえん》でよく遊んだ、大きな段《だん》ボール箱に入った積み木セットのように。

そうやって、自分が住む家を作り上げるなんて。

「自分で建てたんですか？」

「いいや、あたしより前の世代の人。さあ、入って。こっちはいそがしいんだから」

ピーターはまだ動こうとしなかった。

「条件《じょうけん》って、何なんです？　家に着いたら言うって言ったでしょ」

ヴォラはため息をつくと、一歩下がって玄関《げんかん》の階段代わりに置いた花こう岩の敷石《しきいし》に腰《こし》を下ろした。網戸《あみど》がパタンと閉《し》まる。種の入った壺《つぼ》を取り上げると、まわりの木々から小鳥の群《む》れが舞《ま》い降《お》りてヴォラを取り囲んだ。ヴォラは、角の垂木《たるき》にかけたエサ箱に種を入れてから、やっとピーターに向き直って口を開いた。

「条件その一。この家のまわりにだれかが来るのはごめんだ。人からはなれた暮《く》らしには、それなりの理由がある。だから、あんたのおじいさんに手紙を書いて、どうあろうと、ここにだれかを寄《よ》こすのはやめてくれと言うこと。ともかく、あんたの家族に、あんたがどこかの溝《みぞ》にはまって死んでないと知らせるのはあたり前のことだろう」

それを聞いたピーターは驚《おどろ》いて一歩下がり、思わず転びそうになった。おかげで、右足が焼けるように痛《いた》んだが、くちびるをかんでこらえる。

「だめだめ。ぼくを迎《むか》えにくるから、だめ」

「条件その一については、交渉《こうしょう》の余地《よち》なし」

ヴォラは壺から種を何粒《つぶ》かつまむと、掌《てのひら》にのせて前にさし出した。すぐに一羽のコガラがエサ箱をはなれてやってきて、ヴォラの指に止まった。コガラは掌の種をつついていたが、食べ終わるとヴォラは鳥を空に帰した。それから、ピーターをふり返った。

「条件その二、あのブレスレットを持ち歩いている理由を話すこと」

ピーターはリュックサックを見下ろした。だれにも話したことのない秘密《ひみつ》にふれると思うと、胸《むね》をわしづかみされたような気持ちになる。

「なんで?」

「あんたに興味《きょうみ》があるから。戦場に行く時に持って行く物を知ると、その兵士のことがおおよそわかる」

「でも、ぼくは兵士じゃないよ。家に帰りたいだけ」

「そうかい？　あたしには、あんたは何かと戦うためにどこかへ向かっているように見えるけどね。戦争が近づいているほうへ。まあ、あんたの言う通り、兵士ではないけど。だとしても条件《じょうけん》その二は変わらない。あたしが聞いたら、あのブレスレットを持ってきた理由を言うこと。どうして、他の物ではなくあれなのか。本当のことを言う。それが、この家の規則《きそく》。いいね？」

ピーターはうなずいた。骨折《こっせつ》した右足がズキズキ痛《いた》むし、右足をかばって歩いていたせいで左足まで痛い。物置小屋からこの丸太小屋までの百メートルほどを松葉杖《まつばづえ》と格闘《かくとう》して歩いたので、シャツは汗《あせ》でびっしょりだ。それでもまだピーターは、外に立っていた。

「条件その三は？」

「あることを手伝ってほしい。そんな顔をするな。大丈夫《だいじょうぶ》、もうひとりの手が必要な計画っていうだけだから。ただし、それについてまだくわしい説明はできない」

ヴォラがピーターのリュックサックを手に取った。

「さあ、入って。その足を休めないと。それに、《正確《せいかく》に言うと自分のうちから家出したのではない、バットなしのピーターさん》は、きっと腹《はら》ペコだろう？」

ピーターは急に空腹《くうふく》を感じた。それでも、まだ動こうとせず、遠くの山々の方角に体を向けた。くすんだ青い山に、太陽の光が射《さ》している。パックスがあのどこかにいる。まだ、ずいぶん遠い。

ヴォラがピーターの後ろに近づいた。肩《かた》に手がかかるような予感がしたが、ヴォラはそのまま手を下ろした。

「気持ちはわかるよ。でも、あんたは旅を続けられる状態《じょうたい》じゃない」

中に入ってみると、丸太小屋の中は明るく、かすかに煙《けむり》の匂《にお》いがした。ヴォラがたたいて示《しめ》した松材のテーブルの前に、ピーターは腰《こし》を下ろした。ヴォラはピーターの肩に毛布《もうふ》をかけるといったん出て行って、ビニール袋《ぶくろ》に氷を詰《つ》めて持ってきた。ピーターの右足を椅子《いす》の上にのせ、椅子と足の間に氷の袋をさしこむ。それから、タオルで手の切り傷《きず》をきれいにふいてくれた。やがて、パンとナイフののったまな板を渡《わた》して寄《よ》こした。

ピーターは、それをテーブルに置いた。

「どれぐらいかかりますか？」

「あんた次第だね」ヴォラはパンを指さして言った。「何？　手も使えないのかい？　それを切って」

「どれぐらい？」

「出発できるのがいつかというと、あんたがこの松葉杖《まつばづえ》を使って、一日に八時間険《けわ》しい地形を歩けるようになった時。二週間かな。六枚《まい》に切って」

「わかってないよ。パックスが死んじゃう！」

ヴォラは顔を近づけてピーターをにらんだ。そして、親指でピーターの後ろの壁《かべ》を指して言った。

「十一番」

ふり返って見ると、壁一面にゴタゴタとはり紙がしてある。ピーターは、十一番となぐり書きしてあるはり紙を声に出して読んだ。《一本のストローを使えば、メキシコ湾流《わんりゅう》さえ引きこむことができる。ただしストローをメキシコ湾流の流れに沿《そ》って置くこと》

「どういう意味？」

「流れに沿うのが大事ってことさ、ぼうや」

「流れに沿う？」

「物事がどうなっているかをよく見て、それを受け入れる。あんたは、足を骨折《こっせつ》している。骨折だよ。その解決策《かいけつさく》は、あたしがいいと言うまでここで治すこと。言っただろ、あたしの良心の許容範囲《きょようはんい》ギリギリなんだよ。あとは、あんたが決めること。よしと言うまでここにいるか、今すぐおじいさんのところにもどるか。決心は変わらないのかい？」

「変わらないけど、でも……」

「なら、受け入れるしかないだろ？　さあ、さっさと、そのパンを切っちまいなよ、バリゾコマン」

ピーターは言い返そうとしたが、やめて口を閉《と》じた。二週間なんて、とても待てない。でも、今はおとなしく従《したが》うしかなさそうだ。

ピーターはうつむいて、パンを六枚に切る仕事に集中した。ヴォラは鉄のフライパンにバターのかたまりを投げこんでから、コンロの火をつけた。背中《せなか》を向けたまま、カウンターの上の棚《たな》を示《しめ》して言う。

「好きなのを取りな」

棚《たな》には前後三列に並《なら》んだ虹《にじ》色に輝《かがや》くビン詰《づ》めがぎっしり、壁《かべ》の幅《はば》いっぱいに連なってい
た。ピーターは、活字体で書かれたラベルを読んでいった。サクランボ、プラム、トマト、
ブルーベリー、リンゴ、カボチャ、ナシ、インゲン、ビーツ、モモ。棚のわきには、干《ほ》し
たニンニクと唐辛子《とうがらし》が吊《つ》るしてある。

「全部手作り？」

ヴォラは黙《だま》って背中《せなか》でうなずいた。

「あの石の塀沿《へいぞ》いの木に、花が咲《さ》いているでしょ。あれは何の木？」

「一番こっち側の塀？　モモだね」

ピーターは一番端《はし》のビンを指さした。

「モモを、お願いします」

ヴォラはビンを取ってふたを開け、フォークといっしょに渡《わた》した。

「あ、木の枝《えだ》が入ってるみたい」

ヴォラはビンの中からその枝をつまみ上げると自分の口に入れ、シロップをしゃぶって

しまうと、枝を流しに投げ入れて目をくるりと回した。

「シナモンだよ、まったく。さあ、食べな」

そして、ピーターが切ったパンを見て、よろしいというようにうなずき、手に取った。

「チーズはチェダーかスイス、どっち？」

「チェダーかな。たぶん」

ヴォラが背中を伸《の》ばした。

「たぶんだって？　わからないんだろ？」

ピーターは肩《かた》をすくめて、モモのシロップ漬《づ》けをひと切れ口に運んだ。輝く黄金色の見た目通り、豊《ゆた》かな味が舌《した》の上に広がる。

ヴォラはチーズ問題についてもっと言いたそうな剣幕《けんまく》だったが、口をぎゅっと閉《と》じると義足《ぎそく》に重心をかけてくるっと回り、足をひきずって裏口《うらぐち》から出て行った。少しすると、厚《あつ》切《ぎ》りのチーズを手に持ってもどり、黙ったままホットサンドイッチ作りに取りかかった。

熱いフライパンの上でバターがジュージュー音を立てて泡立《あわだ》つ。

ピーターは丸太小屋の中を見回した。広くはないが、せま苦しい感じもしない。磨《みが》き上げた窓《まど》から太陽の光が降《ふ》り注ぎ、丸太材の壁《かべ》をはちみつ色に染《そ》めている。青いしまもようの安楽椅子《いす》がふたつ、石造《いしづく》りの暖炉《だんろ》に向いて置いてある。その間に、本の詰《つ》まったトランクが置いてあって、テーブル代わりになっている。小さな樽《たる》の上に手提《てさ》げランプがあり、梁《はり》からもランプが下がっている。

暖炉の上には写真が飾《かざ》られ、壁には絵がかかり、安楽椅子のわきには編《あ》み物《もの》の籠《かご》がある。暖炉の横の開けっぱなしのドアから、別の部屋のベッドの端《はし》が見えている。黄色い格子柄《こうしがら》のキルトがかかり、きちんと整えてある。頭のおかしい人の家にしては、驚《おどろ》くほどふつうだ。それでも、何かが足りない気がする。そう思った時、ピーターは、家の中の静けさに気づいた。音がしない。家の外の鳥の声と、フライパンの中のバターの音だけ。静かなだけじゃなく、何かが違《ちが》う。

「もしかして」ようやくわかった。「電気がないんだ」

ヴォラがホットサンドをひっくり返して言った。

「知ってるかぎり、この国じゃあ電気がないからって罪《つみ》にはならないだろ。今のところは、とりあえず」

ピーターは考えてみた。電気がないと、何が不便だろう？　数えきれないほどだ。ピーターはモモの最後のひと切れを口に運んだ。空のビンの中で、フォークが音を立てる。ヴォラが相変わらず背中《せなか》を向けたままだから、残ったシロップまで飲んでしまおうとビンを逆《さか》さにする。

「でも、待って。氷はどうしたの？」

「ベランダに冷蔵庫《れいぞうこ》がある。ガスのね。コンロも、温水器もあるさ。必要な物はなんでもある」ヴォラは、二枚《まい》の青い皿にのせたホットサンドをテーブルに置いた。おいしそうな匂《にお》いに、口の中によだれがあふれるが、ピーターは話の続きを待った。ヴォラがまだ言い終えていないような気がしたからだ。

「必要な物どころか、それ以上の物があるよ」ヴォラが続けた。「ここには平和がある」

「静かだから？」

「違う。自分のいるべきところにいるから。やるべきことをしているから。それが、平和だってことだよ。食べな」

ピーターはホットサンドにかぶりついた。香《こう》ばしくカリカリに焼けたパンの間から、溶《と》けたチーズが流れ出る。

いつもの習慣《しゅうかん》でパンの端《はし》をちぎって、テーブルの下にさし出そうとして気がついた。パックスはいない。ピーターが会いたいと思うように、パックスもピーターに会いたがっているだろうか。

「ひとりで、さみしくないんですか？」

「会う人はいる。図書館のビー・ブッカーとか、バスの運転手のロバート・ジョンソンとか。友人……には会うさ」

ヴォラは立ち上がってコンロからフライパンを取って来ると、ピーターの皿におかわりのホットサンドをのせた。「食べな」

ピーターはヴォラの言った平和について考えながら食べた。食べ終わると、指についたバターまみれのパンくずをなめた。

「やるべきことをしているって、どういう意味ですか？　仕事？」

「もちろん仕事はしてるさ。菜園が二千平方メートルに、その倍の広さの果樹園《かじゅえん》がある。今日はマメとオクラを植える予定だし。井戸《いど》のポンプの防水《ぼうすい》をやり直さないといけない。

仕事はいつでも山ほどある」

「でも、お金をかせぐための仕事はしてないんでしょ？　物が買えるんですか？　あの、物置小屋の工具みたいな物とか。それから……」ピーターは、手をふって部屋の中を指した。「いろいろな物とか」

ヴォラはカウンターにぴょんと座《すわ》って木製《もくせい》の義足《ぎそく》を見せ、手に持ったへらでたたいた。

「お国が毎月お涙銭《なみだせん》を払《はら》ってくれるのさ。足を失くした代償《だいしょう》にね」

ヴォラはへらを流しに落として、首を横にふった。「ひどいバリゾコマンな取引だよ。あたしの足は結局、お国にはそれほどの価値《かち》もなかったってことだね。それなら最初からそう言ってほしかったよ。地雷原《じらいげん》行き要員を探《さが》す前にさ。なんてったって、自分の足が気に入ってたんだから。いい足だったんだ。見かけはそれほどよくないかもしれないが、十分機能《きのう》してた。六年生の時、ディアドラ・カラナンとふたりで、あの子のおやじの薪小屋《まきごや》に火をつけた時には隣町《となりまち》まで走って逃《に》げられたし、次の年には、あたしのお尻《しり》にさわろうとしたヘンリー・バレンタインの顔を蹴《け》り上げた。まだまだいくらでも言える。足一本には、それはそれは大きな価値がある。取りもどしたいと思わない日は一日だってないさ」

「どうしてもっとちゃんとした、あの……」

ヴォラは、さらに義足《ぎそく》をつき出し、ズボンのすそをまくり上げて木の具合を調べ始めた。

「ああ、もっとちゃんとした義足を作ってくれたよ。すばらしくよくできた代物《しろもの》を。ただし、それを見るたびにぞっとする。だから自分で作ったわけ。重くて不格好《ぶかっこう》だけど、戦争中ひどいことをしてきたからね。こんな重荷をひきずって歩くのが相応《そうおう》なのさ」

「捨《す》てた？　義足を、捨ててしまったんですか？」

ピーターは、ゴミ収集人《しゅうしゅうにん》の驚《おどろ》く顔を想像《そうぞう》せずにいられなかった。

「まさか。ときどきはつけるよ。今のところは菜園のかかしがつけてるけどね。あれには、カラスどももぞっとしてるよ、間違《まちが》いなく」

ヴォラは急に菜園のことを思い出したというように、カウンターから降《お》りて頭にオンボロの麦わら帽子《ぼうし》をかぶった。

「暗くなるまでには帰る。トイレは外のヒマラヤスギが二本立ってるところ。それから、キッチンにたらいがあるから体を洗うといい。ベランダは好きに使っていいよ。と言っても、実際《じっさい》はフランソワと共同で使うことになるけど。その足を高く上げておくこと」

「フランソワって?」

ヴォラが吠《ほ》えるような声で笑ったので、ピーターはギョッとした。あっちというように、裏口《うらぐち》のドアに顔を向ける。網戸付《あみどつき》で囲ったベランダに続くドアだ。

「きっと今もあそこで昼寝《ひるね》してるだろうよ。まったく怠け者《なまもの》だから」ヴォラは裏口のドアのほうへ行き、外をのぞいてうなずいた。「来てごらん」

ピーターはやっとの思いで椅子《いす》から立ち上がり、松葉杖《まつばづえ》にすがった。ヴォラはドアを押《お》さえていてくれて、木の箱を指した。ピーターが見ると、中からまわりを黒い毛にふちどられたふたつの目がこちらを見ている。アライグマだ。こちらをよく見ようと頭をかしげ、また向こうをむいてしまった。

「フランソワ・ヴィヨン。歴史上有名な大泥棒《おおどろぼう》の名前をもらったのさ。もともとは詩人だった。あんまり人気者だから、逮捕《たいほ》されるたびに熱烈《ねつれつ》なファンが許《ゆる》しを乞《こ》うてくれたって人」

ピーターはにやりとして、かがんでアライグマを見た。

「こんにちは。チッ、チッ、チッ」

毎朝パックスに声をかけるように、そっと呼《よ》びかける。アライグマは眠《ねむ》たげにピーターを見たが、興味《きょうみ》なしと判断《はんだん》したようで、寝《ね》そべって目を閉《と》じてしまった。

「野生？　それとも飼《か》ってるの？」

ヴォラは、ハエを追うようにその質問《しつもん》を手で払《はら》った。

「ベランダの網戸《あみど》はいつも開けてある。フランソワは、気が向くとやってきて、しばらくいっしょにいる友人。食べ物をあげるけど、やらなくても生きていける。自分でエサを探《さが》すだけで、十分太ってるもの。ニワトリ小屋に関しては、ちょっとした協定を結んでる。フランソワはメンドリには手を出さないし、こちらはときどき卵《たまご》をあげる。友人だもの。それが一番ぴったりの言葉」

ヴォラは、天井《てんじょう》にわたる梁《はり》を指して言った。

「明日は、ここで懸垂《けんすい》ができる。ただし、今日はその足を休めて、高くしておくこと。心《しん》臓《ぞう》より高い位置が一番いい」

ヴォラは冷蔵庫《れいぞうこ》を顔で示《しめ》して、続けた。

「ときどき氷を取り換《か》えて冷やすこと。腫《は》れがひいたら、今夜骨《ほね》を固定しよう。数時間おきに、水に柳《やなぎ》の樹皮《じゅひ》をスプーン一杯《ぱい》入れて飲むこと」

ピーターはうなずいて、梁からつるしたハンモックにたおれこんだ。疲《つか》れ切っていた。

ヴォラは出ていきかけたが、戸口でふり向いてピーターをじっと見た。腕組《うでぐ》みをして、何とも言えない表情《ひょうじょう》を浮《う》かべている。

「何？」

「考えてたんだ。あんたは今、このうちのベランダにいるけど、動物で言えば、どっちなんだろうね？　野生なのか？　それとも飼われてるのか？」

パックスが目を覚ましたのは、午後も遅《おそ》くなったころだった。ここ数日続く脇腹《わきばら》のけいれんがひどくなり、立ち上がろうとしてよろけてしまった。体じゅうの筋肉《きんにく》がブルブルふるえる。

ぼんやりしながら、どこかに怪我《けが》をしているかを確《たし》かめた。前に病気になった時、ピーターが無理やり薬をパックスののどに押《お》しこんだ。すると意識《いしき》がぼんやりして動きが鈍《にぶ》くなったが、あの時に似《に》ている。

ひんやり冷たい土の上に寝《ね》そべって下をながめていると、ハイイロと連れ合いが巣穴《すあな》から顔を出して空気の匂《にお》いをかいでから、エサを探《さが》しに出かけていった。パックスのそばの巣穴からサカゲも飛び出してきて、スエッコにそこで待つように告げて、やはり狩《か》りに出かけて行った。

ピーターといっしょに車に乗りこんだあの日、緊迫《きんぱく》した雰囲気《ふんいき》を感じたパックスは朝ご飯のドッグフードを食べなかった。だから、もう丸三日間何も食べていない。死を経験《けいけん》したことはないが、このまま食べ物を見つけられなければ、その先に死が待っていることは知っていた。知ってはいても、急いで何かをしなければという気持ちにはなれない。けれど、ピーターを探して安全を確かめなければと思った瞬間《しゅんかん》、パックスは再《ふたた》び立ち上がろうと前足をふんばり、後ろ足を伸《の》ばして身構《みがま》えた。

少しすると、頭がはっきりしてきた。サカゲとスエッコの巣穴の前にさしかかると、やわらかい土の下に埋《う》めてある食料の匂《にお》いがした。けれど、二匹《ひき》が警告《けいこく》の匂いをふりまいて守っているから、掘《ほ》り返さなかった。もう少し行くと、腐肉《ふにく》あさり向きのカスが転がっているのを見つけた。パックスは、足でつついてみた。ネズミの尻尾《しっぽ》のつけ根らしいが、肉が残っていない。カラスでさえ見向きもしない筋《すじ》ばかりで、腐《くさ》ってうじ虫が湧《わ》いている。顔を近づけて口を開いたが、ひどい匂いに思わずあとずさった。これは食べ物ではない。

敏感《びんかん》な鼻から腐《くさ》った匂《にお》いを消そうと、数歩下がってクローバーの茂《しげ》みに顔を埋《う》め、新芽をかんだ。クローバーの新芽を飲みこみ、試しにもう少し食べてみた。口を動かして何かを食べること自体が、縮《ちぢ》んだ胃に心地いい。けれど、クローバーは食事とは言えないし、食べても力が出ない。何口か食べるうちに気持ちが固まった。ピーターを探《さが》さなければ。

その時、草むらをかきわけて近づく物音に気づいた。ぼんやりしているうちに、小さなかたまりが飛びついてきた。

あっという間にスエッコがパックスの上に飛びのり、不意打ちの成功に喜びの声を上げていた。パックスがふり落としもせずじっとしているので、スエッコはパックスの体を調べ始めた。小さなキツネが体の匂いをかいだり、なめたりしている間、パックスはその場に横たわっていた。あまりに弱っていて、追い払《はら》う元気さえない。

「どこか悪いの？」

パックスは低く射《さ》す日光に目を閉《と》じたまま、返事もしなかった。

スエッコはどこかへ行ったと思うと、数分後何かの幼虫《ようちゅう》をくわえてもどってきて、それをパックスの前足の先に落とした。

思わずぞっとしたが、さっきの考えが頭に浮《う》かんだ。自分はピーターを探さなければならない。これを食べれば生きながらえてピーターを探せるかもしれない。パックスは幼虫を口に入れて、かんだ。だが、生きたエサを食べたことがなかったから、思わずはき出してしまった。

スエッコがもう一匹幼虫を掘《ほ》り出してきて、パックスの前に置いたが、パックスは立ち上がって、数歩さがると座《すわ》りこんだ。

スエッコはあとについてきて、パックスをうながした。

パックスはありったけの権威《けんい》を奮《ふる》い起こして、スエッコに告げた。

「食べな」

「あっちへ行け」

スエッコは、年長のパックスをしばらく見つめていたが、回れ右をして草むらに消えて行った。

安心したパックスは、前足に頭をのせた。もう、抵抗《ていこう》する力もない。少しすると、またスエッコが現《あらわ》れた。何か丸いものを口にくわえている。下に落とすと、割《わ》れてしまった。

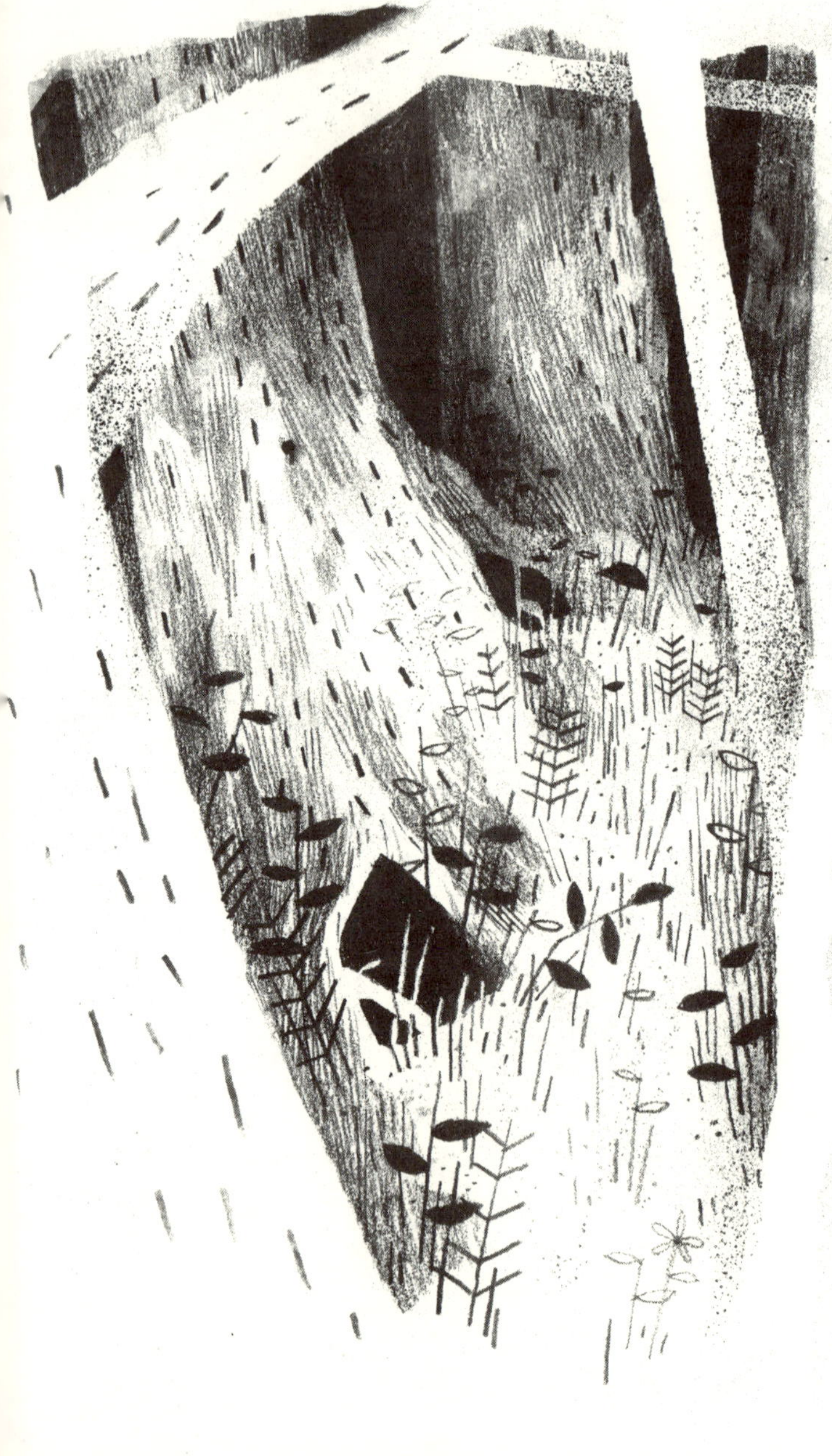

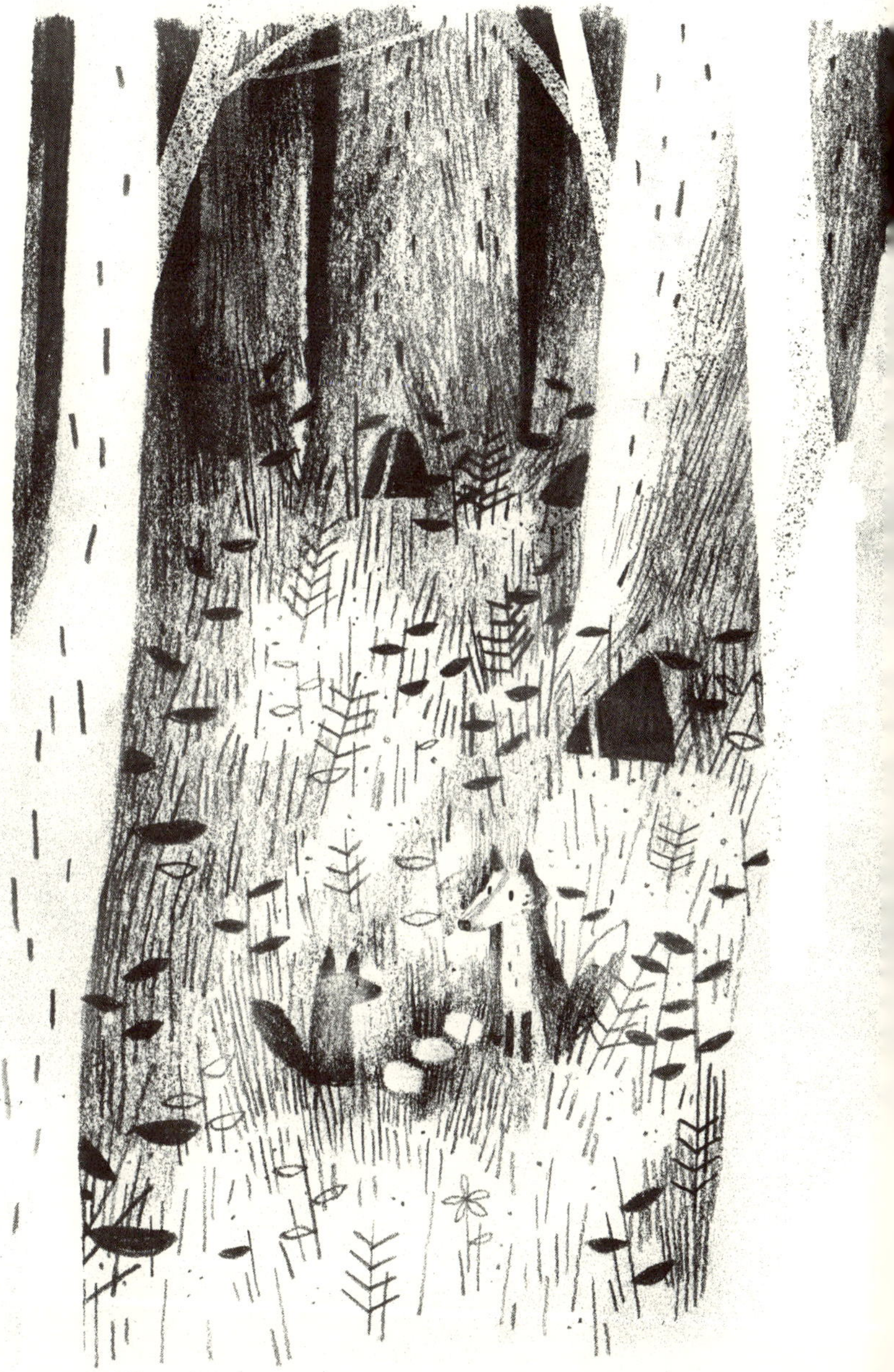

卵《たまご》だ。その匂《にお》いは、パックスに鮮《あざ》やかな記憶《きおく》を呼《よ》び起こした。パックスがまだとても幼《おさな》かった時、家のキッチンカウンターを探検《たんけん》していて、白くて固い丸いものを見つけた。ピーターのオモチャだと思って、つついてみた。すると、丸い物は床《ゆか》に落ちて割《わ》れ、秘密《ひみつ》のごちそうが現《あらわ》れたではないか。卵の最後のひとしずくをなめている時、ピーターのお父さんが入ってきて、ピシャリとたたかれ、追い払《はら》われた。たたかれた脇腹《わきばら》は痛《いた》んだが、卵の味にはたたかれるだけの価値《かち》があった。それ以来パックスは、家にだれもいない時には必ずキッチンカウンターへ卵を探《さが》しに行くことにしていた。そして、何度かは幸運に恵《めぐ》まれた。

スエッコがくわえてきたのはウズラの卵で、まだらもようの殻《から》には乾《かわ》いた草がこびりついていた。ニワトリの卵より小さく、匂いも強いが、間違《まちが》いなく卵だ。

パックスは起き上がった。スエッコは後ろに下がって、パックスがおいしい黄身をなめられるようにした。パックスは、卵の下の草まできれいになめると、感謝《かんしゃ》をこめてスエッコを見上げた。

スエッコはどこかへ行ったが、またしばらくしてもどってきた。口に卵をふたつ、大事にくわえて。パックスは、またもむさぼるように食べた。スエッコはそれからも、さらに二回出かけてはもどってきた。パックスは食べ続け、結局七つの卵を食べたので、縮《ちぢ》んでいた腹もふくれ、巣穴《すあな》が並《なら》ぶ前の砂地《すなち》に横になって目を閉《と》じた。

スエッコは、巣穴の上のこぶだらけの根っこの上に飛びのった。そして、思いっきり背《せ》伸《の》びをして座《すわ》った。そしてパックスが眠《ねむ》っている間じゅう、小さな末っ子の子ギツネが見《み》張《は》りを務《つと》めていた。

先にゴツンと木の音、続いてやわらかい靴《くつ》の音。ヴォラの足音だ。ピーターは薪《まき》を木箱にもどした。丸太小屋の戸口の柱につかまって、ヴォラが流しに水をくむようすをながめる。

「足を休めてた？」

「うん。ずっとね」

実際《じっさい》は何十回も起き上がって、梁《はり》で懸垂《けんすい》をし、三十分ほど薪を手に持って筋《きん》トレをしていた。両腕《うで》は痛《いた》むし、右足は上げていないとひどく痛かったが、パックスがまだ荒野《こうや》にいるのを知りながら寝《ね》ているなんてできっこない。

ヴォラは石鹸《せっけん》で手を洗《あら》いながら、背《せ》をむけたまま聞いた。

「手紙は書いた？」

ピーターは松葉杖《まつばづえ》をひき寄《よ》せた。すでに、松葉杖が脇《わき》の下にあるとほっとするようになっていた。

「書きました、でも……」

「『でも』は、なし。毎週書くこと。さっき言ったバスの運転手、ロバート・ジョンソンに頼《たの》んで、路線のあちこち別の地点から投函《とうかん》してもらうから。条件《じょうけん》その一。覚えてるね？」

ピーターは回れ右をしようとしてよろめき、体を立て直した。もう一度、今度は体をふって、すっと向き直れた。

「いいね？」

「はい」

「よろしい」

ヴォラはタオルをかけてから暖炉《だんろ》の前に行き、新聞を細く破《やぶ》いて火床《ひどこ》に置いた。

「じゃあ、条件《じょうけん》その二に移《うつ》ろう。あんたが持っている、飾《かざ》りつきのブレスレット。あれは、お母さんの物だったんだろう。どうしてあれを持ってきた？　他の物でなく、あのブレスレットを持ち歩く理由は？」

とたんにピーターの全身が緊張《きんちょう》した。だれかにお母さんのことを聞かれるたびに緊張する。お母さんのことを話すかどうか決めるには、緊張せずにいられないのだ。よく知らない人から聞かれた場合、ふつうは話さないことに決める。けれど、驚《おどろ》いたことになぜか今、松葉杖《まつばづえ》をつかむ両手はそれほど緊張していないし、口も動いて言葉がすらすらと出てくる。

「お母さんがいつも身につけてた物です。ぼくが赤《あか》ん坊《ぼう》の時から、手首を出してさわらせてくれてました。記憶《きおく》にはないけど、そんな写真があります。お母さんが話してくれたのも、覚えています。ブレスレットについている飾《かざ》りっていうか、お守りのことです。不死鳥。不死鳥というのはふつうの鳥じゃないんです。赤と金色と紫《むらさき》に輝《かがや》く、朝日の光の色のようで……」

「……灰《はい》の中からよみがえる。不死鳥なら、あたしも知ってるよ」

「そう。ただの灰じゃなく、自分自身の灰からよみがえるんです。お母さんが好きだったのは、そこのところなんです」

「自分自身の灰から？」

「弱り切ってぼろぼろになると、どこからもはるかにはなれた場所の、高い木の上に巣を作るんだそうです」ピーターの言葉が止まった。突然《とつぜん》、ヴォラの丸太小屋が鳥の巣に似《に》ているような気がしたのだ。松葉杖に寄《よ》りかかって、ぐるりと見回す。確《たし》かにそうだ。木に囲まれた、守りを固めた秘密《ひみつ》の巣だ。どこからもはるかにはなれた場所にある。

ふり返ってヴォラを見ると、焚《た》きつけを積み上げている。心の中が読まれていないといいのだけれど。

「不死鳥は、その巣の中を自分の大好きな物でいっぱいにするんです。神話に出てくる没《もつ》薬《やく》とかシナモンとかいうもので。それから、巣に火をつけて、弱った自分の体を焼くんです。やがてその灰の中から、新しい鳥が生まれる。お母さんは、その話が大好きでした。どんなに悪いことが起きたとしても、必ず新しく生まれ変わることができるってことだって」

ヴォラは無言だった。破《やぶ》いた新聞紙にマッチの火を近づけ、燃《も》え上がるようすを見ている。ゆらゆらゆれる炎《ほのお》の光に照らされた顔は陰気《いんき》だった。薪《まき》を二本くべ、さらにもう一本くべる。

「日が暮《く》れ切らないうちに、松葉杖《まつばづえ》の練習をしておいで」

顔を上げずに、ヴォラは言った。

その場をはなれられることにほっとして、ピーターは玄関《げんかん》ドアを開け、踏《ふ》み段《だん》を降《お》りた。何か気に障《さわ》ることを言っただろうか？　こんな森の中で、たったひとりで暮らしているから、気むずかしいのかもしれない。ヴォラの言う通り、外で松葉杖を使う練習は大事だ。すでに丸一日を無駄《むだ》にしてしまったのだから。貴重《きちょう》な一日を。訓練と回復《かいふく》には、確《たし》かに何日かはかかるかもしれないが、できるだけ早くここを出たい。

ピーターは平らな庭を出て、木の根や低木がからむデコボコ道に入った。丸太小屋のまわりを一周するだけでも、拷問《ごうもん》のように時間がかかる。二周目は、少し早くなった。五周目になると気持ちよく進めるようになったが、小屋の戸口をくぐった時には、滝《たき》のように汗《あせ》をかいていた。

丸太小屋の中はひっそりとして、火の燃《も》える音しか聞こえなかった。ヴォラは安楽椅子《いす》に座《すわ》って、黄色い布《ぬの》で何かを縫《ぬ》っている。その静けさと、夕日に染《そ》められた部屋のようすはあまりにも平和だった。突然《とつぜん》ピーターの心に怒《いか》りが芽生えた。まるで世界じゅうどこにも、少しも問題がなく平和だというような景色なんて、まやかしじゃないか。世界じゅうこんなに問題だらけなのに。パックスが荒野《こうや》でたったひとりになって、さらに一日が経《た》ってしまった。パックスが寒さにふるえる夜が、またやってくる。しかも、空腹《くうふく》で、おびえたままだ。水さえ見つけられないかもしれない。

ピーターは乱暴《らんぼう》に体をゆすって、部屋を横切った。半分ほど進んだところで、片方《かたほう》の松葉杖が敷物《しきもの》にひっかかった。ランプにぶつかるのをさけようとして、もう片方の杖で壁《かべ》をついてしまった。

「そうあわてなさんな。そのうちに、コツがつかめるよ」

「そのうち？　そのうちになんて言ってたら、ぼくのキツネは死んじゃうんだ」

ピーターは松葉杖を手放して、キッチンの椅子にどすんと座った。

「そうなったら意味ないよ。こんな訓練が、何になるっていうの？」

ヴォラが縫物《ぬいもの》を下に置いた。

「あたしを何だと思ってる？　お告げのマジック8ボールみたいに答えが出てくる占《うらな》い師《し》か何か？」

ヴォラはベランダに出て、氷の袋《ふくろ》を取ってもどってきた。そして、ピーターの右足を椅《い》子《す》にのせると、氷で冷やした。

「あんたの質問《しつもん》には答えられない」

役に立たない足を目にすると、今の自分には何ひとつできないことを、つくづく思い知らされる。ピーターは目をそらした。

「答えられないの？　何でも知ってるぐらい賢《かしこ》いんでしょ？　人里はなれてひとりで住んで、こんな賢い言葉に囲まれて」ピーターは、背後《はいご》の壁《かべ》にべたべたはった紙を親指で指した。「こんなに賢いお告げカードがあるんだもの。賢人《けんじん》なんでしょ？　それとも魔女《まじょ》とか？」

自分でも気がつかないうちに、ピーターは大人に向かって生意気な口をきいていた。ひどく短気で、何も考えずに感情《かんじょう》をぶつける人間になったみたいだ。けれど、何といっても自分は今、本来いるべき場所にいられない状態《じょうたい》なんだし、右足が骨折《こっせつ》して本来の場所に行くことができないのだ。パックスは、まだ荒野《こうや》にひとりでいるというのに。

ヴォラは戸棚《とだな》からバケツを取り出して、それを流し台に置いた。

「賢いお告げカードか」ほんの少し気を悪くしたようだ。「あたしは、ああいった言葉から、自分の生き方を考えようとしているだけさ。あんたの質問には答えられない」

「じゃあ、だれが答えてくれるっていうの？　お父さんとは言わないでよね。あの人はちょっと留守《るす》にしてるから」それに、何もかもお父さんのせいなんだから。ピーターは、その言葉が飛び出さないように、口をきつく閉《と》じて深呼吸《しんこきゅう》をした。怒《おこ》っているわけじゃない。ただ、絶望《ぜつぼう》してイライラしているだけ。だれだってそうなるさ。涙《なみだ》がこみ上げてきて、拳《こぶし》で目をこすった。このごろ、どうしてこうなんだろう？

ヴォラはピーターに近づいたものの、途中《とちゅう》で気が変わったように下がると、キッチンカウンターに寄《よ》りかかって話しかけた。

「あんたは怒ってる」ヴォラの言い方は、ただ単に《あんたの髪《かみ》は黒い》とか、《陽が沈《しず》む》とか言うようにふつうだった。

「怒《おこ》ってなんかない」そう言いながらも、ピーターはにぎった拳を無理やり開き、深呼《しんこ》吸《きゅう》しながらゆっくり十まで数えた。怒《いか》りが爆発《ばくはつ》しそうな時にはいつもそうする。お父さんのように怒りをぶつけたくないから。いつもくすぶっているような怒り。いつふき出すかわからない、だれだろうと傷《きず》つけてしまうような怒り。あんな風に爆発《ばくはつ》したら、あとでいくら謝《あやま》っても取り返しがつかないから。

こみ上げてくる涙《なみだ》をこらえようと、固く目を閉《と》じる。

「怒ってない。ぼくには選択《せんたく》の余地《よち》がないってことだよ。戦争になるかどうかなんて、ぼくには選べないもの。お父さんが軍隊に入るかどうかも、ぼくが決めたことじゃない。家を出たのも、おじいちゃんの家に越《こ》したのも、ぼくが決めたことじゃない。五年も大事に育てたキツネを放り出すなんて、絶対《ぜったい》にぼくが決めたことじゃない」

「子どもなんだから、自分で決められることなんて、あるわけないさ。あたしだって怒ってるよ。怒ってるよ、バリゾコマンめ」

「言ったでしょ、ぼくは怒ってないんだってば！」泣き出しそうになったのを、なんとか苦笑いに見せかけた。また、短気になっている。「それに、なんでその言葉がそんなに好きなわけ？」

「何の言葉だって、ぼうや？」

「バリゾコマンだよ。悪口か何かなわけ？　そのバリゾコマンって言葉が好きでしょうがないんでしょ」ピーターの感情《かんじょう》は、コントロール不能《ふのう》になっていた。「一年生だったら、こう言われるところだよ。そんなにバリゾコマンが好きなら、バリゾコマンと結婚《けっこん》しろよ！」

「こりゃ、参ったな！」ヴォラから、カラスの鳴き声のような妙《みょう》な声がもれた。「バリゾコマンみたいにちぎれた片《かた》ひざをついて、バリゾコマンに結婚を申しこまないと！」

「そうだよ！」今や破《やぶ》れかぶれになったピーターが言う。「バリゾコマンみたいな指輪を、バリゾコマンにはめてやればいいんだ！」ピーターは涙をふき、近づいて向かいの椅子《いす》に座《すわ》るヴォラを見ていた。

「あたしの祖父《そふ》はなにかにつけてクタバリゾコナイ！　って、悪たれをついていたんだよ。そんな言葉になじみのない祖母は怒って、祖父をクタバリゾコナイマンって言ったんだ。それが縮《ちぢ》んでバリゾコマンさ。祖母のほうは、料理しながらよくイタリア語の歌を歌ってたっけ、だから……」ヴォラはのど元のネックレスにつけた羽の飾《かざ》りを指でなでながら静かに言った。「あたしには、いろいろな気質《きしつ》が伝わっているってことだね」

そのあとヴォラは黙《だま》りこみ、しばらくピーターと見つめ合っていた。その間、ふたりともひと言も言葉を交わさなかったけれど、とても大事な問題について話し合ったようにピーターには思えた。長く暗いトンネルが急にせまくなるような感覚。

「パックスが見つかるまで、一週間か十日の計算だったんだ。それなのに……」ピーターは自分の足を見下ろした。

「パックスっていう名前なの？　パックスは、平和のことだね」

ピーターも、それは知っていた。そう教えてくれた人が何人かいたからだ。

「でも、ぼくがつけた理由は違《ちが》うんです。最初に家に連れて帰った時、ほんの一瞬《いっしゅん》目をはなしたんです。何か食べる物を取ってこようと思って。でももどったら、どこにもいなくて。そしたら、ぼくのリュックサックにもぐりこんで眠《ねむ》ってたんです。そのリュックに、パックストンってメーカーのラベルがついてたから。ぼくはまだ七歳《さい》で、パックストンって響《ひび》きがいいと思ったんです。《キツネ（英語ではフォックス）》と、似《に》てるでしょ。でも、今は……」

「今は、何？」

「今は、戦争のせいであいつはひとりぼっちになった。戦争のせいで、ぼくが放り出した。平和じゃなく、戦争のせいで。だから、何て言うか、《皮肉》かな？　ともかく、今になったら、ひどい名前だと思う。あいつは、きっと戦争のせいで命を落とすんだ」

「そうかも知れないし、そうじゃないかも知れない。生き延《の》びる可能性《かのうせい》もあるさ。季節は春だ。食べる物には困《こま》らないだろう」

　ピーターは頭を横にふった。

「キツネの親が子ギツネに狩《か》りを教えるのは、生後十八週間ぐらいからです。ぼくがあいつを拾ったのは、もっとずっと早くて、獣医《じゅうい》さんは生後二週間だろうって言ってました。だから、あいつは、お皿の上に何十匹《ぴき》ネズミがいても、一匹も捕《つか》まえられないと思う。今まで食べたことがあるのは、ドッグフードと、あとはぼくが分けてやる食べ物や何かですから」

「そう。分けてやったのはどんな物？　森や野原で見つけられそうな物がある？」

ピーターは肩《かた》をすくめた。「大好きなのはピーナツバター、あとはホットドッグ、卵《たまご》も好き。だけど、無理でしょう。だれかがピクニックをしてるところに転がりこまない限《かぎ》り、パックスは飢《う》え死《じ》にしてしまう。飲み水さえ見つけられれば、食料なしでも一週間は生きられるけど、それ以上は……」

ピーターは、両手に顔を埋《う》めた。「ぼくのせいなんだ。ぼくが決めたことじゃないけど、ぼくは反対できなかった。どうして戦わなかったか自分でもわからない」

でもピーターにはわかっていた。お父さんがパックスについての命令を下した時、ピーターは強く反対したのだ。「いやだ。絶対《ぜったい》そんなことはできない」けれど、お父さんの目に怒《いか》りの炎《ほのお》が燃《も》え上がった。お父さんの拳《こぶし》が上がり、ピーターのほおをなぐりつける寸前で止まった。パックスが警戒《けいかい》してうなり声を上げたほど、状況《じょうきょう》は緊迫《きんぱく》していた。同時にピーターも拳をふり上げていた。その時、父親に対して燃え上がった怒りを思うと、とまどいを感じる。自分がなぐられること以上の恐怖《きょうふ》だ。

今になって、おじいちゃんの言葉が胸《むね》に響《ひび》く。「我《わ》が家《や》の血筋《ちすじ》は、似《に》たりよったりだな」。それを思うと、さらにおそろしくなる。ピーターは年を経《へ》た松材のテーブルに視線《しせん》を落とし、自分の顔に現《あらわ》れているに違《ちが》いない、恥《は》ずべき表情《ひょうじょう》を隠《かく》そうとした。

ヴォラが両手をついと伸《の》ばして、ピーターの頭の上に上げた。ピーターは凍《こお》りついた。お母さんが死んでからは、たまにお父さんが「いいぞ」というように肩をつくか、友人が気軽に腕《うで》にパンチする以外、ピーターの体にふれる人はいなかった。ヴォラは、ピーターに心の準備《じゅんび》が必要だとわかったのか、一瞬《いっしゅん》の間《ま》をおいてからピーターの頭に両手を置いた。

不思議なことに、ピーターの体は拒絶《きょぜつ》しなかった。筋肉《きんにく》を動かさず、息さえ止まっていた。なぜなら、その時バラバラになりそうなピーターの心を守ってくれたのは、ヴォラのしっかりした手の感触《かんしょく》だったから。

「さあ、もう落ち着いたね」やがてヴォラは立ち上がった。

「あたしはあんたの質問《しつもん》には答えられないよ、ぼうや。ただし、ひとつだけ確《たし》かなことがある。それは、あんたには食べ物が必要ってこと。山盛《やまも》りの食事。十二歳《さい》で、寒い外で寝《ね》たんだろ。それから、骨折《こっせつ》も治さなきゃならないね。まず、骨《ほね》が折れた部分を固定しよう。そのあと料理に取りかかって、食べる。どっちかがストップと言うまで、食べ続ける。いいね？」

ピーターは急に空腹《くうふく》を感じた。お腹《なか》がうなり声を上げる空洞《くうどう》のようになっている。

「了解《りょうかい》。わかりました」

ヴォラは流し台の下を探《さが》して、石膏《せっこう》の袋《ふくろ》をひっぱり出した。ピーターが見ている間に、石膏をいくらかバケツに入れ、水を加えた。それから、さっきまで縫《ぬ》っていたものを持ってきた。

「足を上げて」

ヴォラはピーターの右足の下に枕《まくら》をあてがうと、ひざから下にキルトの袋をかぶせた。ちょうどつま先の開いた靴下《くつした》のような形だ。その黄色い格子《こうし》の布地《ぬのじ》に見覚えがあった。確《たし》かめようと寝室《しんしつ》をのぞく。

「キルトを切った？」

「新しいのを作ればいいってことさ。あんたには患部《かんぶ》を保護《ほご》するものが必要だろ」ヴォラはキルトの切れ端《はし》をもう一枚《まい》手に取ると、詰《つ》め綿《わたぬ》を抜き、黄色い布地を細く裂《さ》いて石膏にひたした。「その足を、九十度に立てておいて」足からかかと、ふくらはぎの中ほどまで、石膏をひたした布をぐるぐると何重にも巻《ま》きつけていく。分厚《ぶあつ》い長靴のような形になったところで、さらに表面に石膏を塗《ぬ》りつけた。「動かさないで、じっとしてて。つま先もね」

ヴォラはベランダに出て行ったと思うと、腕《うで》にいっぱい荷物をかかえてもどってきた。コンロに鉄のフライパンをふたつのせ、それぞれにバターのかたまりを投げ入れて火をつけた。黄色いボウルに卵《たまご》をふたつ割《わ》り入れ、牛乳《ぎゅうにゅう》とトウモロコシ粉を入れてかき混《ま》ぜる。涼《すず》しい風が、掘《ほ》り起こされた土の匂《にお》いと、溶《と》けたバターの香《かお》りを運んでくる。ピーターは、乾《かわ》きつつある頑丈《がんじょう》な石膏型を見た。骨折《こっせつ》した足は、石膏型の中で安泰《あんたい》だ。ヴォラのキルトだった布にくるまれて。

「さっき言ったこと、ごめんなさい」ピーターは、顔ではり紙を指した。

「あたしの賢《かしこ》いお告げカードね」ヴォラは、うなずいて言った。「バットなしのピーター君、あれは、あたしが世界について真実を探《さぐ》るためのものなんだよ。一般的《いっぱんてき》なやつね。一番重要なのは、自分について真実を探るためのもので、そっちは個人的《こじんてき》なものだから別のところにしまってある」

「どんなふうに？」

「どんなふうに重要なのかって？　それとも、どんなふうに個人的《こじんてき》かってこと？」

ピーターは肩《かた》をすくめた。どっちでも。両方。ピーターは椅子《いす》の背《せ》に寄《よ》りかかって、ヴォラの言葉を待った。

ヴォラは、かたまりのハムからうすく一枚《まい》を切り取って片方《かたほう》のフライパンに入れながら、ピーターを見た。そのあと、ボウルの生地を三回すくって、もうひとつのフライパンに流し入れる。

「話してやるとするか。除隊《じょたい》した時、自分自身の真実がひとつも思い出せなくなっていた。軍隊の訓練の成果だよ。個人ではなく、軍隊という機械を組み立てる部品に仕立てるから。軍人から一般《いっぱん》市民にもどったとたんに、途方《とほう》にくれた。何もわからない。スーパーマーケットに行って、たくさんの品物の中から何を選んだらいいかわからなかった。この人のために食料品を買う、その人はだれなのだろうって考えこんだ。この人の空腹《くうふく》を満たすのは、何だろうか？　ガンボスープなのか、それともパイ？　豆料理なのか？　パンなのか？　考えるうちに、何が何だかわからなくなった。自分自身について、何ひとつ覚えていなかったんだ」

ヴォラが言葉を切った。目を閉《と》じている。

「それで、どうなったんです？」しばらく待って、ピーターが先をうながした。

「それで、どうなった？」

「スーパーで、それからどうなった？」

「ああ」ヴォラはコンロに向き直って、トウモロコシのパンケーキを裏返《うらがえ》した。

「ピーナツバター」

「ピーナツバターになったの？」

ヴォラは両手を上にふり上げてバンザイをした。

「ピーナツバターになったの。ラッキーだったよ。スーパーマーケットの床《ゆか》に座《すわ》りこんで、忘《わす》れもしないうす汚《よご》れた赤白チェックのリノリウムの床だったよ、そこに座りこんで泣いた。どんな食べ物が好きだったのか思い出すまで、立ち上がれないと思った」

ヴォラは焼き上がったトウモロコシのパンケーキを青い皿に積んで、ひと呼吸《こきゅう》した。

ピーターは思った。スーパーマーケットの床を思い出しているのだろうか。そんな光景に出くわしたことがなくて幸運だ。大人の女の人が、スーパーの汚れた床に座りこんで泣いているなんて。それも、片足《かたあし》に丸太をつけた頭のおかしい女の人だ。そう思ったら、逆《ぎゃく》に守ってあげたい気持ちが起きた。だれにも笑われずにすんだならいいが。ヴォラが自分を取りもどせてよかった。

「それで？」

「ああ。それで、ようやく思い出せた。祖母《そぼ》に言い聞かされてたことを思い出したんだよ。幼《おさな》いころ、あたしに初めてピーナッツバターのサンドイッチを作ったら、毎日毎日食べたがったものだって。それで、床《ゆか》から立ち上がって、ピーナッツバターとパンを買った。カゴいっぱいに、ピーナッツバターとパンを買ったよ。だって、他に何が食べたいかがわかるまで、スーパーには行かないって決めたから。いつまでもわからなかったらどうしようと、心配だった」

ヴォラは皿にハムをのせて、アップルソースをひとすくいかけた。それを、メイプルシロップの入った白いジャーといっしょに、ピーターによこす。

ピーターはパンケーキにシロップをかけ回し、フォークをさした。コーンミールが香《こう》ばしく、ハムはなめらかで塩気があり、甘《あま》いシロップとよく合った。今まで食べたなかで、一番おいしい食事だった。

「それで、どうだったの？」皿が半分空《から》になったところで、ピーターは聞いた。「他に何を食べたいか、いつまでもわからなかった？」

ヴォラは、石膏型《せっこうがた》の乾《かわ》き具合を指で調べた。

「ほぼ乾いたね。もうしばらく、じっとしていて」

そう言ってからコンロの前にもどるとハムを追加し、フライパンに次のパンケーキの生地を流し入れた。

「そうだね。まわりの人が言うには、ＰＴＳＤ《ピーティーエスディー》だそうだ。戦争による《心的外傷後《がいしょうご》ストレス障害《しょうがい》》。確《たし》かに、あたしは病気だった。ただし正確《せいかく》に言うと、戦争によってではない。戦争に行っていた間に、自分の中の真実を忘《わす》れてしまったんだから。あたしの病気は、《心的外傷後自分がだれだかわからない障害》だよね。そのころには、祖父はナーシングホームに入っていて、死期が近かった。それで、祖父が住んでいた家で療養《りょうよう》することにした。そこが自分の住んでいた家でもあったからさ。あたしは、祖父母に育てられてたから。夏の終わりだった。果樹園《かじゅえん》の枝《えだ》は、手入れされてなくて伸《の》び放題。それでも、モモがいくつかなってた。それが、ピーナツバターの次に起きた、二番目の幸運だね。だって、急に思い出したんだもの。ああ、あたしはここのモモが大好きだったって。夜中によく抜《ぬ》け出しては、モモを取ってた。モモの木の下の草地に寝《ね》そべって、蛍《ほたる》がまわりを舞《ま》い飛び、キリギリスが鳴き、お腹《なか》の上にモモを山ほどのせて、果汁《かじゅう》が耳の中にまで垂《た》れるほどモモを食べてた。それを、はっきり思い出した。匂《にお》いも、音も、味も覚えていた。だけど、どうしても理解《りかい》できなかった。あの時の女の子が、軍服を着て、銃《じゅう》を持ち、戦争に行って数々のことをしたのと同じ人間だとは。あたしは、手を伸《の》ばしてモモをひとつ取り、草の上に寝て、歯をモモにあてた。そしたら自分にもどった。元の自分自身を少し取りもどせたんだ」

ヴォラはフライパンを持ってきて、ピーターの空いた皿にトウモロコシのパンケーキとハムを積み上げた。そして、コンロの前にもどった。

「ストップ」と、ピーター。

「ストップ？　もう、話はこれで終わりだよ」

「そうじゃなくて、もうこれ以上のお代わりはストップ」

ピーターはまたしても、このテーブルの下にパックスがいてくれたらなと思わずにいられなかった。パックスはお腹をすかしているだろうか？　不思議なことに、少なくとも今夜はパックスが空腹《くうふく》ではないような気がする。きっとパックスのお腹にも食べ物が入っている。

「それで？」ピーターは、フォークを使いながら聞いた。「そのあとは、わかったの？」

ヴォラはフライパンを流しに置いて、ピーターの向かいの椅子《いす》に座《すわ》った。

「何が食べたいか？　それは、ひとつの例でね。あたしは、それほど何もかもわからなくなっていたから、自分自身の真実を探《さが》し出す必要があったってこと。小さなことから、大きなことまで。自分の中の何を信じたらいいか」

ピーターは、話の道筋《みちすじ》がわかる気がした。「戦争のこととか。今は、戦争反対ってこと？」

ヴォラは自分のあごに指をあてて言った。「それは複雑《ふくざつ》な問題だよ。ひとつ言えるのは、あたしには戦争について本当のことを話せるってことかな。本当の戦争の対価《たいか》を話さなくちゃいけないと思う。長い間考えた末、そう思った」ヴォラは椅子に寄《よ》りかかった。「それがまずひとつ。あたしは、自分にとって何が善《ぜん》で何が悪か、いちいち学び直す必要があった。でも、自分の考えに耳を澄《す》ますには世の中の声が大きすぎて、それができなかった。だから祖父《そふ》の家に引《ひ》っ越《こ》して、もう一度自分がだれだかわかるまでそこにいようと決めた」

ピーターは頭上の棚《たな》に並《なら》ぶモモのビン詰《づ》めを見上げた。それから、花をつけた果樹園《かじゅえん》の木々を思い出した。

「それで、今もここにいるってわけだ。ここが、おじいさんの家なんでしょ？」

15

朝霧《あさぎり》を通して太陽が照りつける。二匹《ひき》のキツネはもう何時間も前から歩き続けていたが、ハイイロの歩みがはかどらず、たびたび休息をとったので、ようやく谷底に着いたところだった。パックスは礼儀《れいぎ》正しく年長のキツネと歩調を合わせていたが、時折全速力で駆《か》け出していき、何分かするとまた全速力で駆けもどった。以前の生活では全速力で走ったことがなかった。檻《おり》のふちを駆け回るか、庭の中で走ることはあったが、こうして野外を思いっきり走るのは全然違《ちが》う。速度をぐんぐん上げてかすめるように大草原を走る時、傷《きず》の癒《い》えた足の裏《うら》はほんの一瞬《いっしゅん》地を蹴《け》るだけで、ほとんど地面につくことがなかった。

昨日の栄養のある食事のおかげで感覚は鋭《するど》く、筋肉《きんにく》にも力が入る。けれど卵《たまご》はすでに消化してしまったから、日光で暖《あたた》められた谷から立ち上る匂《にお》いが空腹感《くうふくかん》をもたらす。人間がいるところなら、食料があるはずだ。

「どれくらい?」

「二日の旅」

ハイイロが描《か》いて見せた情景《じょうけい》は、大きな川沿《ぞ》いの、古い石積の塀《へい》のある場所で、かすかにタールと麻《あさ》のにおいがする。

「日暮《ひぐ》れにはそこに着く。人間の町は、そこからもう一日行ったところだ」

パックスには人間の町の記憶《きおく》がなかった。川の記憶もない。人間の家で覚えているのは、ぼぉっと現《あらわ》れるドア。家を取り囲むナラの木立。パックスが入ってはいけない、花壇《かだん》の名残《なごり》。道路の音。その道路沿いに他の人間たちが住んでいるのはわかっていたが、会ったことは一度もなかった。だが、そんな記憶も、檻《おり》に入れられていた記憶とともに消えつつある。檻に張《は》った金網《かなあみ》の六角形の目から見上げる空がどう見えたか、すでに思い出せなくなっている。

それでもピーターのことは忘《わす》れようがない。ハシバミのような茶色の、奇妙《きみょう》な丸い目。

うれしい時のピーターがその目を閉《と》じて頭をのけぞらせ、吠《ほ》えるのに似《に》た声を出すようす。首筋《くびすじ》は塩の味がして、時に汗《あせ》の匂い、別の時には石鹸《せっけん》の匂いがする。少しもじっとしていない両手は、パックスの大好きなチョコレートの匂いがすることもあれば、大嫌《きら》いなグローブの革《かわ》の匂いがすることもある。

ハイイロと歩き続けながらパックスは、ピーターの匂いの中でも、問題のある匂いを思い出していた。表面に出ない匂いだ。悲しさと、何かを求める切ない気持ちが混《ま》ざった匂い。それは、パックスには見当もつかない、深い痛《いた》みから湧《わ》き出るようだった。

ピーターの巣部屋にいる時、その悲しい切ない匂いがあまりに濃《こ》くなって、何もかもを覆《おお》い隠《かく》してしまうことが何度かあった。しかもピーターは、それほど欲しくてたまらない物を、手に入れようともしないのだ。その匂いを感じると、パックスは何があってもピーターのそばに駆《か》けつけた。そんな時、ピーターは必ずベッドに体を投げ出して、タンスの一番下の引き出しから取り出した品物をにぎりしめて、顔に押《お》しあてているのだった。パックスはピーターのシャツの袖《そで》に鼻をつっこんだり、爪《つめ》を使ってカーテンを登り、足がすべったふりをして落ちたりして、ピーターと遊ぼうとする。それでも、切なく悲しい匂いが特に強烈《きょうれつ》な時には、何をしても無駄《むだ》だった。そんな日のピーターは、パックスを追い出して、部屋のドアを閉《し》めてしまう。

それを思い出すだけでパックスは、また走り出したい衝動《しょうどう》に駆《か》られた。ただし、楽しみのためではなく。

「近づいている戦争というのは、だれもが被害《ひがい》を受けるのでしょうか？　子どもでも？」

「何もかもだ。何もかもを破壊《はかい》する」

パックスはハイイロに鼻を近づけて、急ごうと告げた。礼儀《れいぎ》正しく、しかし真剣《しんけん》に。年長のハイイロは若《わか》いパックスをしばらく見ていたが、やがて足を速めた。二匹《ひき》は肩《かた》を並《なら》べて谷間のじめじめした地帯を進み、岩がつき出す崖《がけ》を登った。

二匹のキツネは山の上で立ち止まった。ハイイロは荒《あら》い息をついている。行く手に、涼《すず》しい日陰《ひかげ》を作る大きな松の木々が見える。けれど、その一帯には縄《なわ》ばりを示《しめ》す強烈なマーキングの匂《にお》いが充満《じゅうまん》していた。ここはあの、よそ者ギツネが狩《か》りをする場所だ。明らかなおどしの匂い。そう思った瞬間《しゅんかん》、リズミカルに地面を打つ足音を感じると同時に、黄色いキツネが藪《やぶ》から飛び出してきた。パックスとハイイロは身構《みがま》える暇《ひま》もなかった。ヨソモノは、くちびるをめくり上げてうなり声を上げ、激《はげ》しく尾《お》をふり立てている。パックスは後ろに飛びすさったが、ハイイロは冷静にそのまま進んだ。侵略《しんりゃく》する意思がないと示《しめ》すために、体を低くして。

「通り過《す》ぎるだけだ」

ヨソモノはあいさつを無視《むし》してハイイロの横腹《よこはら》に体あたりしてたおすと、その首筋《くびすじ》にかみついた。

ハイイロの悲鳴を耳にしてパックスの毛は逆立《さかだ》ち、心臓《しんぞう》が跳《は》ね上がった。怒《いか》りで全身がこわばる。人間の家で暮《く》らし始めたころ、お父さんがピーターに手を上げるのを見たパックスは、部屋の反対側から飛び出して、ズボンの上からお父さんの足にかみついたことがある。幼《おさな》い子ギツネの歯だったが。今、あの時と同じように、背中《せなか》が弓なりにそり、低いうなり声がのどの奥《おく》深くからもれる。

驚《おどろ》いてふり向くヨソモノに、パックスは真正面から立ち向かった。二匹は取っ組み合いを始めた。鋭《するど》い歯が互《たが》いの耳を切り裂《さ》き、パックスの爪《つめ》は相手の腹《はら》に食いこむ。ヨソモノのほうが戦いに長《た》けていたが、防衛本能《ぼうえいほんのう》のおかげでパックスの力は強くなっていた。パックスの牙《きば》が相手ののど元に刺《さ》さった時、ヨソモノは必死に立ち上がり、悲鳴を上げてはなれた。

パックスがハイイロを背後《はいご》に隠《かく》して立ちはだかる。ピーターを守る盾《たて》となったように、自分の身を盾にして胸《むね》をはり、相手に警告《けいこく》の声を浴びせた。ヨソモノは、こそこそ逃《に》げだした。

パックスはブルッと体をゆすって自分の傷《きず》の血を飛ばすと、ハイイロの首の傷をなめてやった。ハイイロの傷は深かった。パックスはハイイロに巣穴《すあな》へ帰るようすすめた。

「いいや。旅を続ける」

それから一時間ほど、二匹《ひき》は木立を抜《ぬ》けて歩いた。傷を負ったハイイロにペースを合わせ、パックスも速度をゆるめていた。少なくとも歩けるから救われる。けれど、カラスの群《む》れが背《せ》の高いペカンの木に止まるのを見ると、ハイイロは急いでもどってその場に座《すわ》りこんでしまった。どうやら、カラスの騒《さわ》がしい鳴き声を聞いているようだ。

パックスはイライラしながら待った。しばらくして、ハイイロがパックスに呼《よ》びかけた。

「戦争がさらに近づいている」

「どうしてわかる?」

「カラスだ。聞くがいい」

パックスは首をかしげた。鳴き立てるカラスの数はさらに増《ふ》え、低い枝《えだ》にも降《お》りてくる。そうかと思うと、また上の枝に上がって羽ばたいては大きな声で鳴きわめく。

「落ち着きがない」

肩《かた》をいからせたカラスたちの羽は逆立《さかだ》ち、くちばしはひっきりなしに動いている。その耳障《みみざわ》りな鳴き声は、パックスの神経《しんけい》を逆なでした。

「メチャクチャだ」

それでもがまんしてカラスの声に耳をかたむけているうちに、急に情景《じょうけい》が浮《う》かんだ。危険《きけん》だ。さらに集中する。死の匂《にお》いに満ちた空気。火と煙《けむり》が見える。川に血が流れこむ。川は血で真っ赤だ。大地も血で覆《おお》われている。まさに混沌《こんとん》だ。

「何もかも破壊《はかい》された。木も、雲も、空気も」パックスが言った。

「それが戦争だ。どこだ?」

パックスは、カラスの声に耳をかたむける。

「西。まだ遠いけれど、近づいている。南から小さい戦争病のグループも向かっている」

南から。

ゆっくり歩き出したものの、ハイイロは立つのがやっとというほどだ。パックスがひとりで先へ進むと、もう一度言ってみたが、ハイイロはもどることを拒《こば》んだ。二匹《ひき》は再《ふたた》び歩き出したが、やはりパックスが望むよりずっと歩みが遅《おそ》かった。地虫やベリーを食べるために足を止めるたびにパックスは、ピーターの匂《にお》いの名残《なごり》を求めてあたりをかぎ回り、かすかにでもピーターの声が聞こえはしまいかと耳を澄《す》ました。けれど、ピーターの気配はなかった。少しもなかった。

パックスは鼻先を上に向け、悲しい調子でひと声吠《ほ》えた。もう何日もピーターの顔を見ていない。それまでは半日以上はなれていたことがなかった。たいていピーターは、朝になると外に出かけるから、留守《るす》の間パックスは囲いの中を歩き回り、午後になってピーターが帰るまで不安な思いでいるのだった。帰ってきたピーターは、他の人間の子どもの匂いや、ピーターを運んでくる大きな黄色いバスの妙《みょう》な匂いをぷんぷんさせていた。パックスは、ピーターの体の具合が悪くないか、または怪我《けが》をしていないかをよく調べたあと、ようやく安心して遊ぶのだった。

今は午後だ。パックスはもう一度吠えた。パックスのもの悲しい吠え声に、ハイイロも声を合わせて吠えた。

旅を続けようとパックスは速足で道にもどったが、ハイイロはよろけて転んでしまった。どう見ても休息が必要だ。パックスは怪我を負ったハイイロを、松の木の下に連れて行った。苔《こけ》の生えた日陰《ひかげ》に落ち着くと、ハイイロは前足にあごをのせ、パックスが傷《きず》をなめ終えないうちに眠《ねむ》りに落ちた。

かたわらで見張《みは》りをしながら、パックスはピーターに会ったらやりたいことを数え上げていた。外で飛び回る。狩《か》りごっこをする。草の生えた裏庭《うらにわ》や、その奥《おく》のちょっとした木立を探検《たんけん》する。ピーターがほめてくれる時のことを思い出す。あの満面の笑顔。首筋《くびすじ》をかいてくれる指。ピーターの指は、ちょうどいい具合に体をかいてくれるのだ。暖炉《だんろ》の前でピーターの足元に寝《ね》そべる静かな幸せ。

幸せな記憶《きおく》のおかげで気持ちが落ち着いたので、肩《かた》の間をもんでくれるピーターの手の感触《かんしょく》を思い浮《う》かべながらパックスはうとうとしていた。あまりに現実的《げんじつてき》で、実際《じっさい》にピーターがそばにいるかと思うほどだった。ところがその時、風向きが変わって、刺激的《しげきてき》な匂《にお》いを運んできた。

肉だ。焼いた肉。ときどきパックスの家の人間たちが、庭で火をおこして焼く肉の匂い。ピーターは、脂《あぶら》のしたたる焼き肉の切れ端《はし》を食べさせてくれた。そのあとパックスは何日もの間、灰《はい》の中を探《さが》して肉のくずを拾って食べた。こげた骨《ほね》だって、相当なごちそうだった。

もっとよく匂いをかごうとして、パックスは立ち上がった。確《たし》かに焼き肉だ。パックスは眠《ねむ》っているハイイロを鼻でつついた。

「人間が近くにいる」

休んだおかげでハイイロも動けるようになり、二匹《ひき》は大股《おおまた》でゆっくり進んだが、いつのまにかパックスは突進《とっしん》していた。何日もほとんど食事を取っていないせいで、脂肪《しぼう》が落ちて体が軽い。パックスはまさにキツネらしく走った。すっきりした体が空気を切って矢のようにすばやく飛ぶと、毛皮が波うつ。新しく知った疾走《しっそう》の喜びと、近づく夜を感じて急《せ》く気持ち、そしてピーターに会いたい思い。その全部が重なってパックスを変身させ、木立を縫《ぬ》って発射《はっしゃ》された火炎《かえん》放射器の炎《ほのお》のような生き物にした。重力に影響《えいきょう》されない生き物に。パックスは永遠《えいえん》に走り続けられるような気がした。

速足で森を抜《ぬ》けると、行く手に大きな川が見えた。川の向こうは開けた平野で、その先は丘《おか》となり、くずれかけた石積の壁《かべ》に続いている。いつしか夕暮《ゆうぐ》れとなり、廃墟《はいきょ》の石壁の端《はし》で、何十人もの人間の男が火を囲んで飲み食いをしていた。その奥《おく》にはテントが建ち並《なら》び、大型車が何台か停まっている。

風が東に変わった。肉を焼く匂いは相変わらず濃《こ》く空気にただよっているが、その中にパックスはひとかたまりの人間の匂いを感じた。川辺を行き来したが、ひとりひとりの匂いをかぎ分けることはできない。

少なくともピーターはいないようだ。どの人間も、ピーターのひょろりとした体形とは違《ちが》う。どの人間も、ピーターのように活発なすばやい動きをしない。どの人間も、ピーターのように頭をまっすぐだが少しうつむき加減《かげん》にはしない。パックスはほっとした。野営《やえい》地《ち》の匂い——煙《けむり》、ディーゼル、硝煙《しょうえん》、嫌《きら》いな電気の匂い——は、ピーターに近づいてほしくない種類の匂《にお》いばかりだから。

ハイイロが足をひきずりながら森から出てくると、川辺にいるパックスの隣《となり》に座《すわ》りこんだ。二匹《ひき》のキツネは、いっしょに人間たちを観察した。人間たちはすでに食事を終えていたが、まだ火のまわりでしゃべったり笑ったりしている。

「あの人間たちは戦争病なの?」パックスは聞いた。

「いや、違《ちが》う。今は平和だ。ああいった平和を覚えている」

年老いたキツネのハイイロは、胸《むね》の下で前足を折りたたんだ。

「私《わたし》が共に暮《く》らしていた人間も、一日の終わりには、あの川向こうの人間たちと同じように集まっていた」

突然《とつぜん》パックスも思い出した。自分も同じような光景を見たことがある。もう何年もなかったことだったが、一日の終わりになると、ときどきパックスの家の人間たちもピーターの巣でいっしょに座っていた。お父さんは、紙が何枚《まい》も重なった平らな固い四角い箱をひざにのせる。パックスのねどこに敷《し》くのと同じような紙だが、細く裂《さ》いていなくて、小さな印がたくさんついていた。人間たちは、紙を一枚《まい》ずつはがして、調べていた。パックスの記憶《きおく》の中では、ピーターとお父さんが一番しっかり結びついていたのは、そんな夜だった。ふたりが調和していると感じる時には、ピーターを守る警戒《けいかい》を解《と》くことができた。

その時パックスは妙《みょう》な感覚を持った。急に胸《むね》が窮屈《きゅうくつ》になって心臓《しんぞう》がはみ出してしまいそうな感覚。

二匹のキツネは人間観察にもどった。何人かはまだ火を囲んで座っているが、その他の男たちは灯りを持って資材《しざい》やテントの間を動いている。すっかり日が暮れるころには、火の回りの男たちも立ち上がった。カップに残ったコーヒーを捨《す》て、たき火の上に土をかぶせ、テントの中に入って行く。

やがてハイイロは立ち上がり、足をひきずりながら丘《おか》を登ると、すそが広がったツガの枝《えだ》の下の隠《かく》れ場所に入った。その場でくるくる回ったあと落ち葉の上に座ると、鼻づらを尻尾《しっぽ》の下に入れて体を丸めた。

肉の匂いで空腹感《くうふくかん》を呼《よ》び覚まされたパックスは眠《ねむ》るどころではなく、川辺へ降《お》りて行った。流れはゆるい。顔を入れて水を飲み、岩の上に飛びのった。苔《こけ》ですべりやすいが、ぐらぐらはしない。パックスは、狙《ねら》いをつけたたき火の跡《あと》をじっと見てから、川に飛びこんでしぶきを上げた。そこでまたパックスは、自分の中に眠《ねむ》っていた能力《のうりょく》をひき出した。泳いだのだ。泳ぎ切ると、土手をよじ登って、毛皮の水をふるい落とした。

どのテントも静まりかえり、動くものの気配がない。パックスは静かに平地を渡《わた》り、丘《おか》を上った。野営地《やえいち》の境界《きょうかい》を回り、火床《ひどこ》ににじり寄《よ》る。

危険《きけん》の匂《にお》いが強烈《きょうれつ》にただよっている。逃《に》げ出したい気持ちをおさえるのに必死だった。結局、パックスが慣《な》れている人間は、ふたりしかいないのだ。大好きなピーターと、なんとかがまんしてやり過《す》ごした父親。何度か火床に近づき肉の匂いを見つけたが、戦争病の人間の匂いを感じては、飛びのいた。

やがて、豚《ぶた》の骨《ほね》の、まだ脂《あぶら》の匂いがぷんぷんするのを見つけた。さすがに抵抗《ていこう》できない。パックスは飛びついて、骨を丸のみにした。灰《はい》まみれだが、まだ温かい。その時、テントのキャンバス地がこすれる音がして、はっとした。

テントからひとりの男が姿《すがた》を現《あらわ》した。ランタンの光が作る人影《ひとかげ》が長く伸《の》びる。その長い黒い影がパックスに覆《おお》いかぶさり、姿を隠《かく》した。男はこちらに背《せ》を向けて藪《やぶ》の中にオシッコをした。男の尿《にょう》の匂いが鼻に届《とど》いたとたん、パックスの毛が逆立《さかだ》った。

ピーターのお父さんだった。

16

「今日はここまで」

そう言ってヴォラが肩《かた》に手を置いたので、ピーターはほっとした。足はズキズキするし、肩は痛《いた》むし、脇《わき》の下の皮膚《ひふ》がすりむけて血がにじんでいる。これじゃ新兵訓練だと思った。ピーターが秘《ひそ》かに《ヴォラのブートキャンプ》と名づけたこの二日間の訓練は、しごきの連続だ。松葉杖《まつばづえ》をついて坂道を登り、石だらけの地面を腹《はら》ばいで進み、片足《かたあし》立ちでバランスを取って藁束《わらたば》を投げる……という地獄《じごく》の訓練の連続にピーターは疲《つか》れ果てていた。回れ右して丸太小屋に向かったはいいが、そこまでたどり着けるかどうかも疑《うたが》いたくなる。

だが、丸太小屋の屋根の向こうの山々に雨雲がかかるのが見えたとたん、雨に濡《ぬ》れてふるえるパックスを思った。夜も近づいている。

「まだ大丈夫《だいじょうぶ》」

「だめだめ。急《せ》いては事を仕損《しそん》ずる」

ピーターはしぶしぶうなずくと、丸太小屋のほうに一歩をふみ出した。ところがヴォラは首を横にふり、物置小屋を指さす。

「帰る前に、あっち。条件《じょうけん》その三」

物置小屋は、もっと遠い。早く帰って、ハンモックにたおれこみたい。思わずピーターは丸太小屋をふり返ったが、松葉杖の先をゆっくり物置に向けた。

「何をするの？」

「たいしたことじゃない。ちょっとした人形劇《げき》をやってほしいんだ。あやつり人形だよ。大変なことでもなさそうだろ？」

「あやつり人形？　どういうこと？」

「あやつり人形って、わかるね？」

「知ってるけど」

ピーターは一度だけパンチとジュディーの人形劇《げき》を見たことがある。小さいころ町のお祭りで、あごの長いパンチととがった鼻のジュディーがなぐりあう人形劇を見たのだ。生気のない目の、餓《う》えたネズミのように骨《ほね》ばった人形だった。人形遣《づか》いが人形をふり回して、パンチとジュディーをけんかさせるのを見たピーターは、そのあと何週間も悪夢《あくむ》にうなされた。

「それを、どうするの?」

ヴォラは、少しの間ピーターの顔を見てから答えた。

「回復《かいふく》して見つけたあたしの真実のひとつさ。十代のころ、幼《おさな》い姪《めい》たちにあやつり人形を作ってやったのを思い出したんだ。木を彫《ほ》って何かを作るのが好きだったことを思い出した」

ヴォラはオーバーオールに結んだバンダナを二枚《まい》ともほどいて、ため息とともにピーターにさし出した。

「これをにぎりに巻《ま》くといい。まだ、松葉杖《まつばづえ》にぶら下がってるからだよ。体重を掌《てのひら》で受けるんだ、ぼうや。そうして腕《うで》に分散する。今みたいにただ立ってる時もね」

ヴォラの意外な優《やさ》しさに、ピーターはたじろいだ。吠《ほ》えるような声で懸垂《けんすい》を何十回も命じたり、顔の前に指をつき出して《それ以上近寄《ちかよ》るな》と警告《けいこく》する。そういう態度《たいど》は、家で慣《な》れているから何とも思わない。ところがヴォラの場合は、次の瞬間《しゅんかん》、人が変わったように、痛《いた》む肩《かた》に軟膏《なんこう》を塗《ぬ》ってくれたり、松葉杖のささくれにやすりをかけてくれたり、やっていた用事の手を止めてピーターにホットチョコレートを作ったりするのだった。ピーターに体力をつけ、自力で歩けるようにするために、どれほどヴォラが尽《つ》くしてくれているかを思うと、後ろめたささえ感じる。

今もピーターは、肌《はだ》ざわりのいいバンダナを松葉杖のにぎりに巻きながら、後ろめたく思っていた。それで、ヴォラが喜びそうな言葉をかけて上げることにした。

「その子たちはうれしかっただろうね。そんなすてきなプレゼントをもらってさ」

本当は、そう思っていなかった。ネズミみたいに骨ばった、死んだ目のあやつり人形をもらったヴォラの姪たちは、その晩《ばん》のうちにゴミ箱に放りこんだに決まってる。悪い夢《ゆめ》を見てうなされないように。

ヴォラは肩をすくめただけだったけれど、ピーターの言葉を喜んでいるように見えた。

それで少し気持ちがおさまった。ひりひりする掌《てのひら》で受ける体重を加減《かげん》しながら、ピーターはヴォラを追って物置に向かった。戸口で立ち止まって、ひんやりした空気を吸《す》いこむと、木と、麦わらと、亜麻仁油《あまにゆ》と、ニスの匂《にお》いがした。どれも好きな匂いだが、それが混《ま》ざりあうと、もっといい匂いになる。ピーターは物置小屋に入った。

ヴォラは入ってつきあたりの、黄麻布《おうまふ》のかかった壁《かべ》のそばにいる。最初の日に肝《きも》をつぶした壁だと思うと、腰《こし》がひける。だが、ヴォラが布《ぬの》を取った時に目に飛びこんだ物の迫《はく》力《りょく》に、ピーターはがつんとなぐられたようによろめきかけた。壁には、あやつり人形がいくつもかけてあった。それは、ピーターがお祭りで見た人形とは全くの別物で、ぞくぞくするほど生命力を持ち、真に迫《せま》った人形たちだった。

人形に近づき、ようやく声を出すことができた。

「目がすごい」

「祖母《そぼ》のアクセサリー。長い黒玉のネックレスがあったから、瞳《ひとみ》にそのビーズを使ったんだ。光があたると反射《はんしゃ》して、あたしの友人たちを生き生きとさせてくれる」

ピーターが無言で人形たちを観察する間、ヴォラは口を出さずにいてくれた。

人形のうち、五体は人間だった。王、王女、子ども、海賊《かいぞく》か船乗り、魔女《まじょ》。あとの人形は動物。どれも頭は木製《もくせい》で、人間の頭ぐらいの大きさがあり、大きな目がある。胴体《どうたい》にはいろいろな物が使ってあった。カメの甲羅《こうら》は、緑とオレンジのヒョウタンで作ってある。ヘビのうろこは、松ぼっくりだ。そしてあちこちに鳥の羽が使われている。髪《かみ》や帽子《ぼうし》、マント、尻尾《しっぽ》など、たいていの人形に羽がついていた。人形の隣《となり》のかけ釘《くぎ》には、人形を動かす操作盤《そうさばん》などがきちんと並《なら》べてある。壁の中央にあるのが一番大きい人形で、二枚《まい》の布がかけてあった。ヴォラがその布を取ったとたんに、ピーターはまたも息をのんだ。

それは巨大《きょだい》な鳥の人形だった。広げた翼《つばさ》は、ゆうに一メートル半はあるだろうか。何百何千枚もの黒い羽が優美《ゆうび》に重なって並んでいる。翼の先端《せんたん》は、火がついたように真っ赤だ。

ヴォラは巨大な鳥を止まり木から持ち上げて、ピーターの目の前に持ってきた。

「他の人形は頭と肩《かた》が動けばいいんだけど、これは飛ばしたいから羽が動くようにしたんだ。舞《ま》い上がる時には、本当に風を感じるほどさ。さわってもいいよ」

ピーターは手を伸《の》ばして、なめらかな肩の羽を指でなでた。それから、きれいな金色に塗《ぬ》られた木製の鋭《するど》いくちばしにふれる。目はやはり大きくて、黒く光っている。手を下《お》ろしてたずねた。

「ぼくは何をすればいいの？」

ヴォラは、麦わらの俵《たわら》が積んであるほうを示《しめ》して言った。

「座《すわ》ったほうがいいね。始めから話すから」

ようやく休めるとほっとして、ピーターは麦わらの俵に座った。ヴォラは巨大《きょだい》な鳥の人形を元の場所にもどしたあと、壁《かべ》の棚《たな》から小型の本を一冊《さつ》ひき抜《ぬ》くと、それを大切そうに持ってピーターの隣《となり》に腰《こし》を下ろした。

「人を殺したんだ」

ヴォラに顔を見つめられて、ピーターは動揺《どうよう》を隠《かく》しきれなかった。

ヴォラは深いため息をはき出した。

「手に職《しょく》をつけられるだの、自分の可能性《かのうせい》を広げられるだのって、どんなにバリゾコマンがきれいごとを並《なら》べようと、結局は人を殺すために行くのさ。殺すか殺されるか……それが戦争だもの」

それは違《ちが》う。例えばお父さんは違う。「戦いはしないよね？」ピーターはお父さんに確《たし》かめたのだから。お父さんは笑って、しないと言った。市民としてできることをするだけだ。ケーブルの敷設《ふせつ》の仕事。

けれどピーターは反論《はんろん》しなかった。ヴォラがあまりにもつらそうな顔をしていたからだ。

「人を殺したの?」

「何人も殺した。というか、少なくとも何人もが命を落とすことに手を貸《か》した。ただ、あの兵隊だけは……間近に見たんだ。死んだあと。その兵隊の体を探《さぐ》る必要があった。使える武器《ぶき》は何だろうと奪《うば》えと訓練されてるから。ひざをついて、武器を探《さが》すために死体にさわらなきゃならなかった。ふれた時の衝撃《しょうげき》を覚えている。自分は衛生兵《えいせいへい》だったけど、まだ頭のどこかでプラスチック製《せい》のような気がしていたんだ。本物ではなく訓練用の死体だって。けれど、もちろん、本物の死体は……温かかった。凍《こご》えるような戦場で、その死体は熱を発していた。まるで生命そのものが蒸気《じょうき》となって流れ出すかのように。あたしは、彼《かれ》の許可《きょか》を得ることもせずに、その体にふれていた。彼の命を奪った張本人《ちょうほんにん》だというのに、その時あたしの頭にあったのは、この兵隊はもう、自分が何をされようと、いいとも、いやとも言えないってことだけだった。でも、そんなのおかしいだろう?」

ピーターは口の中がカラカラだった。何を言っていいかわからない。突然《とつぜん》、親切な目のセラピストが頭に浮《う》かび、言うべき言葉がひらめいた。

「それは、さぞかしつらかったでしょう」

ヴォラは、驚《おどろ》いたような、ほっとしたような顔でピーターを見て、うなずいた。

「急に、その兵隊のことが知りたくなってね。どこから来たのか、どんなことが好きだったのか、どんな人に愛されていたのか。口を開けて、いかにもあたしに話しかけたそうに見えたんだ。その時はっと気づいた。この人は男だけど、人種が違《ちが》うけど、別の国に育ったけど、あたしとの間には、共通点がたくさんあるかも知れないって。大事な共通点。軍に召集《しょうしゅう》されたことよりずっと大事な共通点。而二不二《ににふに》。ふたつであってふたつでないっていう意味だよ。でも、あたしは彼《かれ》を殺してしまったから、それを確《たし》かめられない。あたしは兵隊の死体を探《さぐ》ったよ。武器《ぶき》を探《さが》したんじゃなく、どんな人だったかを知る手がかりを探したのさ」

ヴォラは口をつぐんだ。目をそむけたくなるほど苦しそうな顔だ。

「それで……?」

「それが、これさ」ヴォラが本を見せた。「『シンドバッドの冒険《ぼうけん》』。アラビアンナイトの一部。この本がポケットにあった。戦場で持っていたんだから、それだけの意味があったんだろう。相当古びているから、子どものころからの愛読書じゃないかな。シンドバッドは勇敢《ゆうかん》だから、自分にも勇気をくれると思ったのかも知れない。それとも、ただ自分にも子ども時代があること、本を読んで平和に暮《く》らしていたことを忘《わす》れたくなかっただけかも知れない。あるページにしおりがはさんであった。シンドバッドがロック鳥の巣から逃《に》げ出す場面。あたしは思ったよ。この物語は、彼にこう思わせてくれたんだろう。いつの日か自分も戦場から逃げ出して、家に帰れるって」

ヴォラが立ち上がった。もう一度、巨大《きょだい》な羽のついたあやつり人形を壁《かべ》から取り外《はず》す。

「ロック鳥。この鳥は、かぎ爪《づめ》でゾウだってつかめるんだ。見てごらん」

ヴォラは鳥の人形をピーターのそばに持ってきて、くちばしを顔に向けた。

その顔の獰猛《どうもう》さに、ピーターはたじろいだ。

「ぼくに、これをどうしろっていうの？」ピーターは聞いた。

「この本はあの兵隊にとって重要だったから、戦場でも持っていたんだ。あの兵隊の命を奪《うば》って以来考えた。あたしはあの兵隊に償《つぐな》いをしなければならない。だから、彼《かれ》にとってそれほど意味を持つ物語を、彼の代わりに語ろうって。あたしは登場人物の人形を作って、シンドバッドがロック鳥から逃《に》げる物語をくり返し語ってきた。二十年近い年数、この物置小屋でひとり」

ヴォラは操作盤《そうさばん》をピーターに渡《わた》した。

「ようやく今、どんな風に見えるかがわかる」

17

ハイイロが川辺でピチャピチャと水を飲み終わってよろよろともどるのを、パックスは見ていた。戦争病人間たちが野営《やえい》している対岸で二日間休んだが、ハイイロに回復《かいふく》の兆《きざ》しは見えない。年老いたハイイロは、つんとする匂《にお》いのツガの木陰《こかげ》にもどってたおれこんだ。うつろな目をしていて、首の傷《きず》をなめてやっても、ほとんど反応《はんのう》がない。傷口の炎症《えんしょう》は、さらにひどくなっていた。

「ここに隠《かく》れて、休むことだ」

パックスはハイイロのそばをはなれて上流に向かった。川幅《はば》がせばまる場所を探《さが》してあった。そのあたりは藪《やぶ》がみっしり茂《しげ》っているから、人間に見られずに動ける。狩《か》りはうまくいかなかった。ネズミもウサギもたくさんいるが、パックスのへっぴり腰《ごし》ではとうてい捕《つか》まらず、手に入ったのは甲虫《かぶとむし》とザリガニとまだ青いベリーだけで、どれもハイイロには断《ことわ》られてしまった。

さらに三十分ほどねばって、チョコチョコ逃《に》げるハタネズミや、飛び回るミソサザイを追いかけ、日向ぼっこ中のカエルにも狙《ねら》いをつけた。だが、飛びついたところで、あごは空気をかむばかりだった。失敗するたびに、ますます腹《はら》が減《へ》る。自分のためにも、弱っている友人のためにも、なんとかして肉を手に入れなければならない。野営地《やえいち》からただようおいしそうな香《かお》りが、パックスの身をさいなんだ。

やがてパックスは川に飛びこんだ。そのあたりは流れが急だが、川の中に大岩が三つ固まってつきだして、ちょうどいい足がかりになっている。その大岩の上から、下流の人間たちをはっきり見ることができた。

人数が増《ふ》えている。女性《じょせい》はわずかで、ほとんどが男だ。パックスは常《つね》にピーターの気配を探《さぐ》っていた。父親がまだここにいるし、家がそれほど遠くないと感じていたからだ。けれど、野営地には大人の人間しかいなかった。

大勢《おおぜい》の兵隊が外に出ていて、そのうちの何人かは川岸近くに鉄線を敷《し》いていた。ちょうどその対岸にハイイロがいるので、パックスは不安になった。けれど兵隊たちは、自分たちの作業に没頭《ぼっとう》しているようだった。

兵隊の日課はわかっている。毎朝兵隊ふたりが、あるテントに入っていくが、そのテントには食料がたくさんある。そのふたりが火のそばで料理をし、他の戦争病人間たちが集まってきて食べる。食事がすむと、兵隊たちは機材類を次から次へと降《お》ろしたりして、外の平原や車でせっせと働く。あの食料テントには、夕方までだれひとり近寄《ちかよ》らない。日暮《ひぐ》れごろになると、例の兵隊ふたりがやってきて夕食を作り、他の兵隊たちを呼《よ》び集める。

今は午後のさかりだ。パックスはしばらく岩の上にいて、戦争病人間たちが作業に夢《む》中《ちゅう》なのを確《たし》かめてから川を渡《わた》り、倒木《とうぼく》のそばで水から上がった。そこからは腹《はら》が地面にすれすれになるほど体を低くして尾根《おね》を越《こ》え、工場跡《あと》の上あたりまで進んだ。

そこで立ち止まって、行く手を観察する。パックスのすぐ下の野営地に、三人の兵隊がいる。寄り集まって、工場跡の南端《なんたん》に設置《せっち》した新しい機材を調べている。がっしりした石積みの壁《かべ》が直角に交わる地点だ。

その他の兵隊はみな、平原に出ている。川岸の土手に掘《ほ》った穴《あな》に、鉄線の巻枠《まきわく》を転がしている兵隊たちがいる。穴の中に箱を降《お》ろし、シャベルで土をかぶせている連中もいる。やがてふたり組の兵隊二組が川を渡《わた》った。土手にいくつも穴を掘っていくが、そのうちの何地点かは、ハイイロがいるツガの木のすぐ下だ。人間にはハイイロの匂《にお》いをかぎ分ける能力《のうりょく》がない。それに、人間たちが近くにいる時に、ハイイロが出てくるはずがない。

それでも心配で、パックスの毛は逆立《さかだ》つ。今夜、ハイイロを安全な場所に移《うつ》すとしよう。

パックスは、工場跡《あと》の北端《ほくたん》のテントと車があるところまでつっ走った。そこの石塀《いしべい》から、一本のカバの木がつき出している。

パックスの足が止まった。

ここに来たことがある。この場所……白い樹皮《じゅひ》がはがれかけた木、石積の壁《かべ》、下の平原からただようワイルドオニオンと牧草と、かすかなタールの匂い。何もかも覚えがある。何年も前、幼《おさな》いころ、ピーターといっしょにここに来た。

その時の情景《じょうけい》がよみがえった。棒《ぼう》。ピーターと二人の男の子が、石積の壁の間から走ってきた。叫《さけ》び声を上げ、てんでに棒をふり回して。子どもたちは笑っていたが、彼《かれ》らがふり回す棒がパックスを不安にさせた。パックスはピーターの後ろをついて回り、他の男の子が近寄《ちかよ》るたびに吠《ほ》えた。それでパックスはこの木につながれてしまい、キュンキュン鳴きとおし、ひもをかじってその午後を過《す》ごすことになったのだ。

ピーターがここにいた！　パックスは、木の根元や石塀の下の匂いをかぎ回ったが、ピーターの匂いは見つからず、戦争病の人間の男の匂いばかりがぷんぷんする。強く、危険《きけん》な匂いをかぐと、とたんに緊張《きんちょう》する。

パックスは野営地《やえいち》のテントを見回し、まわりに動くものがないのを確《たし》かめた。そして、食料テントに駆《か》け寄《よ》った。テントの角でいったん止まり、もう一度確かめてから、垂《た》れ布《ぬの》の下からはいこんだ。

テントの中には、テーブルに玉ねぎやジャガイモが山と積まれ、その上に肉がぶら下がっていた。しめしめ、大もうけだ。パックスは骨《ほね》つきハムのかたまりに飛びついてフックから外すと、ずっしり重い戦利品を口にくわえて、矢のようにテントを飛び出した。

きつい斜面《しゃめん》を駆け上がり、石積の塀をあとにし、低木の茂《しげ》る森を抜《ぬ》けた。川まで来たところでハムを地面に置き、塩味のきいたごちそうにかぶりついた。そのあと、関節をかみ切ってハムをかたまりに分け、ふたつを砂《すな》まじりの川岸に埋《う》めた。そして、そのまわりにおしっこをかけて、自分の備蓄《びちく》食料という印をつけた。

それから残りのハムをくわえて、倒木《とうぼく》のところへ運ぶことにした。このハムで、当分ハイイロを養える。パックスは川の真ん中の大岩の上で、もう一度人間の野営地《やえいち》を見た。

人間の姿《すがた》が消えていた。今までなかった、いやな匂《にお》いをかすかに感じる。この匂いには覚えがある。一歳《さい》の子ギツネだった時、お父さんがピーターの部屋に扇風機《せんぷうき》を置いた。パックスは、部屋の壁《かべ》から扇風機につながるコードから出る電気の匂いが大嫌《だいきら》いだった。ある晩《ばん》、特にその匂いを危険《きけん》と感じた時、コードをかみ切った。ヘビに飛びかかって殺すように。

今も、パックスの本能《ほんのう》は、そのいやな匂いから逃《のが》れろと告げている。けれどハイイロを置いて行くわけにはいかない。ちょうどその時、年老いたハイイロが川へ行こうとして、ツガの木の下からよろめき出るのが見えた。

ハイイロがつまずいて転んだ。その瞬間《しゅんかん》、地面の下から稲妻《いなずま》が生まれたかのようだった。こげ臭《くさ》い匂いがふき出すと同時に、川岸が炸裂《さくれつ》したのだ。轟音《ごうおん》とともに土砂《どしゃ》と岩と川の水と芝土《しばつち》が混然《こんぜん》一体となって宙《ちゅう》に舞《ま》い上がったと思うと、大きくえぐれた地面の上に黒い雨となって降《ふ》りそそいだ。

パックスはハムのかたまりを取り落とし、ハイイロに向かって吠《ほ》えかけた。応《こた》えたのは、ぞっとする沈黙《ちんもく》だけだった。

戦争病の人間たちが、石塀《いしべい》の陰《かげ》からバラバラと飛び出してきた。その声から判断《はんだん》すると、興奮《こうふん》しているようだ。平原を駆《か》けおり、水をはね散らして川を渡《わた》り、煙《けむり》のたなびく川岸に広がっていく。兵隊たちはしばらく歩き回ってから、野営地に帰って行った。

最後の兵隊が去ったあと、パックスはハイイロの元に駆《か》けつけた。ツガの大枝《おおえだ》が落下し、ハイイロの体がその下敷《したじ》きになっていた。泥《どろ》だらけのハイイロのほおを鼻で探《さぐ》り、前足で脇腹《わきばら》にふれる。ハイイロの鼻づらに顔を寄《よ》せると、かすかに息をしているのがわかった。

パックスはハイイロにぴったり身を寄せて、その場に横たわった。いっしょにいてあげることしかできない。それより他に求められることもない。

ハイイロの頭の中の切れぎれの記憶《きおく》がパックスにも伝わってくる。兵隊の叫《さけ》び声ではなく、北極に住む鳥の声が聞こえる。垂《た》れこめる灰《はい》の混《ま》じったもやではなく、どこまでも広い大きな青空をハイイロといっしょに見上げる。砂《すな》だらけの地面に横たわるのではなく、星の形をした青い花がゆれるツンドラの上を、ハイイロと、その兄弟の子ギツネといっしょに転げ回る。ハイイロとともに、銀色の毛皮のお母さんのザラザラした舌《した》になめられて、のどを鳴らす。お母さんギツネの乳《ちち》を飲み、生まれたばかりの自分の頭にお母さんのあごの重みを感じる。やがて静寂《せいじゃく》。

年老いたハイイロは息をひき取った。

パックスははね起きた。額《ひたい》をハイイロのほおに押《お》しつける。戦争病人間に聞こえることも気にせず、遠吠《とおぼ》えをした。それから、パックスは走り出した。

今度の走りに喜びはない。ただ体が動いてくれることに感謝《かんしゃ》する。夕暮《ゆうぐ》れの中を北へ、夜の闇《やみ》を抜《ぬ》けて北へ、パックスは走りに走った。

夜が明けるころ、ヨソモノの縄《なわ》ばりに入ったが、そのまま走り続けた。黄色い毛皮のヨソモノは戦う気で飛び出してきたものの、パックスの気迫《きはく》に押されてあとずさりし、道を譲《ゆず》った。パックスは速足で丘《おか》を下り、谷底を駆《か》け抜け、草地への最後の長い坂を上がった。

半ば上りかけたところで、ようやく足を止めて顔を上げた。

三匹《びき》のキツネがパックスを見ていた。すっかりなじみになったキツネたちだ。ハイイロの連れ合いはまだ大きなお腹《なか》をしている。すぐそばに、その半分の大きさのスエッコがいる。輝《かがや》く毛皮のサカゲは二匹とは少しはなれ、草地を見下ろすようにそそり立つ大きな松の木の根元にいた。かつて幼《おさな》い妹キツネが息絶《た》えた松の下だ。

パックスの毛はハイイロの死の匂《にお》いをまとっていたが、三匹はそれをかぐ前からわかっていた。

パックスは最後の道のりをそっと歩いた。ハイイロの巣に着いた時、頭を上げて悲しみの吠え声を捧《ささ》げた。三匹のキツネが、同じ声で鳴き返す。

ハイイロの連れ合いがパックスに近づいた。パックスの鼻づらを、それから脇腹《わきばら》の匂いをかぐ。そして、争いがあったことを知り、ハイイロに死をもたらしたのは争いではなく、人間がしかけた地雷《じらい》だったことを読み取った。さらに、パックスがハイイロを守り、食料を与《あた》え、傷《きず》をきれいにしたことが伝わると、感謝を告げた。ハイイロが前に進もうとして、その半ばで命を落としたことも理解《りかい》した。

「南は安全ではないの？」

「安全ではない」

ハイイロの連れ合いは、大きな腹《はら》をゆらして歩き去った。

知らせを伝えることができた。

疲《つか》れ切ったパックスは、草の上にたおれこんだ。小さなキツネのスエッコが隣《となり》に来て、毛づくろいを申し出ると、パックスは喜んで受け入れた。サカゲは、そんな二匹《ひき》のようすを松の根元で見ていた。


パックスは午後じゅう眠《ねむ》ったが、煙《けむり》を上げるケーブルにピーターがからまる夢《ゆめ》を何度も見て眠りを邪魔《じゃま》された。藍《あい》色の空に月が昇《のぼ》るころ、パックスは起き上がった。息をすると、仲間のキツネたちの匂《にお》いがした。中心的存在《そんざい》のハイイロを失った悲しみで結びついている。パックス自身も同じ悲しみで仲間になっている。だから、もしも自分がこの谷に留《とど》まることを選ぶなら、歓迎《かんげい》されるだろう。けれど、今見た夢が、パックスを戦争病の人間のところへと急《せ》かす。

出発しようとした時、サカゲが丘《おか》を駆《か》けおりてくる気配を感じて、パックスは待った。

「どこへ行くの？」

パックスは、今回わかったことを伝えた。戦争病は地面を爆発《ばくはつ》させ、ケーブルで死をもたらす。そして、ピーターが父親に会うために、あの兵隊たちのところに来るかも知れないという不安を伝えた。ピーターを守るという自分の決心も伝えた。

「その爆発は……人間を殺すの？」

「そのとおり」

サカゲは正面に回って、パックスに向き合った。

「それなら、ほっとけばいい」

パックスはその言葉を無視《むし》した。力を奮《ふる》い立たせて飛び上がり、地面を蹴《け》って駆《か》け出した。

18

雨の中をヴォラが足をひきずりやってくる姿《すがた》を見て、ピーターは急いで物置小屋の梁《はり》から降《お》りた。何食わぬ顔を取りつくろう。ヴォラの指示《しじ》より、訓練の回数を増《ふ》やしているのではないかと疑《うたが》われていた。実際《じっさい》は、二倍やっている。ヴォラが知ったら怒《おこ》るだろう。

「健康な大人が四週間かかる訓練を、あんたは一週間でやろうとしてるんだ。かえって悪くなるよ」何度もそうたしなめられた。出会ってまだ数日しか経《た》っていないのに、すでになじみの議論《ぎろん》になっている。

戸口で雨をふり払《はら》うヴォラを見て、思わずパックスを思い出した。あいつは、犬と同じようにブルブルッと体をふるう。パックスのいる場所でも雨が降《ふ》っているだろうか？　雨を避《さ》けられるような、乾《かわ》いた暖《あたた》かい場所がなくても、いつものように体をふるうだろうか？　寒気を感じて、ピーターは両腕《うで》をさすった。

「どうしたの？　どこか痛《いた》むようだね。腕かい？」

「いいえ」もちろん腕は痛いが、快《こころよ》い痛みだった。この痛みは、自分が強くなって出発できる日が近づいている証拠《しょうこ》だから。ピーターは右足首にギプスをつけたまま、腕立て伏《ふ》せを三回やって見せた。

「ほらね、何ともない。今から障害物《しょうがいぶつ》コースをやっていい？　雨はそれほどでもなさそうだし」

「だめ。ギプスを濡《ぬ》らすわけにいかないでしょ。出発までには、防水《ぼうすい》する方法を考えるから。でも今日はだめよ、中にいて。もう訓練はひと通り終わったの？」

「梁訓練、袋《ふくろ》引き、消し炭積み。教えてくれた訓練は、全部やりました」

ヴォラは、壁《かべ》にかかった人形を顔で示《しめ》した。

「じゃあ、あれの練習をしたら？」

あやつり人形は、ぼくをパックスのところに近づけてはくれないじゃないか。本当のところ、ピーターはそう言いたかったが、代わりに深いため息をついて目玉をぎょろりと回す。

ところが、そんなことでヴォラは動じない。

「動かせるようになってきた？」

「そうね。いいんじゃない」

実際《じっさい》、何回かは練習して、少しは動かせるようになった。というか、ともかく糸はからまなくなった。けれど、操作盤《そうさばん》はときどき思ったのと正反対に動いて、人形は感電死したように体がねじれる。それで、やる気がなくなった。

「劇《げき》をやろうよ。ぼくはもうすぐ出て行くんだからね、ヴォラ」

ピーターは松葉杖《まつばづえ》を持ち上げて見せた。今や松葉杖は、自分の腕《うで》の延長《えんちょう》のように自由に動くようになっている。「昨日は尾根《おね》まで二往復《おうふく》したよ。松葉杖を使って六時間近く歩いたんだ。ヴォラに取り上げられなかったら、八時間だって歩けたでしょ。覚えてる？もう、出発できる」

ヴォラはオーバーオールのポケットに釘《くぎ》をひとつかみ入れ、ベルトについた輪に金づちの柄《え》を通した。そのあと視線《しせん》を上げてピーターを見た。

「シンドバッドがどれぐらい動かせるか、見せてごらん」

ピーターはもうひとつため息をついたが、ヴォラは今度もそれも無視《むし》して、シンドバッドの人形を壁《かべ》から降《お》ろした。ピーターは、干《ほ》し草を積んだ舞台《ぶたい》上でシンドバッド人形を動かし、大きなボウルにペンキを塗《ぬ》って作った鳥の巣の、木製《もくせい》の卵《たまご》の上に降ろした。我《われ》ながらぎこちない動きだとはわかっていたものの、すがる目でヴォラを見た。

「まさか！　それが、命がけでロック鳥から逃《に》げようとする英雄《えいゆう》だっていうの？」

ヴォラが操作盤を取り上げると、たちまち人形が生きて血が通ったように動き出した。

「シンドバッドがどうしたいかを考えるんだ。逃げたがってるんだろ」ヴォラは頼《たの》まれてもいない講習《こうしゅう》を始めた。「人形の両腕を下ろして、その動きに任《まか》せる。いい？　こんなふうに低く、そろそろと。卵の陰《かげ》に隠《かく》れるまで、巣の中に下ろしていく。シンドバッドがそこにおさまったら、手をはなして、今度はロック鳥を反対側から巣の上を飛ばす。右からね、忘《わす》れないで。そうすれば、シンドバッドの糸にからまらない。ロック鳥をまっすぐ卵の上に降ろす。静かに、ゆっくり。そうすると、かぎ爪《づめ》につけた磁石《じしゃく》がシンドバッドの両手の磁石《じしゃく》にぴたっとつく」

「ぼくがやると、そんなふうには動いてくれないんだよ。鏡を持ってきて、自分で演《えん》じて自分で見たらどうなの？」

ヴォラがピーターをにらみつけた。「条件《じょうけん》その三だよ。選択《せんたく》の余地《よち》なし。来てごらん」

ヴォラは人形を作業台に運んだ。

「シンドバッドは動きたがってるんだ。どの人形も動きたがってる。なぜなら、そのようにあたしが作ったから。あんたはただ動き方を示《しめ》してやればいい。あんたの筋肉《きんにく》の動きを人形に、あんたの動きを人形に」

何を思ったのか、ヴォラはシンドバッドの服を脱《ぬ》がせた。次に糸を外し始めたから、ピーターは仰天《ぎょうてん》した。さらにドライバーに手を伸《の》ばすと、人形をバラバラに分解《ぶんかい》しだしたではないか。人形が部品の山になったところで、ヴォラはドライバーをさし出した。

ピーターは松葉杖《まつばづえ》を脇《わき》の下にしっかりはさんで、両手を出した。

「見てたでしょ？」

「見てたけど……」

「あたしは工具を取りに来ただけなんだよ。一時間もしたらもどってくるから、その間にこの人形を元通りに組み立ててごらん。それができれば、もう何の問題もなくなるはずだよ」ヴォラはドライバーをピーターの手にたたきつけるように置くと、それっきりひと言も言わずに出て行った。

実際《じっさい》、組み立てはそれほど難《むずか》しくはなかった。人形のひざとひじは、簡単《かんたん》な片側蝶番《かたがわちょうつがい》でつなぎ、肩《かた》と腰《こし》はもっと大きく動かせるように木製《もくせい》の球形のジョイントでつなぐようになっていた。両手両足は、革《かわ》のひもで取りつける。

あやつり糸のほうは、かなりやっかいだった。けれど、トンボのような操作盤《そうさばん》で人形の両手がどう動くかがわかると、他の部分の動かし方もわかってきた。

ヴォラは正しかった。シンドバッドを組み立て直してみてからは、前よりずっとなめらかに操作できるようになった。「あんたの筋肉《きんにく》を人形に」ヴォラはそう言ったが、その通り、ピーターはヴォラが言ったように自分の動きをシンドバッドの動きに置き換《か》えることができるようになった。

ところが、「あんたの筋肉の動きを人形に」は、ロック鳥には通用しなかった。どんな

読者通信カード

書　名			
ご氏名			歳
ご住所	（〒　　　　）		
ご職業 （ご専門）		ご購読の 新聞雑誌	
お買上 書店名	県 市	町	書店

本書に関するご意見·ご感想など

＊お送りいただいた情報は、小社が責任をもって管理し、以下の目的以外には使用いたしません。

- 今後の出版活動の参考とさせていただきます。
- ご意見・ご感想を匿名で小社の宣伝物等に使わせていただく場合がございます。
- DM、目録等をお送りすることがございます。

郵便はがき

恐縮ですが
切手をおは
りください

1620815

東京都新宿区筑土八幡町2—21

株式会社

評論社

読者通信カード係 行

にピーターが肩《かた》を曲げたり、腕《うで》をすばやく動かしたりしても、巨鳥《きょちょう》は二、三度羽ばたくと銃《じゅう》で撃《う》たれたように墜落《ついらく》してしまう。ロック鳥の輝《かがや》く瞳《ひとみ》が、ピーターを非難《ひなん》しているように思えてならない。

「鳥さん、ごめんよ。ぼくには、おまえがどうしたいのかわからないんだよ。シンドバッドを食おうとしてるの？　卵《たまご》を守りたいの？」

急に、ロック鳥の物語をきちんと知りたくなってきた。ピーターは、ヴォラがシンドバッドの本をしまった場所を探《さが》した。本を見つけて棚《たな》から抜《ぬ》いた時、何か音がした。本の奥《おく》に、何かある。

手を入れてひき出してみると、四角いブリキの缶《かん》だった。はげかけた黄色に、《サンシャインビスケット》のうすれた文字。ピーターは缶を手に持ったまま、おじいちゃんの家で見つけた古いクッキーの缶を思い出していた。中には、山ほどの兵隊人形に守られた驚《おどろ》くべき写真が入っていた。

ピーターはふたをこじ開けた。入っていたのは、おなじみのなぐり書きのような字で書いたカードの束だった。すぐにピンときた。これは、ヴォラが大事にしまっている個人的《こじんてき》な真実だ。秘密《ひみつ》を盗《ぬす》み見ようとしていることに気がとがめて、あわててふたを閉《し》めたが、遅《おそ》かった。一番上のカードが見えてしまったのだ。

「私《わたし》はよい教師になれただろう」

特に個人的な真実でもないし、秘密でもなさそうに思える。それでも、見なければよかったと感じた。缶を元の棚にもどし、その手前にシンドバッドの本をさしこんだその瞬《しゅん》間《かん》、ヴォラがもどってきた。

ピーターはあやつり人形を指さした。「今度は大丈夫《だいじょうぶ》。本番をやってみようよ」

けれどヴォラは作業台に歩み寄《よ》って、砥石《といし》に油を注ぎながら答えた。

「まだだね。まず、舞台《ぶたい》を作らなくちゃ。ひまを見つけて、なんとか作ってみるよ」

「舞台？　舞台のことなんて、何も言ってなかったじゃない！」

「人形劇《げき》ってのは、干《ほ》し草の山の上の何にもない空間で演《えん》じるわけではない」

ヴォラはこちらに向き直って手を上げ、ピーターの抗議《こうぎ》を封《ふう》じた。

「いいかい、ぼうや、あたしはあの兵隊の物語を、きちんとした形で見たい。あんたには

わからないとしても、それがあたしにとってどれほど重要な意味を持っているかに、敬意《けいい》

を表してもらいたい。あんただって、あのブレスレットをいつも持っているだろう？　それと同じ。あんたは、亡《な》くなったお母さんのために、彼女《かのじょ》の物語を語る」

「でも、それには時間がかかる……」

「急ぐ必要はないって。いずれにしても、まだあと一週間はここにいるんだから」

ヴォラは足をひきずって作業台にもどると、ドスンと座《すわ》りこんで工具を選び始めた。話は終わり。

ピーターは干《ほ》し草の上に体を投げ出した。もう一週間足止めなんて、頭がおかしくなりそうだ。

その言葉がふとひっかかった。今はもう、ヴォラのことを頭がおかしいとは、少しも思っていない。ピーターは体を起こし、ひじをついてヴォラが工具を研《と》ぐ姿《すがた》をながめた。どれほど工具を丁寧《ていねい》に扱《あつか》い、研ぎ上げ、磨《みが》き上げていくことか。手入れが終わると、きちんと元通りの場所に片《かた》づける。その動きに、しっかりした目的意識《いしき》のようなものがあることに、好感を持つ。堅実《けんじつ》そのものだ。

フランソワがよたよたやってきて、あくびをした。作業台の上の垂木《たるき》のまたに登って、ひとしきり顔をなでてから昼寝《ひるね》を始める。見ているうちに、自分もフランソワと同じで、いつの間にかヴォラの家でいっしょに生活することが心地よくなっていると思った。

ヴォラは何を作っているのだろうと、ピーターは首を伸《の》ばした。柄《え》のようだ。壊《こわ》れた鍬《くわ》に、新しい柄をつけている。簡単《かんたん》なものではあるけれど、その技《わざ》はピーターには魔法《まほう》のように思える。ピーターの松葉杖《まつばづえ》もそうだ。松葉杖がない時には、動きようがなかった。ヴォラが板切れを釘《くぎ》で打って組み合わせて、松葉杖を作ってくれたおかげで、今は何キロもの山道を速く、着実に歩くことができる。まさに魔法のようだ。

ピーターは松葉杖をひき寄《よ》せ、脇《わき》の下にしっかりはさんだ。がっしりした力強さが、安心感をもたらす。ピーターは作業台に近寄った。

「ぼくも何かを作りたいな。教えてくれる？」

ヴォラは顔をあげてピーターをじっと見た。一分も経《た》ったと思うころ、やっとうなずいた。

「脳《のう》みそをみすみす腐《くさ》らせることはないね。木彫《もくちょう》に関しては、何も知らないんだろう？」

「一から自分で彫《ほ》ること。それだけかな」

「基本《きほん》はそうだけど。そういう意味じゃなくて」ヴォラは木材を入れた箱から新しい木切れをひとつ選ぶと、作業台の上に置いた。

「だれが主人？」

「え？　何？」

「だれが主人？　あたし？　それとも、この木？」

これはテストだとピーターにもわかった。木を見ると、何も言わず、ただ静かに待っている。次に、きちんと並《なら》んで輝《かがや》きを放つ工具類を見る。切りたい、彫《ほ》りたいと、ふるえているようだ。

「主人はヴォラ。人間が主人」

ヴォラはうなずくと、先がスプーンの形になったノミと木づちを選んで手に取り、数分前にピーターをじっと見たのと同じ目つきで木切れを見つめた。まるで、木の表面に隠《かく》された秘密《ひみつ》のメッセージを読み取ろうとしているとでもいうように。やがて、木肌《きはだ》にノミを打ちこんだ。鋭《するど》い刃《は》の跡《あと》がついて、作業台の上に削《けず》りくずが落ちる。

ヴォラがピーターを見た。「今度は、どう？　だれが主人？」

ヴォラの表情《ひょうじょう》は何も語らない。けれど、木は語っている。彫られたくさび型の削り跡は、問いかけへの反応《はんのう》だ。

「木」ピーターは確信《かくしん》を持って答えた。

「その通り」ヴォラが言った。「この瞬間《しゅんかん》から、木が主人になる。彫り手は、木に仕《つか》えるしもべ。どんな職人《しょくにん》も製作物《せいさくぶつ》に仕えるしもべなんだ。いったん何かを作ろうと決めたら、その計画が主人となる。あんたは、何が作りたいの？」

答えは即座《そくざ》に口をついて出た。

「キツネを彫るには、どうしたらいい？」

そう言ったとたん、当然の答えが帰ってくるだろうと身構《みがま》えた。自分で考えてごらんと。ところが、驚《おどろ》いたことにヴォラの答えは違《ちが》った。

「ミケランジェロは、どうやってその彫像《ちょうぞう》を作ったのかと聞かれた時こう答えた。『大理石の中に天使を見た。だから、天使を自由にしようと彫っただけだ』。そう考えると、わかりやすいかも知れない。木の中にキツネを見出したいと思ったら、当然、それなりの木を見つけることから始めなければね」

ヴォラはピーターについてくるように言って、木の箱の所へ行った。

「木によって、特質《とくしつ》が違《ちが》う。シナノキは削《けず》りやすく、細かい細工《さいく》ができて、軽い。あたしはこれを、人形の頭に使ってる。それから、この……」

「トネリコは、野球のバットに適《てき》する」ピーターが口をはさんだ。「とても堅《かた》い」

ヴォラはしばらく黙《だま》って、手にした木片《もくへん》を右手から左手へと持ち替《か》えていた。

「そう言えば……」と、ピーターに向き直った。「あんた、本当にバットを持ってないの？　野球が好きなのに、自分のバットがないの？」

「ぼくは野手だから」

「だから、何？　あんたは、ただだれかがボールを打つのを待ってて、捕《と》りに行くだけ？　ただの受け身じゃないか。自分も打ちたいとは思わないの？」

「そういうことじゃなくて、いったんボールを持ったら、ぼくが主体になる。ただの受け身じゃないよ。判断《はんだん》をする。それに、ぼくだって打つよ。バットは、チームで何本か持ってるんだ。野球を知らないんだね」

「野球は知らないかもしれないけど」ヴォラは木片を箱に投げ入れると、肩《かた》をすくめた。

「あんたのことを知り始めてる。それに、あんたには自分のバットがあったほうがいいと思うな」

ピーターは木の箱のほうを向いた。箱の中に手を入れて、さまざまな木片を手に取るうちに、青いガラスが粉々に割《わ》れて白バラの上に降《ふ》り注ぐ光景が頭に浮《う》かんだ。チームのバットを手にバッターボックスに立ち、ピッチャーの動きに集中しようとする時だけ忘《わす》れられる光景。もしも自分のバットをもう一度持ったら、それを手にするたびに、あの青いガラスが白バラの上に砕《くだ》け散る光景を見るだろう。ぞっとする。

ピーターはハチミツ色の木片を取り上げた。出会った時のパックスは、ちょうどこれぐらいの大きさだった。

「これは、どう?」息を詰《つ》めて、聞いた。「波もようが毛皮に似《に》てる」

ヴォラは、バットに関する議《ぎ》論《ろん》をもっと続けたいのをがまんしてくちびるをかんでいるように見えた。

「シロクルミ」ようやく、そう口にした。「木《き》肌《はだ》が美しい。彫るのにやわらかい。しばらく観察するといい。明日、彫《ほ》り始めることにしよう」

その晩遅《ばんおそ》く、疲《つか》れ切ってハンモックによじ登ろうとした時、窓枠《まどわく》の上に置いておいた木《もく》片《へん》がピーターの目に入った。今日は、パックスのことをほとんど考えなかった。後ろめたい思いにさいなまれる。自分は、キツネなしの生活に慣《な》れ始めている。七歳《さい》の時から、なかったことだ。

あの時は、もっと長くかかった。計算したら正確《せいかく》に一年と十六日かかった。あの時というのは、お母さんのことを考えずに過《す》ごした一日が来るまでのことだ。その日、ピーターは友だちの家族といっしょにキャンプ旅行に行った。朝からカヌーに乗り、魚釣《つ》りをし、泳ぎ、それからテントをはってホットドッグを焼いた。星空の下で寝袋《ねぶくろ》におさまった時、後ろめたさに襲《おそ》われたのだ。あの晩、ピーターは不安になった。自分は母を失って当然なのかと。

ピーターはお母さんの写真をリュックサックから取り出した。お母さんの誕生日《たんじょうび》プレゼントにあげた手作りのタコ。忘《わす》れたくない思い出だ。タコは上がらなかった。ピーターはまだ六歳で、タコと言ってもアイスキャンデーの棒《ぼう》に龍《りゅう》の絵をテープではっただけだった。その年齢《ねんれい》でもわかった。あの時お父さんがいたら、失敗作のタコがあの午後を台なしにしていただろう。でも、お父さんは留守《るす》で、お母さんはタコを見て笑ってくれた。それからふたりで丘《おか》の上で毛布《もうふ》を広げ、お菓子《かし》とグレープジュースのピクニックをして、お話をたくさん作った。紙の竜のお話。地上にたくさんの冒険《ぼうけん》が待っているから、空を飛ぼうとしない、賢《かしこ》すぎる竜。

ピーターは、お母さんの写真を、窓枠の木片の隣《となり》に置いた。そして目を閉《と》じた。パックスの思い出にもひたろう。

ピーターが家に帰ると、いつも檻《おり》の入口で待っているパックス。スクールバスのブレーキの音を覚えてしまったのだ。カバンの中のリンゴの芯《しん》を、鼻づらで探《さぐ》りあてるパックス。スウェットのポケットからこちらをのぞくパックス。一度ピーターは内緒《ないしょ》でパックスを学校に連れていったことがある。二年生の時だ。子ギツネのパックスにとって、それがどんな経験《けいけん》かなどと考えもせず、ただだれにも知られずにパックスといっしょにいる楽しさしか想像《そうぞう》しなかった。その日は、避難《ひなん》訓練があって、警報《けいほう》がパックスを驚《おどろ》かせて大騒《おおさわ》ぎになった。ピーターは家に帰され、お父さんはかんかんに怒《おこ》った。けれど、ピーターにとって何よりの罰《ばつ》は、おびえた子ギツネが体をふるわせて鳴きやまなかったことだ。

最高の思い出は、静かなものだ。一昨年の冬は寒く長い冬で、ピーターは宿題をするために暖炉《だんろ》の前からはなれたくなかった。あまりに気温が低かったので、お父さんでさえ、パックスを早くから家に入れ、暖炉のそばにいることを許《ゆる》した。火のそばに横たわるパックスの鼻づらと前足が熱くなりすぎないように、ピーターが時折見てやっていた。覚えているのは、歴史の教科書を読みながら手を下に下ろして、パックスの肩甲骨《けんこうこつ》の間をさわっていたこと。平和そのものだった。

ピーターは目を開けて、シロクルミの木片《もくへん》を取り上げた。青白い月の光の中で、木の中にキツネの姿《すがた》が見えた。

19

サカゲはパックスのあとを追ったが、パックスのスピードは速く、しかも夜通しどころか朝になっても足を止めないので、追いつけなかった。パックスは午後になってもサカゲが追いかけてきていることに気づかないまま、工場跡《あと》の前を流れる川に着いた。そして青々とした葦《あし》の葉の茂《しげ》みに、そっともぐりこんだ。そこはハイイロの亡骸《なきがら》が横たわる場所の少し下流だった。かがんで水を飲み、のどの渇《かわ》きがおさまると川岸の葦を押《お》しのけて対岸を見た。

平原はがらんとして、車は一台もない。姿《すがた》は見えないが、人間の匂《にお》いは真新しく、前よりも強い。近くにいるはずの人間たちは、不安になっているようだ。パックスは少し上流の、川幅《はば》のせばまった地点で川を渡《わた》った。対岸に着くと、木々の茂《しげ》る尾根《おね》に上がって見渡した。

くずれかけた石塀《いしべい》の向こうの丘《おか》に、新しく何本も溝《みぞ》が掘《ほ》られていた。その溝の中に、兵隊たちがいた。そのようすは、まるでキツネが巣穴《すあな》に隠《かく》れるようだった。まだ地面を掘《ほ》っている兵隊や、塹壕《ざんごう》を整えている兵隊、地図を見ながら話し合っている兵隊も見える。車は、石塀の陰《かげ》に停めてあった。

パックスは自分が来た跡《あと》をたどって尾根をもどり、川を渡って下流に向かった。さっきの葦《あし》の茂みにもう一度もぐる。やはりそこからは人間の姿《すがた》は見えないが、あたりには電気の匂《にお》いが重く立ちこめている。

渦《うず》を巻《ま》いて流れる風が、西から煙《けむり》を運んできた。ここに着くまでに煙の匂いを二度感じたが、その時より濃《こ》い、危険《きけん》な匂いだ。近い。

安全な夜まで待てない。心を決めたパックスは川に飛びこみ、水面に頭をつき出して泳いだ。対岸の土手に上がると、体をふるって体の水をはねとばす。低くかがんで、一番近い隠れ場所を目指した。ほんの数飛び先にあるスクラブオークの低木だ。根元に若木《わかぎ》がたくさん生えだしている。

低木の下に隠れて、よさそうな地点を探《さが》す。工場跡の石塀から半分ほど降《お》りた、斜面《しゃめん》が終わるあたりに、うす紫《むらさき》色の花こう岩が地面からななめにつき出している。無数のケーブルがその岩の上を通って、草地に伸《の》びている。

パックスはそろそろはい出した。足の裏《うら》に地面の下の危険を感じる。土手の近くには、さらに箱がたくさん埋《う》まっていて、平原にはケーブルがはりめぐらされている。ケーブルをよけて飛び、草の葉が分かれる間もないほどすばやく、かすめるように進む。

花こう岩の下でパックスは身を伏《ふ》せ、ピンと立てた耳を丘に向けた。聞こえてくる声の調子も作業の物音も変わらないところを見ると、兵隊たちはまだ塹壕の中だろう。風下だから、人間が近づけば匂いでわかる。

パックスは地面からケーブルをひっぱり出して、かじり始めた。ところが、表面のカバーも破《やぶ》れないうちに、後ろから何かにかみつかれた。よろけて岩にぶつかり、息が止まりそうになった。なんとか立ち上がって見ると、サカゲが花こう岩の上に立っているではないか。高みから、こちらを見下ろしている。

「カラスが言っている。戦争病の人間どもが近づいている。地面の爆発《ばくはつ》、死のケーブル、人間には近寄《ちかよ》らないがいい」

体はパックスのほうが大きいが、むきになったサカゲにはとうていかなわない。ケーブルに近寄ろうとするたびに、サカゲの鋭《するど》い歯に退《しりぞ》けられる。パックスは岩を回りこみ、工場跡《あと》に近い側に登って上から攻撃《こうげき》しようとした。けれど攻撃に移《うつ》る前に、川辺の動きに目が行った。

サカゲもパックスのようすに気づき、相手から視線《しせん》をはなさずに聞いた。

「人間が来たのか？」

その問いかけの奥《おく》には、身を切るようなおそれがひそんでいた。

「いや、キツネ……だと思う」

サカゲは、その手はくわないというように言った。

「私《わたし》たちの谷から境界《きょうかい》を越《こ》えて来るキツネはいない」

パックスは後ろ足で立って、川のほうを見た。先が白い赤銅《しゃくどう》色の細い尾《お》が見える。チラチラ見え隠《かく》れしながら、土手を走ってくる。パックスが歩いた跡を正確《せいかく》に追っている。

サカゲもたどった道筋《みちすじ》だ。

葦《あし》の茂《しげ》みの地点で赤色がきらめき、小さなキツネが水に飛びこんだ。だれだかわかった。

パックスが警告《けいこく》の声を上げた。

サカゲも、そちらを見た。スクラブオークのわきで、川からはい上がろうともがいているのは、スエッコだ。サカゲが飛び起きた。体の大きさが二倍にふくらんでいる。サカゲは岩棚《いわだな》をあとにすると、ひと息に斜面《しゃめん》を駆《か》けおりていった。

「だめだ！　もどれ！　家に帰れ！」

サカゲは草をかきわけて飛んでいく。その悲鳴のような叫《さけ》びも、スエッコを元気づけただけだった。声を聞いてサカゲはどこかと立ち上がり、うれしそうにぴょんぴょんはねて近づいて来る。

パックスはさっきのケーブルにもどったが、間に合わなかった。

カバーをはがしたちょうどその時、雷《かみなり》のような匂《にお》いが大地からふき出した。電流の衝《しょう》撃《げき》でパックスの奥歯《おくば》は粉々になった。電流はパックスの下くちびるを焼き、のどをこがし、背骨《せぼね》を伝った。

次の瞬間《しゅんかん》、平原の下半分が空に向かって吹《ふ》き飛んだ。パックスが岩棚《いわだな》からふり落とされ、根こそぎひき抜《ぬ》かれた低木とともに地面にたたきつけられた時には、見渡《みわた》す限《かぎ》りの世界が破壊《はかい》され、静まり返っていた。体の上に熱い土や石や枝《えだ》や草が嵐《あらし》のように降《ふ》り注ぎ、砂利《じゃり》が幕《まく》となって流れるようすを、パックスはガンガン鳴る頭をかかえながら呆然《ぼうぜん》とながめるしかなかった。

やがてよろよろ立ち上がり、つぶれた胸《むね》に焼けつくような空気を吸《す》いこむと、ようやく頭がはっきりしてきた。パックスはスエッコとサカゲの匂《にお》いを探《さが》した。全方向を調べたが、鼻が利かなかった。灰《はい》と煤《すす》のせいで感覚が麻痺《まひ》しているのだ。二匹《ひき》に向かって吠《ほ》えかけても、耳に聞こえるのは、まだ自分の頭の中でガンガン鳴っている音だけだった。

パックスはがれきの山から抜け出し、土や砂利や枝をふるい落とした。兵隊たちがバラバラと丘《おか》を下ってきて、煙《けむり》を上げる平原を渡り川に飛びこんで行く。兵隊たちが行ってしまってから、パックスもそちらへ向かった。動くたびに余震《よしん》が骨《ほね》をつき抜けるようだ。

兵隊の姿《すがた》が見えなくなってから、もう一度スエッコとサカゲに呼《よ》びかけた。相変わらず答えはなく、遠くから聞こえてくるかのように、かすかに自分の声が聞こえるだけだった。

そのうちに風の音や、焼けた草の茎《くき》がこすれる音、塹壕《ざんごう》にもどった戦争病人間の叫《さけ》び声が聞こえるようになった。木の上ではカラスの群《む》れが、破壊された世界に抗議《こうぎ》している。パックスの耳が、ようやく元にもどったのだ。

二匹のキツネを探してパックスは一時間ほど歩き回った。暗くなるころ、ひとつの声が聞こえた。サカゲの弱々しい鳴き声だ。声をたよりにパックスは川辺に向かった。スクラブオークの低木が裂《さ》けてたおれ、土手で煙を上げていた。真っ黒にこげた枝が、川の水につかっている。その根元の泥《どろ》のかたまりの中にサカゲがはまっていた。鼻づらが血でべっとり汚《よご》れているが、顔を上げ、目をみはっている。美しかった毛並《けな》みは、真っ黒く焼けこげている。鼻をサカゲの顔に寄《よ》せると、その顔の血はサカゲのではないのがわかった。

サカゲが下を見た。そこには、スエッコがうずくまっていた。

スエッコの胸に頭をつけてみると、不規則《ふきそく》ではあるけれど上下に動いていたのでほっとした。しかし、サカゲが体をずらした時、パックスは見てしまった。スエッコの後ろ足があるべき場所、きれいな黒い毛の足と、すばやく動く白いつま先があった場所には、赤い血にまみれた肉片《にくへん》があるだけだった。

ピーターは物置小屋で、放り出したい誘惑《ゆうわく》と戦いながら、油とスチールウールでノミの柄《え》を磨《みが》いていた。朝のうちはまだよかった。松葉杖《まつばづえ》をついて野原や森を歩き、泥道《どろみち》と砂利《じゃり》道《みち》を越《こ》え、坂を上り、岩場を下り、石積の塀《へい》を越え、金網《かなあみ》をくぐって歩き回った。力強く、疲《つか》れを知らず、両足を使って歩くのと同じぐらいの速さで進むことができたので、昼にはヴォラに言った。「もう、出発できる気がする。確《たし》かに出発できる」と。けれどヴォラはいつも通り無視《むし》した。物置小屋で足を休ませなさいと告げてピーターから松葉杖を取り上げ、次にやる仕事を命じた。「足を高く上げて、工具磨き。道具に慣《な》れることが肝心《かんじん》さ」

正面の作業台の上の、ほぼ完成した木彫《きぼ》りに目が行った。ピーターが彫《ほ》ったキツネは、まだ粗削《あらけず》りだが生きているように見える。パックスを無傷《むきず》のまま見つけられる前兆《ぜんちょう》のような気がする。望みを持つのは危《あぶ》ないと思いながらも、こんな想像《そうぞう》を自分に許《ゆる》した。あの日置き去りにした場所でパックスを呼《よ》ぶと、パックスが森から駆《か》け出してきて飛びつき、喜びのあまりピーターは尻《しり》もちをつく。そして、ふたりはいっしょに家に帰る。

「ぼうや、磨きすぎると柄がなくなる」

ピーターはびっくりして飛び上がった。

「足音が聞こえなかった！」

「工具の手入れをする時には、上《うわ》の空《そら》じゃだめだ」

ヴォラはピーターの隣《となり》の樽《たる》に腰《こし》かけると、やすりと、油をふくませた布《ぬの》を持った。

「パックスのことを考えてたんだ」

ピーターは光り輝《かがや》くノミを置いて、木彫りのキツネを取り上げた。ヴォラが手を出したので、その掌《てのひら》にキツネをのせる。

「今にもこの手から飛び降《お》りそうじゃないか。パックスが心配？」

ピーターはうなずいた。

「でも、大丈夫《だいじょうぶ》かもしれないと思う時と半々なんだ。キツネは賢《かしこ》いからね。本当に頭がいい。パックスはどの戸棚《とだな》も開けられるから、うちではキッチンのドアに鍵《かぎ》をかけたほどだもの。それから、ぼくの部屋に置いたばかりの扇風機《せんぷうき》のコードを、パックスがかじったことがあった。お父さんは、ものすごく怒《おこ》った。でも、修理《しゅうり》するうちに、その扇風機がショートしてたのがわかったんだ。そのまま使ってたら、火事になるところだったよ。どうしてかわからないけど、パックスにはそれがわかって、ぼくを守ろうとしたんだと思う。そんなに賢いんだから、狩《か》りのしかたも覚えるかもしれないよね？　パックスは生き延《の》びられると思わない？」

「ああ、そう思う」ヴォラが同意した。

ピーターは木彫《きぼ》りのキツネを受け取ると、その顔をじっと見た。

「それだけじゃないんだ。つまり……もしもパックスが死んでたら、ぼくにはわかると思う」ピーターは、今までだれにも言わなかったことをヴォラに打ち明けた。自分とパックスが一体に思える時があること。パックスが感じたことがわかるだけでなく、自分も同じように感じる時があること。言葉にすると自分でも馬鹿《ばか》らしく聞こえて、ピーターは口を閉《と》じた。

ところがヴォラは笑いもせずに、ピーターを運がいいと言ったのだ。

「あんたは《而二不二《ににふに》》を体験してるんだね」

「また、それ？　而二不二って、どういう意味だかわからない」

「仏教《ぶっきょう》の考え方のひとつさ。ふたつに分けられないもの。ひとつであること。別々の物に見えるもの同士が、実際《じっさい》にはつながりあっている。境界《きょうかい》がない」ヴォラは、もう一度ピーターのキツネを手に取った。「これはただの木ではない。雨をもたらす雲でもあり、木を潤《うるお》し、鳥がその枝《えだ》に巣を作り、リスが実を食べる。おじいちゃんとおばあちゃんがあたしに食べさせてくれた食料でもあり、それがあたしに木が切れるだけの力を与《あた》えた。あたしが使った鉄でもある。あんたはあんたのキツネのことがわかるから、昨日これを彫ることができた。そして、将来《しょうらい》あんたがこれを自分の子どもたちに渡《わた》す時には、その物語を語る。こういったことはみんな別々のことだけど、ひとつでもある。わかるかな？」

「別だけど別じゃない。分けられない。そういえば……二、三日前の夜には、パックスが何かを食べたのがわかった。感じたんだ。昨日の夜は、月を見上げた時、その瞬間《しゅんかん》パックスも同じ月を見ているのがわかった。だから、パックスが生きているとぼくが感じるんだから、本当に生きてると思う？」

「そう思うよ」

ヴォラの言葉に、ピーターの希望はふくらんだ。ヴォラは、思ったこと以外口に出さない。「ここでは本当のことを言うこと。それが規則《きそく》」ヴォラはもう百回ぐらい、ピーターにそう言っている。

ピーターは思った。誠実《せいじつ》な人といっしょにいるのは、なんてうれしいことだろうと。これまでどれほどそれを望んできたことか。誠実な答えがほしくて質問《しつもん》したのに、お父さんは何度も暗い顔で黙《だま》りこんだから。

ピーターは、勢《いきお》いにのってもうひとつ気になっていることをたずねた。

「あの……荒《あら》い気性《きしょう》って、直ることがあると思う？　生まれつき、血筋《ちすじ》だとしたら」

ヴォラはピーターをじっと見た。きっと、パックスのことと思ってるだろうと感じたが、訂正《ていせい》せずにおいた。ピーターは再《ふたた》びノミを取り上げてひざの上に置くと、それを見下ろした。答えを待つ間、白く見えるほどにぎった指に力が入る。

「あんたはいつもそうなの？　自分のことを人に聞くわけ？　そんなんじゃだめだよ」

ピーターはやっと息をついた。たずねたとたん、答えを聞きたくないと思ったのだ。その質問の答えを聞く準備《じゅんび》は、まだできていない。

ヴォラはオーバーオールのポケットをたたいて、顔をしかめた。

「忘《わす》れるところだった」

ポケットから、ナプキンに包んだマフィンを取り出してピーターに渡《わた》す。朝食の時、四つ食べたのだが、ヴォラはピーターにもっと食べさせたいのだ。

ピーターは包みを開いた。少々つぶれているけれど、味は申し分ない。ブラウンシュガーのトッピングの真ん中にきちんとペカンナッツがのっている。昨夜ヴォラは遅《おそ》くまでマフィンを焼いていたが、その間じゅう聞き慣《な》れない言葉で歌を歌っていた。楽しそうな歌だった。

「ヴォラ、どうしていつまでもひとりでここに住んでいるの？」

「話した通り」

「でも、自分のことがわかるまで二十年もかかるの？　そんなに、難《むずか》しいってこと？」

「そんなに難《むずか》しいのさ。自分自身のこととなると、一番肝心《かんじん》な真実が一番難しいんだ。真実を知りたくないなら、なんとでも作り上げればいいけど」

ピーターはマフィンを下に置いた。ヴォラは質問《しつもん》をはぐらかしている。

「でも、もうわかったんでしょ。自分のことがわかったのに、どうしてここから出て人のいるところで暮《く》らさないの？　本当のことを話して。ここでは、それが規則《きそく》でしょ？」

ヴォラは一分ほど窓《まど》の外を見ていた。肩《かた》が下がり、ふり向いた顔は疲《つか》れて見えた。

「よろしい、バットなしのピーター。たぶん、自分のことがわかったからかもしれない。わかったのは、自分が社会的な人間ではないってことだろうね。あたしは手りゅう弾《だん》なんだ」

「どういうこと？　手りゅう弾？」

「こんな人間を、何て言えばいい？　モモを食べ、蛍《ほたる》を見ていた女の子から、人殺しになった女。どう？　その女の子は、蛍を傷《きず》つけるなら自分の腕《うで》を切り落とすほうがましと思っていたのに、何年か後には、見ず知らずの人間を殺した。そんなの人間じゃなく、ただの兵器だ。あたしは、予想不能《ふのう》の殺人兵器。だから、ここに隠《かく》れているのが一番いい。間《ま》違《ちが》ってもだれかを傷つけることがないから」ヴォラは指を上げて、ピーターに向けた。

バン！

けれど迫力《はくりょく》がなく、どこか悲し気だ。

「ヴォラはぼくを傷つけたりしないよ」ピーターが言った。

「どうしてわかる？」

「わかるから」ピーターは自分の胸《むね》を指して言った。「ここで、わかるから」

ヴォラは掌《てのひら》でパンと作業台をたたいて立ち上がり、肩越《ご》しに言い残した。

「工具は元通りにきちんと片《かた》づけといて」

帰って行くヴォラの姿《すがた》を窓から見ていると、いつもとは歩き方が違うように見えた。松材の義足《ぎそく》が、さらに重くなったかのようだった。

ピーターは、手入れを終えた工具類をひとつひとつ元の位置におさめると、キャンバス地の工具入れをくるくると巻《ま》いた。心の奥《おく》深くでとぐろを巻く不安が目覚める。ここに、すでに一週間以上足止めされている。条件《じょうけん》その三がなければ、今ごろはもう出発しているはずだ。ヴォラと約束したことだし、ヴォラには恩《おん》がある。でも、朝ごはんの時に舞台《ぶたい》作りのことを聞いたら、ヴォラはただ肩《かた》をすくめて「これからやるよ」と言うだけだった。

その時ピーターは名案を思いついた。あまりに簡単《かんたん》なことだったので、思わず声を出して笑ってしまったほどだ。

松葉杖《まつばづえ》なしだとうまく歩けず、のろのろだったが、なんとか片足《かたあし》で外へ出て、ヴォラが小鳥やリスなどの巣作りのために置いた枝《えだ》やつるの山のところへ行った。そこから、なるべくまっすぐな長い枝で、自分の腕《うで》ほどの太さのあるのを十二本選んだ。一本ずつ物置小屋の入口に投げ、中へひきずりこんだ。それをのこぎり台にのせて小枝を落としてから作業を始めた。

二時間後、舞台《ぶたい》が完成した。決してすばらしい出来とは言えない。四隅《よすみ》の角は直角ではなく、麻《あさ》ひもでしばっただけだし、板切れを枠《わく》に打ちつけて床《ゆか》と壁《かべ》にした。それでも、上から黄麻布《おうまふ》を下げると、ピーターはにんまりした。

「これぐらい朝めし前さ」

フランソワがぶらっと入ってきて、枠のところで足を止め、明らかに感心したようすで匂《にお》いをかいだので、ピーターは言った。「朝めし前さ」

「舞台を作ったよ。物置小屋にある」

ニワトリの羽をむしっていたヴォラが顔を上げた。ピーターがついている木の枝を見て、キッチンカウンターに立てかけてある松葉杖を手で示《しめ》した。

ピーターは松葉杖に手を伸《の》ばし、脇《わき》の下に抱《かか》えた。とたんに、体が楽になる。

「もう、人形劇《げき》を見せられるよ。物置小屋に来て」

「今はやることがあるから。わかった。じゃあ今夜」

「終わったら、ぼくは出発できるね、ヴォラ。もう大丈夫《だいじょうぶ》」

ヴォラはニワトリをテーブルの上に置いて、ため息をついた。

「まだ大丈夫じゃないさ。今は屋根の下で寝《ね》られて、暖《あたた》かくして、雨にも濡《ぬ》れないでいられる。飲み水もあれば、あんたのために食事を作ってくれる人がいる。でも、まあ、いいだろう。明日試験をすることにしよう。合計十六キロ。八キロの行程《こうてい》を歩いて、片足でキャンプできることを示す。それから八キロをもどる。それができたら、話し合おう」

ピーターは、ヴォラがニワトリの羽を集めて袋《ふくろ》に入れるのを見ていた。その時、はっと気づいた。自分が去ったあとも、ここは何も変わらないだろう。この森の中で、ヴォラはむしった羽を集め、人形を作り、また作り、またまた作り、もっともっと作るだろう。そして、見る者もいないここで、あの兵隊の物語を語るのだろう。

21

パックスはひと晩《ばん》じゅう、そして次の日も一日じゅう、あまり遠くない藪《やぶ》の中からスエッコを見守っていた。その場をはなれたのは、やけどしたくちびるを冷たい川の泥《どろ》でしずめる時と、土手で小さな魚を捕《と》って食べる時だけだった。感覚はもどっていた。切れ切れの眠《ねむ》りから覚めるたびに、サカゲとスエッコが生きているのを確《たし》かめるために二匹《ひき》の匂《にお》いを探《さぐ》った。

サカゲは木の枝《えだ》をひきずってきて、弟の姿を隠《かく》した。そして体温を保《たも》つために、スエッコに寄《よ》りそって体を丸めた。ときどきはなれることがあったが、その時にはパックスが、サカゲの代わりにスエッコの動かぬ体にそっと寄りそった。

スエッコがヒクヒク鳴きながら目覚めた時、そばにいたのはパックスだった。なぐさめようとスエッコの肩《かた》に鼻をすりつけると、スエッコが頭をもたげたが、痛《いた》みと恐怖《きょうふ》で、両目はどんより曇《くも》っている。もう一度上げた鳴き声を聞きつけて、狩《か》りをしていたサカゲが小走りでもどって来た。

パックスが礼儀《れいぎ》正しくわきに寄《よ》ると、サカゲは当然のように弟の隣《となり》に座《すわ》って、その顔にほおを寄せた。パックスはかがんで、サカゲの反応《はんのう》を見ながらスエッコの傷《きず》を慎重《しんちょう》になめてやった。サカゲはそれを見ていたが、文句《もんく》は言わなかった。

パックスは傷をさらに丁寧《ていねい》になめ始めた。スエッコは頼《たよ》り切った目で見るだけで、身を任《まか》せていた。傷をなめ終えると、次には顔と両耳をなめてやった。サカゲはそれも許《ゆる》した。

スエッコが再《ふたた》び眠《ねむ》りに落ちても、パックスは二匹《ひき》のそばから動かなかった。サカゲとパックスは並《なら》んで、野営地《やえいち》のようすをいっしょに観察した。

破壊《はかい》された地域《ちいき》に人間はもどっていないが、まだ危険《きけん》な匂《にお》いがしている。風が西からに変わって、焼き尽《つ》くされた土地の匂いが運ばれてくると、人間たちにも緊張《きんちょう》が走った。野営地に集まる兵隊はさらに増《ふ》え、機械類も増えた。その時突然《とつぜん》エンジンの音が響《ひび》いて、サカゲが飛び上がった。弟を背中《せなか》でかばってパックスに言う。

「急いでここから動かさないと」

「人間は、鼻が利かない。姿《すがた》さえ見られなければ、安全だ」

サカゲは視線《しせん》をパックスから人間たちに移《うつ》した。

「近くにひとりでも人間が来たら、危険だ」

パックスにはサカゲがひと回り小さくなったように思えた。彼女《かのじょ》の中の生き生きした部分が消え去ってしまったようだ。人間がそうしてしまったことは、明らかだ。

「ぼくの家の男の子、ピーターは、危険をもたらさない。ピーターは他の人間とは違《ちが》う。戦争病ではない」

「戦争病は大人がかかる。そいつは、まだ幼《おさな》いだけ」

「違う。その違いだけじゃない」

パックスはそう確信《かくしん》していたものの、それでも少し疑《うたが》う気持ちもあった。この一年で、ピーターは背が伸《の》び、力も強くなり、声が低くなっている。何より、匂いが変わった。もう子どもの匂いではない。

「ピーターは幼《おさな》くない。だが、戦争病でもない。いっしょにいた最後の日、ピーターは自分がつらい思いをしていながら、ぼくを気遣《きづか》ってくれた。あの子の目は濡《ぬ》れていた」

「目に怪我《けが》をしたの?」

パックスは涙《なみだ》という不思議な現象《げんしょう》のことを少し考えた。

「いや、他のどこかが痛《いた》む時、目が濡れて水が顔を流れ落ちるんだ。水が流れることで、痛みが減《へ》るのだろう。痛みの水でおぼれるかのように、空気を求めて息をする」

サカゲが、スエッコの後ろ足の乾《かわ》いた血をなめ始めた。しばらくして目を上げてパックスを見た時、その目の中に人間たちから彼女《かのじょ》の家族が受けたおそろしい所業を見た。

その時、パックスは理解《りかい》した。あの日ピーターは、オモチャの人形を森の中に投げた。痛みの水はピーターの目から流れていたが、それでも兵隊人形を投げた。なのに、追いかけて来なかった。

「ぼくの男の子は、戦争病ではない。けれど、あの子は変わった。体で嘘《うそ》をつく」

22

ピーターは垂木《たるき》から下げた大きなランプ四つに火をともした。暖《あたた》かな琥珀《こはく》色の光に照らされて工具や砥石《といし》、壁《かべ》の人形たちが活気づく。干《ほ》し草の束さえも、グリム童話のルンペルシュティルツヒェンの魔法《まほう》にかかったように黄金色に輝《かがや》きだした。生まれ変わったように見える物置小屋だが、それでもよく知っている場所、今や自分の家のようになじんだ場所に変わりはない。だが、ヴォラの人形劇《げき》を上演《じょうえん》し終えたらすぐ、もうあと一時間もしないうちに、この《家》を出て出発する。

舞台《ぶたい》のそばの小さなふたつのランプにも火をつけ、ピーターはシンドバッドの人形を壁から取り上げた。

「さあ、出番だよ」声をかけると、人形の黒い瞳《ひとみ》がぼんやり見返す。ピーターは手足の継《つ》ぎ目の具合を確《たし》かめた。人形の動かし方を教えるためにヴォラがこの人形を分解《ぶんかい》したとは、いまだに驚《おどろ》きだ。急に、ヴォラの秘密《ひみつ》のカードの言葉が思い浮《う》かんだ。《私《わたし》は、よい教師《きょうし》になれただろう》

その通り。松葉杖《まつばづえ》で歩く訓練も、面倒《めんどう》な説明を省いて、コツを示《しめ》してくれた。木彫《きぼ》りでも、自分が彫るところを見せて、ピーターにやり方を考えさせてくれた。その他、いろいろなことでピーターを質問攻《しつもんぜ》めにしたが、先回りして答えを教えることはしない。

ただ、人のそばで暮《く》らすには危険《きけん》人物だと自分で思いこんでいるのは、ヴォラの間違《まちが》いだと思う。ヴォラを知っている人なら、だれだってそう言うだろう。

問題は、ヴォラを知っている人が、いないってこと。

たぶん、ピーター以外は。

ピーターは、手にした人形を元の壁《かべ》にもどした。

「シンドバッド、今夜は君に休みをあげることにしよう」

そして外へ出て、枝《えだ》の山から手首ほどの太さの枝を選んだ。小屋の中に入ると、枝の両端《はし》をのこぎりで切り落として、板に打ちつけた。その上に金物のボウルでできたロック鳥の巣をのせて、舞台《ぶたい》に取りつけた。次に魔女《まじょ》の人形を壁から降《お》ろして、左足を取り外した。

「準備《じゅんび》はいいかい？」その時、ヴォラが外から声をかけた。

ピーターは舞台の裏《うら》に積んだ干《ほ》し草の山に登って、魔女人形の操作盤《そうさばん》を持った。不思議なことに、両手は少しもふるえない。一時間前にはあんなに確信《かくしん》に満ちていたことが、急に馬鹿《ばか》げた思いつきに思えてきたというのに。

物置小屋に入って来たヴォラは、いつものオーバーオールではなく紫色《むらさきいろ》の長いスカートをはいていた。おまけに髪《かみ》がとかしてあって、今まで見たことがない姿《すがた》だ。ヴォラはピーターが作った舞台を見て、心底驚いたように見えた。

「あんたには木工の素質《そしつ》があるね。あたしが助手を募集《ぼしゅう》中なら、即決《そっけつ》で雇《やと》うところだよ」

数分後にも、そう思ってくれるだろうか？　でも、もうひき返すには遅《おそ》すぎる。

「準備オッケー」嘘《うそ》を言った。

ヴォラが四つのランプの火を落とした。スツールを部屋の真ん中に移動《いどう》する音。

「これは、ひとりの少女の物語です」

ヴォラがはっと息をのむ音がピーターの耳に響《ひび》く。そのあとは、何の音も聞こえなくなった。

幕《まく》を開けて、魔女《まじょ》人形を舞台《ぶたい》に上げた時も。その人形のお腹《なか》にモモの代わりに積んだトウモロコシの粒《つぶ》がこぼれた時も。ピーターの迷彩柄《めいさいがら》のT《ティー》シャツを人形に着せて、髪《かみ》の毛を粘土《ねんど》の椀《わん》のヘルメットにたくしこみ、手にライフル代わりの棒《ぼう》を持たせた時も。人形にライフルを撃《う》たせた時も。足を取り外した時も。ロック鳥の巣の上に人形を登らせた時も。

その巣に火をつけた時には抗議《こうぎ》を受ける覚悟《かくご》だったが、その時もヴォラは何も言わなかった。火といっても、練習した通り、ボウルの中のひとにぎりのカンナくずがほんの一《いっ》瞬《しゅん》燃《も》えただけだ。人形の軍服を脱《ぬ》がせるあいだだけ。

ピーターは人形を巣から持ち上げて、舞台の上にもどした。そこで、子どもの人形と自分が彫《ほ》ったキツネを出す。魔女人形を子どもの上にかがませ、次にふり向いてキツネをなでさせる。そこで、幕。

ピーターは操作盤《そうさばん》を釘《くぎ》にかけた。少し待ったが、静まりかえっているので、伸《の》び上がって舞台越《ご》しにのぞいて見た。

ヴォラの目はピーターではなく、どこか遠くを見ているようだった。表情《ひょうじょう》は木彫りのように静かで、ほおを流れる涙《なみだ》がランプの灯りに輝《かがや》いている。その輝きがヴォラを気高く見せていた。

「ごめんなさい。ぼくが言いたかったのは、ただ……ヴォラは手りゅう弾《だん》なんかじゃないってことなんだよ。ヴォラは善良《ぜんりょう》な人だと思う。ぼくの面倒《めんどう》を見てくれて、ぼくがパックスを取りもどしに行けるようにきたえて……」

「ひとりにしてちょうだい、ぼうや」ヴォラの声は低く、固かった。

「待って。ここにこもって、自分を罰《ばっ》するみたいに人生を無駄《むだ》にするのは、もったいないとぼくは思う。つまりね、その兵隊はあの本のことを何とも思ってないかもしれないでしょ。前の晩《ばん》にポーカーで勝って、だれかにもらっただけかも知れない。その人がほんとにこだわっていたのは……もしかしたら……」ピーターは、思い切って口に出した。「先生か何かになることだったかも知れない」

《先生》という言葉にヴォラはあごをつき上げたが、ピーターは目をそらさなかった。

「そう。その兵隊さんは、先生になりたかったかもしれない。だったら、ヴォラはその人の代わりにそうなればいい。でも、本当のところは知りようがないから、ヴォラは外に出て、自分の人生を生きるべきじゃないのかな。ぼくが言いたいのは、昔どんなに悪いことがあって、挫折《ざせつ》したとしても、不死鳥みたいにやり直すことができるって……」

「言いたいことは、わかってる。あんたは間違《まちが》ってないよ。でも、今は出て行って。ひとりにしてほしい」

言い返そうとしたが、ヴォラがあまりに静かに頭を高く上げて、首筋《くびすじ》にかかるほど涙《なみだ》を流しているのを見て、言葉は消えた。ピーターは魔女《まじょ》の操作盤《そうさばん》を持って干《ほ》し草の山から降《お》りて、松葉杖《まつばづえ》をにぎった。小屋の中は重苦しいほど静まりかえっている。

「了解《りょうかい》、了解」沈黙《ちんもく》を破《やぶ》りたくて、ピーターはそう言った。

丸太小屋までの道は暗く、永遠《えいえん》に思えるほど遠かった。中に入ると、覆《おお》いをかけた皿がカウンターの上に置いてあった。ピーターはそれを見て力が抜《ぬ》け、思わずドアに寄《よ》りかかった。ヴォラは夕食の残りを取っておいてくれたのだ。「あとで、このチキンを夜食に食べなさいよ。聞いてる?」確《たし》かに、そう言っていた。

それどころか、ヴォラはピーターのために特別にニワトリをしめて料理してくれたのだ。

もっとタンパク質《しつ》を取らせるために。

ピーターはドアからはなれると、ストーブのわきのマッチ箱を手に取った。いつまで物置小屋にいるかわからないが、ヴォラがもどってきた時に寒くて暗くては申し訳《わけ》ない。自分にできるのは、これぐらいのことだから。ピーターは全部のランプに火をともして、暖《だん》炉《ろ》の火をつけた。ヴォラが毎晩《ばん》やっているのを見た通りに。

暖炉の前に座《すわ》り、火が薪《まき》に燃《も》え移《うつ》るのをながめながら、ピーターは自分が言った言葉を思い返した。全部本当のことだ。ただ、兵隊が先生になりたかったかも知れないという部分は、言いすぎたかもしれない。でも、そうじゃないとも言えないだろう？　いいや、心にもないことは、ひと言も言っていない。後悔《こうかい》はない。

煙突《えんとつ》を風が吹《ふ》き下りて、炎《ほのお》が消えそうになった。ピーターは、もっと新聞をくべようと手を伸《の》ばした。手に取った新聞を丸めようとして、何気なく見出しに目が留《と》まった。

《軍が交戦準備《じゅんび》開始。避難区域《ひなんくいき》は次の通り》

ピーターはしわを伸ばして記事を読み、信じられない気持ちで地図を見た。

それから松葉杖をつかんで大急ぎでポーチに出たので、驚《おどろ》いたフランソワが寝場所《ねばしょ》から飛び出して闇《やみ》の中に逃《に》げて行った。ピーターは服をリュックサックに詰《つ》めこむと、まわりを見回した。自分の物は、不死鳥のブレスレット、お母さんの写真、あとはグローブとボールだけだ。ヴォラが見つけるようにと、ブレスレットをハンモックの上に置く。その他の物をリュックサックに入れ、キッチンにもどった。

ちょうどヴォラが入ってきて、帽子《ぼうし》を釘《くぎ》にかけ、暖炉《だんろ》の火を見、そしてピーターに視線《しせん》をもどした。そしてリュックサックに気づいた。

ピーターはヴォラに新聞をさし出した。

さっと目を走らせたヴォラが、説明を求めて見上げる。

ピーターは地図を指さして言った。

「これ、軍隊が封鎖《ふうさ》してる地域《ちいき》ってことでしょ？　パックスを置いてきた場所のほんの七、八キロ先なんだ！」

「確《たし》かかい？　相当広い地域……」

「確かだよ！　この空白のところわかる？　ロープ工場の跡《あと》だよ。高い石積の塀《へい》がめぐらされてて、川を渡《わた》れる唯一《ゆいいつ》の地点を見下ろせる。他は峡谷《きょうこく》だから。水をめぐって戦う地点だよ。その工場跡で、友だちと戦争ごっこをして遊んだことがある。待ち伏《ぶ》せには最適《さいてき》の地点だねって言ってた。戦争ごっこをしてたんだよ。そこに行く道にパックスを置いて来た。そこなら……」安全、と言おうとして、言葉がひっかかる。ピーターは伸《の》び上がって、ドアにかけたスウェットシャツを取ろうとした。

「待った。戦争の準備《じゅんび》をしているんだ。馬鹿《ばか》なことをしちゃいけない」

「馬鹿なことじゃなくて正しいことだよ。今ならわかる。チーズのことを覚えてる？　どのチーズが好きかって聞かれて、ぼくが答えられなかったこと。お父さんはチェダーチーズが好きだから、うちではチェダーチーズを食べてた。でも、ぼくは他のチーズが好きだったかも知れない。ヴォラの話と同じで、ぼくも自分がわからない病だったんだ。パックスを置いて来た時、何が正しくて何が間違《まちが》ってるかを忘《わす》れてた。でも、今ならわかる。今は、あそこに行かなくちゃならないのがわかる。わかるんだ」

「わかった。その通りかもしれない。だけど、あんたはまだ一本足だよ、ぼうや。不可能《ふかのう》だ。この距離《きょり》を見てごらんよ」

ヴォラが地図を手にして座《すわ》った。

「いや、もうずいぶん時間を無駄《むだ》にしてるんだ。これ以上、言うことを聞けない！」

「待って」ヴォラが新聞を持ち上げた。

「来てごらん。これを見て」

ピーターはしぶしぶ言われた通りにした。

「ロバート・ジョンソンを覚えてる？　前に話した、バスの運転手をしてる友だちだよ。あんたの手紙を投函《とうかん》してくれた人。この場所がわかる？」

ヴォラは記事の地図の左上の端《はし》をたたいた。

「この町は、ロバートの路線の終点だよ。彼《かれ》のバスは火曜と土曜の十一時十分過《す》ぎにこの近くを通る。この路線が最後の仕事なんだ。そのバスに、明日あんたを乗せるってのはどう？　そしたら、少なくとも四百キロはかせげるじゃないか。自分で歩くのは、残りの六十キロぐらい。聞く気になっただろ？」

ピーターは松葉杖《まつばづえ》を下ろして、椅子《いす》に座《すわ》りこんだ。ほっとしすぎて足に力が入らない。

「そうしてくれるの？　六十キロぐらい、なんてことないよ！」

「いいや、野越《こ》え山越え松葉杖で歩く六十キロは、なんてことなくはない。少なくとも三日はかかるだろうね。それだけでも、殺人的だ。だが、あんたならやれるだろう。さあ、今夜はここで寝《ね》る気になったかい？　取引成立かな？」

ピーターはヴォラの手を取って、じっと目を見た。

「取引成立」

ヴォラの顔には、さっき物置小屋で流した涙《なみだ》の跡《あと》が筋《すじ》になっている。このまま去るわけにはいかないとピーターは思った。けれど、時間はあまりない。

「取引成立。でも、条件《じょうけん》が三つある」ピーターが言った。

木々の合間からのぞく月は、一週間前にパックスが食べた卵《たまご》の黄身のように丸くてクリームがかった黄色をしている。川辺をゆっくり歩くパックスの胃はきりきりと痛《いた》んだ。

パックスの家の人間たちに置き去りにされてからの一週間半で、お腹《なか》がふくれるほどの食事をしたのは三回だけだった。しかも最近食べた物といえば、土手の上で腐《くさ》っていた魚の山で、食べて何分もしないうちにはいてしまった。隠《かく》しておいたハムを取ってきて、サカゲとスエッコが食べるのを誇《ほこ》らしい気持ちで見ていたが、自分は口をつけなかった。いまだに狩《か》りで獲物《えもの》を捕《つか》まえることができない。皮下脂肪《しぼう》がなくなり、毛皮は垂《た》れ下がり、筋肉《きんにく》も減《へ》る一方だ。

パックスは人間の野営地《やえいち》に鼻を向けた。相変わらずおいしそうな食べ物の匂《にお》いがただよってきて、パックスを苦しめる。ここ二、三日、戦争病の人間の到着《とうちゃく》が増《ふ》えている。さらに南のほうには何百という数の人間が集まっている。人間たちと車の動きで地面はおそろし気にとどろいているが、パックスはただ空腹《くうふく》だった。

眠《ねむ》っているスエッコを守るサカゲに、身ぶりで自分が出かけることを伝える。

野営地はすぐ上に見えているが、いつもの道筋《みちすじ》を選び、谷を登り、尾根《おね》を越《こ》える。理由は、石塀《いしべい》の上の見張《みは》りが川のほうを向いているからだ。

パックスは川の真ん中の岩にそっと上り、痕跡《こんせき》を残さずに岩をはなれる。荒廃《こうはい》した静かな平原をはなれて、野営地に続くあたりの夜の物音に耳をそばだてる。今やなじみになり、心地よく感じられる物音だ。か細く甲高《かんだか》いコウモリの声。よたよた歩くスカンクがあちこちにぶつかる音。ハタネズミが地下をせかせか歩き回る音。遠くで呼《よ》ぶフクロウの声。そういう音を聞くと、狩りをしているのは自分だけではないと実感する。

パックスは少しも物音を立てない。気配を消す秘《ひ》けつをハイイロとサカゲから学んだのだ。影《かげ》のように尾根を越え、すべるように丘《おか》を降《お》りて野営地の食料テントに入る。

今夜は簡単《かんたん》に手に入る肉はぶら下がっていないが、テーブルの上は野菜やパンが山盛《も》りだった。パックスは、大きな丸いチーズを下に落とした。くせのある、妙《みょう》な味のチーズだったが、お腹《なか》の皮がつっぱるまでガツガツ食べて飲みこんだ。残りをサカゲとスエッコに持ち帰ろうとした時、よく知っている匂《にお》いがして足が止まった。ピーナツバターだ。

匂いは大きな金属《きんぞく》の缶《かん》からただよってくる。パックスはチーズを下に下ろし、後ろ足で立って、ふちの匂いをかいだ。ピーターの家のゴミ箱と同じで、中にはいろいろな物が入っているようだ。けれど、ごたまぜの匂いの中に、とびきりすてきな匂いがある。パックス

のひげが喜びにふるえる。鼻先でふたをついて少しずらす。

ゴミの山の一番上に透明《とうめい》の容器《ようき》があって、中にはすてきなごちそうがべっとり残っていた。

パックスは鼻づらをふたの下にさし入れ、慎重《しんちょう》に缶のふちをかむ。こうすれば、ふたに鼻をはさまれずに望みのものが取れるのを経験《けいけん》から知っている。そして、缶から体をはなした。

缶のふたが固い床《ゆか》に落ち、ガチャンと響《ひび》いて夜の静寂《せいじゃく》を破《やぶ》った。

パックスはテーブルの下に隠《かく》れて、体を硬《こう》直《ちょく》させた。心臓《しんぞう》が早鐘《はやがね》を打つ。

テントの垂《た》れ布《ぬの》がぱっと上がった。ひとりの兵隊が入ってきて、懐中電灯《かいちゅう》で照らした。ピーナツバターの容器《ようき》をくわえていても、その人間の匂《にお》いがわかる。ピーターのお父さんだ。

パックスは片方《かたほう》の前足を上げ、安全と思える方向ならどちらにでも駆《か》け出せるよう身構《みがま》えた。お父さんは、テントの中を照らしながら進んでくる。

パックスの目に光があたった時は一瞬《いっしゅん》びくっとしたが、動かなかった。目が慣《な》れた時には、お父さんがかがんで、こちらをじっと見ていた。パックスは動けなかった。前足を片方上げたまま口にピーナツバターの容器をくわえ、自分をじっと見ている相手の顔をひたすら見つめる。

お父さんは何かをつぶやきながら、あごをさすっていたが、やがてぎこちなく笑った。パックスは前足を少し下ろした。お父さんの視線《しせん》を意識《いしき》しながら、そろそろと。ピーターのお父さんはもう一度笑って立ち上がり、入口の垂れ布を上げた。そして、ブーツで入口を蹴《け》るまねをした。

パックスには、そのしぐさの意味がわかった。お父さんはよく家のドアや、パックスの檻《おり》の入口で、そのしぐさを使ったからだ。「行けよ」の意味だ。「早く行けよ。おまえに害は加えない」お父さんはその約束を守った。

パックスはお父さんの前をさっと過《す》ぎて、安全な夜の闇《やみ》へと飛び出した。そして、丘《おか》の尾根《おね》に着くまでスピードをゆるめなかった。ピーナツバターの容器を地中に埋《う》めてから、うずくまって夜明け前の光の中の野営地《やえいち》の動きを観察する。人間が追ってこないことには確信《かくしん》があったが、東に向かって三十分ほど輪を描《か》いてくねくねと歩き、そのあと速足でもどって川へ降《お》りた。

パックスがもどると、スエッコが目をさました。そして、傷《きず》を負ってから初めて、立ち上がろうとしてもがいている。サカゲはやめさせようとして必死だ。

スエッコのくちびるがひび割《わ》れ、目が落ちくぼんでいるのをパックスは見て取った。

サカゲが川までの距離《きょり》を測《はか》る。健康なキツネなら二十四飛びぐらいだが、スエッコに行けるだろうか？

小さなスエッコが前足をふんばった。腰《こし》を持ち上げようと力を入れて、びっくりしたように後ろを見る。生まれてからずっと自分の一部分だった後ろ足の一本、自分の匂いのように自分自身の一部だった一本の後ろ足が、ない。スエッコは傷口《きずぐち》の匂《にお》いをかいだ。そしてパックスとサカゲを見上げ、説明を求めるようなそぶりをした。

もう一度立ち上がろうとして体を持ち上げたとたんに転んで、足を失ったほうの腰《こし》を地面につき、痛《いた》みに悲鳴を上げた。

パックスが後ろ足のない側に立ってやった。

スエッコはもう一度前足をふんばり、残った後ろ足をまっすぐ伸《の》ばした。また、ひっくり返る。けれども今度は、年長のキツネの力強い横腹《よこはら》が受け止めてくれたおかげで悲鳴を上げることはなかった。ふらふらと、バランスを取る。

ようやくバランスが取れた時、パックスは川に向かって一歩ふみ出し、スエッコのほうを見た。スエッコも足をふみ出した。初めは二本の前足。次に、一本の後ろ足ではねるように。そして、パックスの体の上にたおれた。

もう一度、パックスが一歩をふみ出す。もう一度小さなキツネがそれに応《こた》える。さらにもう一度。そして、もう一度。スエッコがよろけなくなるまで続けた。

サカゲが先に土手に走って行った。ひと足ひと足、スエッコは歩みを進め、やがて川辺に着くとパタッと座《すわ》りこみ、首を伸ばして川の水をピチャピチャ飲んだ。渇《かわ》きがおさまると、スエッコは頭を落として目を閉《と》じてしまった。サカゲが軽くかんで起こす。すぐに完全に夜が明ける。そうなったら丸見えだ。サカゲは上流のガマの茂《しげ》みに走る。

よろよろと、スエッコがあとを追う。危《あぶ》なっかしく体がゆれ、動きが遅《おそ》いものの、一度も転ぶことはなかった。パックスがすぐ後ろにつき従《したが》う。ガマの茂みに着いた瞬間《しゅんかん》、下流からガサガサと音がした。サカゲも頭をもたげて見回す。両耳を下流の対岸に向けている。何か大きな物がやってくる。

スエッコは頭を下げてカタツムリを追っている。パックスとサカゲはガマの茂みに隠《かく》れた。サカゲがスエッコを呼《よ》ぶが、スエッコはふり返ろうともしない。

対岸の草の間から一頭の雄《お》ジカが飛び出し、枝角《えだづの》をふり立ててバシャンと川に飛びこんだ。

サカゲがもう一度スエッコに向かって鳴き声を上げたが、スエッコはまた無視《むし》した。

雄《お》ジカは川を渡《わた》ってこちら側の岸を駆《か》け上がり、焼けていない平原の明るい草地に向かう。草地のふちでひづめを蹴《け》り上げ、ふりおろすと、地面が割《わ》れて草が吹《ふ》き飛んだ。雄ジカが駆け出すと背《せ》が弓のようにしなった。

スエッコが、地面のとどろきを感じて恐怖《きょうふ》の悲鳴を上げた。サカゲとパックスはスエッコを涼《すず》しく暗いガマの茂《しげ》みに隠《かく》し、どこも怪我《けが》をしていないと安心させた。

三匹《びき》のキツネは、兵隊たちが丘《おか》を駆け下り、懐中《かいちゅう》電灯の光をあてて平原を見回し、やがてもどっていくのを見ていた。松の木立の上にピンク色の朝日が上がると、広大な草地が燃《も》えるように明るくなり、活気づいた。野ネズミが土手の涼しい安全な場所を求めてよろめき出す。方向もわからなくなってまごまごしているから、簡単《かんたん》に捕《つか》まる。けれどサカゲは、そのまま放っておいた。恐怖におびえる者に手を出さないルールがあるのだろうか。

サカゲは、煙《けむり》を上げる平野を見つめていた。

「ここから移動《いどう》しなければ。すぐに」

パックスもそれがいいと思い、ガマの茂みから出るサカゲを追って出た。サカゲがスエッコを呼《よ》ぶが、スエッコはうろちょろするハタネズミを見ていて、姉の声に耳を向けることすらしない。
ようやく気づいた。スエッコは、耳が聞こえない。

24

ピーターがキッチンに入って行くと、ヴォラはもうコーヒーを飲んでいた。ヴォラも眠《ねむ》れなかったようだ。夜中に物置小屋へ行く物音がして、明け方まで帰ってこなかったから。

ヴォラがマグカップを持ち上げて問いかけた。

「行く前に、朝ごはん食べる？」

ピーターは首をふった。

ヴォラはうなずくと、ピーターからリュックサックを取り上げて、茶色い紙袋《かみぶくろ》を詰《つ》めこんだ。

「ハムサンドから食べてね。ハムは悪くなりやすい。膏薬《こうやく》のビンも入れてあるから、一日二回塗《ぬ》ること。水筒《すいとう》に飲み水を詰めたけど、湧《わ》き水を探《さが》さないといけないね。ギプスは濡《ぬ》らさないように気をつけて。いいね？　もしも雨が降《ふ》ったら、ゴミ袋をかぶせてテープではっておくこと」

ヴォラがリュックサックを下ろした時、ピーターが気づいた。ヴォラが両足に靴《くつ》をはいている。

「ヴォラ、あれをつけたんだね」

ヴォラがオーバーオールのすそをまくった。

「条件《じょうけん》その一」

「わぁ」ピーターは一分後にようやく言葉が出せた。「バリゾコマンだなぁ。前のは、どこにやったの？」

ヴォラは頭をひじかけ椅子《いす》に向けた。

「どうしたらいいか、わからなくてさ。かかしにつけようかな？」

「かかしにつけたらだめ」ピーターの頭に答えがひらめいて、暖炉《だんろ》を指さす。「不死鳥だよ。覚えてる？　巣の中で、何もかも燃《も》やすんだ」

ヴォラはため息をついたが、ピーターに従《したが》った。ピーターは燃《も》えさしをかき回して、さらに焚《た》きつけを足した。ヴォラが木製《もくせい》の義足《ぎそく》を持ってきた。なぜか、ずいぶん小さく見える。革《かわ》ひもを見てピーターは、人形の手足も革ひもでつないであったのを思い出した。

「いいんだね？」

「いいよ」

ヴォラが手製の義足を炎《ほのお》の上に置き、火がつくようすを、ふたりで見守った。

先にヴォラがその場を去った。

本物の義足をつけていると、ヴォラの足取りが軽いようだ。知らなかった。ピーターは暖炉《だんろ》の火についたてを立てた。今日ヴォラが家に帰った時には、ただの灰《はい》になっているだろう。

「残りのふたつの条件《じょうけん》も、いいんだね？」キッチンについて行きながら、ピーターが聞いた。

「着いたらわかる。もうトラクターに積んだよ」

「トラクター？」

「他にどうやって、二十体ものあやつり人形を町まで運ぼうっていうのさ？」

「図書館まで、トラクターで行くの？」

「図書館まで、トラクターで行くよ。まだ話してなかった空飛ぶ魔法《まほう》のじゅうたんを、あんたが持ってるなら別だけど。さあ、バスに間に合うように行かなきゃならないんだ。準備《じゅんび》はいい？」

「うん。必要な物は全部持った」

「どうかな。全部とは言えないんじゃない？」

ヴォラが扉《とびら》の後ろから何かを取り出した。ピーターが驚《おどろ》いてあんぐり口をあけてしまった物を。

「これが何だか、わかるだろ？」

それは、見事に磨《みが》きこまれた野球のバットだった。ずっしりと、しかもバランスよくできている。手に持ったとたん、時間が止まった気がした。

「ぼくのために作ってくれたんだね。でも、ぼくには……」

「必要だと思うよ。きっと、目的地に着いたらね。考えたら、なぜだかわかるだろうよ」

再《ふた》び自分のバットを手にしたピーターは、心にチクリと痛《いた》みを感じた。けれど、ヴォラはゆうべ徹夜《てつや》までして、これを作ってくれたのだ。しかもヴォラはとても誇《ほこ》らしそうにしている。もしかしたら、もう一度自分のバットを持つころ合いかもしれない。ピーターは松葉杖《まつばづえ》に体重を預《あず》けたまま、ゆっくりバットをふってみた。

とたんに、悪い思い出がよみがえる。

七歳《さい》児の怒《いか》りの爆発《ばくはつ》。コントロール不能《ふのう》の野性《やせい》。湧《わ》き上がる野性へのおそれ。お母さんが大切にしていた青いガラス球の飾《かざ》り。それが何千何万という破片《はへん》に砕《くだ》けて台座《だいざ》から散らばる。

「そのかんしゃくを治さないとね。お父さんみたいにならないでちょうだい」

大事な白バラの上に飛び散った青いガラスの破片を拾う、お母さんの血のにじんだ指。

車で出ていくお母さんを見送る恥《は》ずかしさ。

ヴォラのバットをリュックサックにすべりこませると、いつもその場所に入っていたかのように、すっぽりとおさまったではないか。裏切者《うらぎりもの》め。

ピーターはリュックサックを持ち上げた。その下に、新聞の切り抜《ぬ》きがあった。取り上げた時、ふと日付に目がいった。

蹴《け》とばされたように椅子《いす》にくずれる。

「何？」

「知ってたんだ」

ピーターは切り抜きをテーブルの上に押《お》しやった。

「お父さんは知ってたんだ。この記事は十二日前だもの。パックスを置いてきた日には、お父さんはこのことを知ってた」肺《はい》にナイフをつき立てられたようで、息をするのもつらい。

「ロープ工場跡《あと》に行く道なら安全だから、パックスをそこに置いてほしいってぼくが頼《たの》んだ時、お父さんは知ってたってことだ」

両手が焼けつくように感じて見下ろすと、きつく拳《こぶし》をにぎりしめている。それを無理やり開く。

「どうして、そんなことができる？」

ヴォラがピーターを注意深く見ながら、近づいた。

「確《たし》かに、それはむごい話だ」

あごの筋肉《きんにく》が固まって、歯がきつくかみあわさっている。口を無理やり開く。

「そんなことができる人間がいる？」

「怒《おこ》る気持ちはわかるけど……」

ピーターは、また、爪《つめ》が掌《てのひら》に食いこむほどにぎりしめていた。気づいて両の拳《こぶし》をひざの間に隠《かく》す。

「怒ってないよ。言ったでしょ。ぼくは怒らない。ぼくはあの人と違《ちが》うから。あの人みたいになりたくない」

ヴォラはピーターに向き合って座《すわ》った。

「そうか。なるほどね。わかったよ。でも、それはうまく行くとは思えないな。だって、あんたは人間だから。人間は怒るものだよ」

「ぼくは違う。危険《きけん》だから怒らない」

ヴォラは頭をのけぞらせて、吠《ほ》えるような声で笑った。

「はあ、教えてあげよう。どんな感情《かんじょう》も、みんな危険さ。愛だって、希望だって……はっ！　希望なんてね。危険だって言ったね？　え？　あんたには避《さ》けることはできないよ。人はだれも怒《いか》りという野獣《やじゅう》を飼《か》っているんだ。それはあたしたちのために働く。数々のいい事が、悪い事に対する怒りの結果として達成される。数々の不公正が公正を導《みちび》く。まず初めに、人間はだれしも怒りを文明化する方法を考え出さなければならないんだ」

ピーターは、導火線《どうかせん》に火がつきそうになっていた。

「一度でいいから、何かの方法を考え出せって言わないでいてくれる？　たった一度でいいからさ。命に関わるってわけ？　ねえ、ぼくは出発するところなんだから。ヴォラは、こんなにいっぱい持ってるでしょ」

ピーターは、はり紙を手で示《しめ》した。

「知恵《ちえ》のカードをね。ぼくに違うアドバイスをくれたっていいじゃない？」

「何だって？　旅に役立つお告げカードがほしいのか？　たとえば《森ではちみつの匂《にお》いがしたら、走れ。なぜなら、クマがすぐ後ろに迫《せま》ってる》とか？」

「まあね。でも、ほんとのやつ」

「そうか、ほんとのやつね。あんたを導くような、魔法《まほう》の真実は知らないよ。これはあんたの旅であって、あたしのじゃないから。でも、そう言うなら、あんたのためのカードが一枚《まい》ある」

そういってヴォラはは り紙を一枚はがして、ピーターに手渡《わた》した。

「これ、白紙だよ」

「今は白紙だ。けれど、こんな旅だもの、そこに書くようなことを何か見つけるだろう。自分ひとりで見つけるあんたの真実をね」

その言葉を聞いて、何年も持ちこたえてきた疲《つか》れを感じた。長い間ずっと自分ひとりだった。

ヴォラはピーターをじっと見ていた。

「独自性《どくじせい》というものは、いつでも世界の中で成長していくんだ、ぼうや。而二不二《ににふに》。それは常《つね》にそこにある。生き生きと根っこでつながって。あたしが関わることはできない。関わったら、自分自身を捨《す》て去ることになってしまうから。でも、あんたならできる。あんたは、その鼓動《こどう》と共振《きょうしん》できる。あんたは自分ひとりであって、ひとりではない」

「道に迷《まよ》ったら?」

「あんたは道に迷わない」

「でも、もうすでに迷ってる気がする」

ヴォラがテーブルの向こうから手を伸《の》ばして、ピーターの頭に手を置いた。

「いいや、ちゃんと見つかったよ」

そう言って立ち上がって歩み去る時、通りすがりにヴォラがピーターの髪《かみ》にキスしたような気がした。


トラクターの乗り心地は、それほど悪くはなかった。けれどスピードが出なくて、ガタガタゆれ、大きな音を立てる……音が大きすぎて、ヴォラのすぐ隣《となり》に座《すわ》っていても会話はひと苦労だった。それでも考えることがたくさんあったから、ピーターは気にならなかった。道のいい幹線《かんせん》道路に入ってからもヴォラが口を開こうとしないので、きっとヴォラにも考えることがたくさんあるのだろうと、ピーターは思っていた。やがてヴォラが頭上で輪を描《か》くタカを指さしたので、ずっと聞きたかったことを思い出した。

「ヴォラはどうして鳥にこだわるの？　羽の飾《かざ》りとか」

ヴォラは羽飾《かざ》りをつけた革《かわ》ひものネックレスに手をやって、ほほえんだ。

「ティ・ポロ。生まれた時のあたしを見て、両親は鳥みたいだと思ったそうなんだ。髪《かみ》の毛が羽みたいにツンツン立ってて、か細い首をして、一日じゅうミルクを欲しがってキーキー鳴いてたから。あたしの体にはクレオールの血と、イタリア人の血と、他にもいろいろ混《ま》じってる。でも、どの文化でも鳥を大切にしてきたってことに両親は気づいた。それで、ヴォラって名前をつけたんだ。イタリア語で『飛ぶ』っていう意味。でも、ふたりはあたしをティ・ポロ……小さなニワトリって呼《よ》んだのさ。あたしのニワトリたちはあたしに羽をくれる。あたしは自分が生まれた時のことを忘《わす》れないようにと、羽を身に着けることにした。生まれた時のあたしを見て、両親が鳥みたいだって思ったことをね。ただそれだけ。たいした話じゃない」

いいえ、とてもすてきな話です。と、心の中でピーターは思った。これでヴォラがロック鳥を手に取る時にいつも見せる表情《ひょうじょう》の説明がつく。大事な人形を手放すのはさぞつらいだろう。

ピーターはふり返って、トラクターに積んだ松材の木箱四つに目をやった。中にはあやつり人形がおさめてある。ヴォラが棺桶《かんおけ》を連想しませんように。ヴォラが作ったすばらしい人形たちは、今こそ命を得るのだから。現実《げんじつ》の世界で、現実に命を得る。一種の罪滅《つみほろ》ぼしのために演《えん》じられるのではなく。

ヴォラも人形と同じかもしれない。一度に要求しすぎてはいけないだろう。トラクターが図書館の駐車場《ちゅうしゃじょう》に入って三台分の場所を占領《せんりょう》した時も、ピーターはまだ迷《まよ》っていた。

ヴォラがトラクターを降《お》りて、箱のひとつを持ち上げる。ピーターもそのあとをついて行ったが、広いレンガの階段《かいだん》で足を止め、肩《かた》をたたいてヴォラの耳にささやきかけた。

「あのね、図書館の中では、少し気をつけたほうがいいよ……」

「気をつけるって?」

「そのぉ、言葉遣《づか》いとか」

ヴォラはぽかんと、ピーターを見た。ピーターが説明する。

「ここでは、あんまりバリゾコとか、クタバリゾコナイとか言わないほうがいいと思う」

「やめてよ。あたしだって、わかってるってば、ぼうや」

ヴォラはしおらしくそう言ったが、なんとなく笑いをこらえているようだった。ピーターはドアを開け、ヴォラを中に通した。

図書館員は、まるで宝石箱《ほうせきばこ》をひっくり返したような服装《ふくそう》の女性《じょせい》だった。鮮《あざ》やかなサンゴ色のスカーフ、金色のシルクのブラウス、サファイヤブルーのスカート。ヴォラが入って来て木箱をテーブルの上に置くのをニコニコして見守っていたが、ふたが開いたとたんに、彼女《かのじょ》の口がきれいなO《オー》の字になった。ピーターは、初めてヴォラの人形を見た時に、自分も言葉を失ったことを思い出した。そして、ヴォラに人形との別れの時間を作ってあげようと、そっと図書館の外に出た。

朝の雲は晴れて、空は輝《かがや》くばかりに青く、目が痛《いた》いほどだった。町の物音までがいつもより活気づいているように思える。それとも、ここ一週間ばかり物音のない静かな環境《かんきょう》で過《す》ごしていたせいかも知れない。犬の吠《ほ》え声、女の人のおしゃべり、バイクのブレーキ、駐車場《ちゅうしゃじょう》の隣《となり》の遊び場の子どもたちの歓声《かんせい》。そのどれもが懐《なつ》かしく思え、現実《げんじつ》の世界が懐かしかった。ヴォラも、ずっとそう思っていただろうか？

遊んでいる子どもたちをながめていようと、遊び場へ向かった。子どもが大勢《おおぜい》走り回り、何かのゲームなのか、ベンチに飛び上がったり、飛び降《お》りたり、ブランコをたたいたりしている。砂場《すなば》では、麦わら色のポニーテールの女の子がひとり、しかめっ面《つら》で砂を掘《ほ》っていた。シャベルを手に、ひと掘りひと掘りしては砂を積み上げる。砂場の隅《すみ》に座《すわ》り、あきたような顔つきで野球のグローブでほお杖《づえ》をついているのは、あの色あせた赤いT《ティー》シャツの子だった。

野球の練習をしていた、ショートの子だ。

ピーターはその子に近づいた。

「やあ」

赤いTシャツの男の子は顔を上げると、けんかに身構《みがま》えるように、さっと立ち上がった。けれど、ピーターの松葉杖《まつばづえ》に気づいて、うなずいた。

「どうして来ないんだろうって思ってたよ」

「試合はどうだった？」

ピーターの問いかけに、ショートの子は馬鹿《ばか》にしたような声を出した。

「スパイしたことなんか知らないみたいじゃないか」

そして、女の子のシャベルを取り上げると、ピンクの上着を渡《わた》した。

「さあ、もう帰るぞ」

「待って」

ピーターはパニックになりかけた。一週間以上世捨て人《よすびと》になっていたせいで、少し変かも知れない。でも、赤いT《ティー》シャツの男の子が妹を連れて帰ろうとするのを見て、言わずにはいられなかった。

「待って！　野球場に立って、自分がどう動けばいいかわかって、その通りにできる時があるだろ？　今にも試合が始まるっていう時、グローブが自分の手の一部になったように感じる時、自分の居場所《いばしょ》はここだって思うだろ？　そういうことって、あるよね？　それが、心の平和ってことだと思わない？」

男の子はピーターをにらみつけた。投げかけられた言葉をふり落とすように頭をふって、妹の手をひいて歩きだした。ピーターはふたりが遊び場から去って行くのを見送るほかなかった。大事なものが、手からこぼれ落ちていくような気がする。

けれど、門のところでショートの子がふり向いた。遠くてよくわからないが、もうにらんではいないようだ。片手《かたて》を上げて、二本指でピースサインをする。ピーターも同じようにピースを返した。

図書館の中では、図書館員が四つ目の箱を開けていた。子どもが十人以上集まってきて、箱から人形を持ち上げるたびに歓声《かんせい》を上げている。ヴォラはわきに立って見ていた。後ろを向いて帰ろうとした時、ピーターの姿《すがた》が目に入った。

ピーターは片方の松葉杖《まつばづえ》を上げて、ヴォラを止めた。

「条件《じょうけん》その三は？」

ピーターが図書館員をちらりと見ながら言う。

ヴォラは半ばいらついたような、半ば負け惜《お》しみのような目つきでピーターを見たが、やがて図書館員のほうを向いて話しかけた。

「あのね、ビー、話すのを忘《わす》れてたわ。一週間に一度来ることにする。子どもたちに人形の動かし方を教えにね」

図書館員のビー・ブッカーは、にっこり笑った。溶《と》けたキャラメルのような笑い方だとピーターは思った。

「それは、すばらしいわ」

ヴォラがドアに向かうと、もう一度ピーターが止めた。

ヴォラは両手を上げて、聞く。

「今度は何？」

ピーターが指を二本上げた。

「えっ？　ああ……わかった」ヴォラはテーブルのところにもどった。

「あのね、ビー、一週間に二回来ることにする。週に二回、子どもたちに教えに来るわ」

図書館員は、さらに笑顔になった。

「子どもたち、喜ぶわね。もっと多く来てくれてもいいのよ、ヴォラ。そうして、終わったらふたりでコーヒーでも飲みに行きましょう」

髪《かみ》の毛をたくさんの房《ふさ》に結んだ小さな女の子が、ヴォラのオーバーオールをひっぱった。

ゾウの人形を指さして、質問《しつもん》する。

「どうやって、ダンスさせるの？」

ピーターは息をのんだ。けれど、その子に自分でなんとか考えろとは言わずに、ヴォラはゾウをじっくり見るためにかがみこんだ。本物の義足《ぎそく》だと、動きがなめらかなのにピーターは気づいた。かかとの関節もあるからだ。そんな簡単《かんたん》なことで、自由に動けるようになる。今までどれだけ損《そん》をしていたのだろう。

「どうしてゾウさんがダンスしたいってわかったのかな?」

ヴォラが聞いた。

「爪《つめ》が赤いから。あたしとおんなじ」小さな女の子は、サンダルをはいた爪先《つまさき》をむずむず動かした。それから、ヴォラの首の羽飾《かざ》りをさわろうと手を上げた。

ヴォラはびくっとし、ピーターはもう一度息をのんだ。けれど、ヴォラは自分も手を伸《の》ばして、女の子の黄色いビーズのネックレスをなでただけだった。

それから、机《つくえ》の上にかかった時計を指さした。あと少しで十一時だ。

「今は大事な用事があるんだ。でも、三十分したらもどってくるからね。それまでいられたら、どうしたらゾウさんをダンスさせられるか、いっしょに考えようね」

ピーターのリュックサックを持ってふたりが通りを渡《わた》った時には、バスはもうバス停でエンジンをかけていた。ヴォラが切符《きっぷ》を買いに行く間に、ピーターは乗客の列のほうへ向かった。気が急《せ》いてぞくぞくする。野球の試合で審判《しんぱん》が「プレーボール」と声をかける前の気持ちと同じだ。

ヴォラがピーターに切符を渡《わた》した。手の中の切符は、あまりに小さく見える。

「どうしてもあそこにもどって、パックスを見つけるよ。ありがとう」

バスのドアが開いて、ヴォラが体を半分入れた。運転手に向かっておどすように指をふる。

「いいかいロバート、この子はあたしの家族だ。遊びに来ていて、帰るところ。この子が無事に着くように、気をつけておくれよ」

ヴォラがわきへどくと、年配の夫婦《ふうふ》がゆっくりバスに乗りこんだ。ピーターはリュックサックと松葉杖《まつばづえ》を持った。そして、一歩バスに近づく。それから、ふり向いた。

「ぼく、家族なの？」

「当然の真実さ。さあ、バスに乗った」

バスのステップは高かったが、ピーターは楽に乗りこむことができた。一番前の席に座《すわ》って、汚《よご》れたガラス越《ご》しにヴォラに親指を立てて見せる。ピーターは強くなった。準備《じゅんび》は十分だ。けれど、ブレーキが外れる音がすると、思わずピーターは座席《ざせき》の腕《うで》をつかんでいた。だんだん小さくなるヴォラの姿《すがた》を見るのは、つらいだろう。

ギアが入ると、ヴォラが身ぶりで「窓《まど》を開けろ」と言った。

「ぼうや」そして、角を曲がろうとする時に叫《さけ》んだ。「ポーチの戸は、いつでも開けておくからね！」

25

パックスは掘《ほ》った。

スエッコを谷の上に移動《いどう》させて以来、パックスとサカゲは交代でスエッコを守っていた。保護《ほご》協定だ。二匹《ひき》はスエッコの強い後ろ足になる。スエッコの耳になる。スエッコは安全で、サカゲが広げたマーモットの古い巣穴《すあな》の中で眠《ねむ》っている。それでもパックスは不安だった。何かが近づいている。隠《かく》れ家《が》の前で見張《みは》りをしながら、パックスは穴を掘っていた。前足の肉球はもう堅《かた》くなっているから、血は出ない。

狩《か》りからもどったサカゲが、パックスの前に一匹のシマリスを落とした。二晩《ばん》前にチーズを食べただけだったが、パックスは顔をそむけた。サカゲやスエッコから食料をわけてもらうわけにはいかない。

サカゲはシマリスを地中に埋《う》め、見張りのために巣穴のわきに寝《ね》そべった。

パックスはもう一度空き地の周囲を偵察《ていさつ》に出かけた。立地はいい。野営地《やえいち》に近いが、ずっと高い位置にあるから地面が爆発《ばくはつ》しても安全だし、降《お》りればすぐ川だ。ネズの藪《やぶ》があって、隠れ場にもなる。さらに重要なことに、ネズの木はキツネの匂《にお》いを消してくれる。少しはなれた場所に割《わ》れた岩があって、そこからきれいな水が湧《わ》いている。しかも、草地には獲物《えもの》がいっぱいいだ。

けれど、何かいやな気配があるのだ。何かが近づいている。パックスは木立を抜《ぬ》けて、野営地を見下ろす尾根《おね》に上がった。

ピーターのお父さんと出会ってしまったことを考えると、再度《さいど》の野営地襲撃《しゅうげき》は危険《きけん》に思える。けれど同時に、野営地にひきつけられる気持ちも大きくなっている。あの時の身ぶり、戸口へ長靴《ながぐつ》を蹴《け》り上げるしぐさには、好意とおどしが混《ま》ざっていた。あれを見て、ピーターを守る必要があることを思い出したのだ。お父さんがあそこで暮《く》らしているなら、きっとピーターもそのうちやってくるに違《ちが》いない。

昼下がりだった。パックスは戦争病人間たちが土手に沿《そ》って広がるのを見ていた。熱い日光の下で、さらに鉄線をはり、さらに穴《あな》を掘《ほ》り、さらに黒い箱を埋《う》めている。彼《かれ》らの汗《あせ》の匂《にお》いには、新しい攻撃《こうげき》への興奮《こうふん》が混《ま》じっている。

けれどパックスが感じる危険《きけん》は、もっとさし迫《せま》ったものだった。もっと単純《たんじゅん》な危険。

パックスは走ってもどり、再《ふたた》び空き地を歩いて見回った。

スエッコがまばたきをしながら巣穴《すあな》から出てくるのに気づいて、急いでようすを見に行った。傷口《きずぐち》から出血はなく、治っているようだ。サカゲがシマリスを掘《ほ》り出してやっても、見向きもしない。のどが渇《かわ》いているのだろう。

「湧《わ》き水のところまで、ぼくが連れて行こう」

サカゲがついて来かけたが、もどって地面に座《すわ》り、二匹《ひき》のようすをじっと見ていた。

水を飲んでもどると、スエッコはまた巣穴にもぐっていった。パックスは巣穴の入口に座った。マーモットの巣穴は入口が大きく広がっているから、そこで見張《みは》りをしたほうがいいと思ったが、サカゲがパックスを呼《よ》んだ。

「いっしょに来て。見てて」

サカゲは草むらの中に入っていった。足音を忍《しの》ばせ、体を低く頭を立てて。パックスも注意深くついて行く。草地の真ん中でサカゲが立ち止まった。両耳をピンと立てて、ちらりとパックスをふり返る。

パックスにも聞こえた。地面を覆《おお》う乾《かわ》いた草の下を動き回るかすかな音。サカゲは、動きが読めるかのようにあとをつける。突然《とつぜん》空に飛んだと思うと、両前足を鼻づらの前に上げてまっすぐ降《お》りた。あごには、一匹のネズミをくわえていた。

サカゲは二口か三口で飲みこんでしまうともどって行き、また獲物《えもの》を探《さが》す。やがて座りこんで、頭を左にかたむけて言った。

「あんたの番よ」

パックスはじっと耳を澄《す》ませた。カサコソと草の下を走るネズミの居場所《いばしょ》を捉《とら》え、高く飛んで、サカゲがやったように両前足を鼻づらの上に上げた。ドスンと降りたが、ネズミはなし。サカゲから顔を背《そむ》けて、泥《どろ》をふいて落とす。

サカゲがまた、獲物を追った。パックスが頭を下げてあとに続く。再《ふたた》びかすかな物音を捉えてサカゲが耳を立てる。

サカゲが身をひき、パックスが飛び上がる。またもネズミはなし。

サカゲは顔の泥《どろ》を前足でこすり落としているパックスをじっと見た。

「ついて来て」

パックスが後ろからついて行くと、急に立ち止まって座《すわ》りこんだ。目の前の腐葉土《ふようど》の山に、穴《あな》がひとつある。中から、ネズミがたくさんいる匂《にお》いがする。サカゲが下がっていろと注意した。

「じっとして。見ていて」

サカゲがそっと前に出る。穴の真ん前で、前足に頭をのせた。そして、目を閉《と》じて細目になり、全身の力を抜《ぬ》く。まるで、ぐっすり眠《ねむ》っているように見える。

パックスは驚《おどろ》いた。まだ狩《か》りの練習が続いているものと思っていたからだ。パックスが立ち上がると、サカゲは尾《お》を地面に打ちつけ、警告《けいこく》した。

「じっとしてて」

パックスは再《ふたた》び座りこんだ。

それから長い時間、何も起きなかった。やがて、パックスはネズミの穴の入口に、ごくかすかな動きを感じた。ピクピクふるえる鼻が空気の匂いをかぎ、すぐにひっこんだ。また長い時間が経《た》つ。さっきのネズミがもう一度現《あらわ》れた。ほとんど動かず警戒《けいかい》しているが、飛べばひげの長さほどの距離《きょり》だ。サカゲはまぶたをぴくりとさせ、パックスに警告の視線《しせん》を送る以外身動きをしない。

ネズミは姿《すがた》を現し、またひっこむことをさらに二回くり返した。やがて、このキツネは眠っていると確信《かくしん》したのか、走り出てきた。とたんにサカゲの俊敏《しゅんびん》な前足がさっと動き、不運なネズミをあごの下にくわえた。

パックスは理解《りかい》した。

サカゲはスエッコを守るためにもどり、パックスは空き地を走りながら、自分に狩りをさせてくれる物音のする穴を夢中《むちゅう》で探《さが》した。すぐに、腐《くさ》った丸太の横で、野ネズミの匂いをプンプン放つ穴を見つけた。パックスは、前足の長さの距離のところに座りこんだ。興奮《こうふん》しているから、完全にじっとしているのは難《むずか》しい。けれど、ついにネズミが入口に来て、外の匂いをかいだ。キツネの姿を目にしたネズミは、サカゲの獲物《えもの》のようにあわてて中にもどった。けれど、サカゲの獲物のように、パックスが眠っていると確信したネズミは再《ふたた》び現《あらわ》れて、外に走り出た。

パックスはサカゲほど機敏《きびん》には動けなかったが、それでも、なんとかネズミを打ちすえることができ、立ち上がろうともがくところをもう一度攻撃《こうげき》した。そして、初めての獲物《えもの》を捕《つか》まえた。

ささやかな食事だが、かみしめるごとに熱い流れがパックスの体を満たした。ネズミの命が今やパックス自身の命の中に入ったのだ。パックスの筋肉《きんにく》は、エネルギーであふれた。パックスは飛び起きて、うれし気に草地のまわりを駆《か》けた。サカゲの燃《も》えるように赤い毛皮のわきを走り抜《ぬ》ける。それを見て、サカゲが立ち上がった。パックスはさらにスピードを上げ、地面をかすめるように走る。それでも、お祝いには足りなかった。

草地の中心に、年を経《へ》てねじ曲がったモミジバフウの木が立っていた。その一番下の枝《えだ》はくぼ地の上に伸《の》びている。上のほうの枝々には、エサを食べるカケスの群《む》れがいて、青くきらめいていた。

パックスはその幹《みき》に飛びついた。一番下の枝に楽々と登り、その上に立った。それから、注意深く足を進め、枝の先へと歩き始めた。

いい匂《にお》いのする緑の星のような木の葉が、歓迎《かんげい》するようにカサコソと鳴る。パックスは木の葉越《ご》しに下を見下ろして驚《おどろ》いた。世界が違《ちが》って見える。この高みからは、尾根《おね》の木々から野営地《やえいち》、そして遠くに川が見える。ついさっきパックスの肩《かた》をこすってゆれた草々が、平たい大きな緑のボウルのようになって見える。カケスが、パックスに怒《おこ》って飛び降《お》りてきた。

パックスはスエッコが木から飛んだことを思い出した。体を丸めて、枝から飛ぶと体がぐんぐん伸び、風が腹《はら》の毛をかすめる。パックスは軽やかに着地すると、頭をふり立てて幸せに満ちた吠《ほ》え声を上げた。

この新しい世界は、自分のものだ。ひとりで旅することもできるし、いつでも望む時にその恩恵《おんけい》をいただくことができる。自分はこの世界の一部で、自由の身だ。しかも孤独《こどく》ではない。

パックスはピーナツバターの容器《ようき》を埋《う》めた場所に急いだ。それを取って来て、サカゲとスエッコの前に置く。二匹《ひき》は、隠《かく》れ家《が》の前で、午後の最後の日射《ひざ》しを浴びてうとうとしていた。

変わった匂《にお》いに二匹《ひき》ともすぐに飛び起きたが、サカゲのほうが早かった。サカゲは容器《ようき》をつつき、転がるのに驚《おどろ》いて後ろへ飛びすさった。容器の匂いをかぎ、舌《した》でなめてみる。ひとなめで夢中《むちゅう》になった。サカゲは前足の間に容器をかかえ、むさぼるようになめだした。一瞬《いっしゅん》にして上半分をきれいにしてしまう。そして、もっと深く鼻づらをつき入れた。

パックスも同じことをした経験《けいけん》がある。

「気をつけて。ぬけなくなる」

遅《おそ》かった。サカゲが飛び上がった。大きく頭を左右にふるが、容器がきっちりはまってぬけない。後ろ足で飛んで、前足でかき落とそうと転げ回る。

スエッコはびっくりして見ていた。姉ギツネは、今まで平静を失ったことがないのに。パックスが手を貸《か》そうと近づいたが、サカゲは急いで逃《に》げた。自分で解決《かいけつ》したいのだ。ついに、背中《せなか》を地面につけて転がり、後ろ足を使って顔から容器を外すことができた。サカゲはブルッと体をふるわせると、頭と尾《お》を高く上げてもどってきた。そしてパックスの隣《となり》に座《すわ》り、自分の体をなめ始めた。

サカゲが、こんなにパックスの近くに来て座るのは初めてだ。彼女《かのじょ》の脇腹《わきばら》が自分の脇《わき》にあたるのが心地いい。その匂いも、ここまで親密《しんみつ》に匂うことはなかった。サカゲの白いほおに付いた一筋《すじ》の茶色の汚《よご》れが目についた。パックスは何も考えずに、首を伸《の》ばしてなめてやっていた。

サカゲは、それを許《ゆる》した。

パックスはサカゲの耳をきれいにし、のどと、鼻先の毛づくろいをした。一瞬後、今度はサカゲがパックスの毛づくろいをしていた。ほおを寄《よ》せ合い、二匹のキツネは互《たが》いに毛づくろいをした。サカゲがふと動きを止めて、パックスの匂いを深く吸《す》いこむ。

「もう、人間の匂いがしない」

パックスは何も言わなかった。立ち上がって空気の匂いをかぐ。何か危険《きけん》なものが、夕《ゆう》闇《やみ》とともに空き地に入ってきた。知らない動物の匂いだが、ぞっとするおそろしさがある。その動物は、来た時と同じように一瞬のうちに去って行った。それでもパックスはスエッコをうながした。

「中に入れ。今すぐ」

「おい、そこの子！」

　あまり急にふり向いて、危《あぶ》なく転ぶところだった。守衛所《しゅえいじょ》に人がいないのを確《たし》かめたはずだった。ゆうに十分ほど、隠《かく》れて観察していたのだから。

　兵隊がひとり、トラックの後ろから現《あらわ》れた。手に持ったライフルの先で、バリケードに鎖《くさり》で取りつけた表示《ひょうじ》を指す。

「立ち入り禁止《きんし》」

　ピーターは松葉杖《まつばづえ》をつきながらも、できるだけ背筋《せすじ》を伸《の》ばした。もう二日間、だれとも言葉を交わしていない。二日前に、バスの運転手と話した内容《ないよう》は、こうだった。

「ぼうや、本当のところあんたが何をしようとしているのかはわからない。だけど、あんまりいい考えじゃないと思うよ。もしそうしてほしいなら、このバスで連れて帰ってやるよ。別に恥《はじ》じゃないさ」

ピーターは、こう答えた。

「いいえ、大丈夫《だいじょうぶ》です」

だって、連れて帰ってもらうのは、やっぱり恥だと思うから。すると、運転手は言った。

「そうか、じゃあ、がんばってな」

そして、行ってしまった。

その夜、ピーターに話しかける人はだれもいなかった。その町は、避難《ひなん》地区の外縁部《がいえんぶ》にあった。人通りは少なく、たまにすれ違《ちが》う人はみな目を伏《ふ》せて、足を速めるのだった。まるで、助けが必要な人と関わり合いになる余裕《よゆう》はないとでもいうように。無言のうちにこう言っていた。「ここには、余分なものなどないよ、何もかもなくなったんだから」

翌日《よくじつ》は明け方から、日暮《ひぐ》れをとっくに過《す》ぎたころまで、そして今日の午前中の大半を、人気のない空っぽの町を抜《ぬ》けて歩き続けた。廃校《はいこう》になった学校と校庭を通り過ぎ、不気味

なほど静かな街角を進んだ。三輪車をこぐ音もなく、カーラジオも聞こえず、キャッチボールの音もしない。唯一《ゆいいつ》なじみのある音といえば、庭用のホースから流れる水の音で、そこでピーターは水筒《すいとう》の水を補充《ほじゅう》した。

人間の姿《すがた》は見なかったが、置き去りにされた動物たちにはたくさん出会った。教会の前で草をむしり取っている内気なポニー。ゴミ容器《ようき》の後ろから険悪《けんあく》な目つきでにらむ犬。すべるように通り過《す》ぎる何十匹《ぴき》ものやせこけた猫《ねこ》。その横腹《よこはら》はげっそりへこんでいた。

「おい、ぼうや」

兵隊が近づいて来た。手作りの松葉杖《まつばづえ》と、ギプス、汚《よご》れた服をジロジロ見る。

「二週間ほど前から、ここは避難地域《ひなんちいき》になっているんだ。きみはどこにいたの？　知らなかった？」

「知ってます。でも、向こうに置いて来た者がいるので、ひき返してきました」

「待てよ。記録は調べたんだ。全員が疎開《そかい》してる」

「人間じゃないんです」だからって、文句《もんく》は言わせないぞと、ピーターはあごをつき出した。

ところが兵隊の表情《ひょうじょう》が変わった。さっきより若《わか》く見える。まだ高校を出てそれほど経《た》っていないかもしれない。兵隊はライフルをホルダーにしまった。

「ぼくにも犬がいるんだ。ヘンリーっていうのさ」

それっきり一分ほど何も言わずに道路の先を見ていた。その犬が突然《とつぜん》ここに現《あらわ》れてくれればいいとでもいうように。やがてふり返って、ため息をつく。

「きっとだれも散歩させてくれていないと思うな。姉さんがやるって言ったけど、勤《つと》めがあるし。写真、見るかい？」

ピーターがうなずくよりも早く、兵隊は財布《さいふ》を出して、写真を見せた。ビーグルだ。ごくふつうのビーグル。ピーターはのどの奥《おく》がヒリヒリした。写真の角がすり切れて、色が落ちている。この写真を何度も何度も取り出して見ていたのだろう。

「これがヘンリー。八歳《さい》の誕生日《たんじょうび》プレゼントにもらったんだ。今は腰《こし》が悪いのに、それでも散歩が好きでね、わかる？　リスを探《さが》したりするのが大好きで。姉さんにもそう言ったんだけど……ヘンリーは、ぼくがどこに行ったのかが理解《りかい》できなくて、そこが問題なんだ。一日じゅう玄関《げんかん》の前で、ぼくの帰りを待ってるだろうな。きみのは、どんな犬？　気をつけていてやるよ」

「パックスは……」ピーターは口ごもった。パックスが人間じゃなくても問題ではなかったけど、犬じゃないのは問題かもしれない。

「……赤くて、足が黒です」

「大きい犬？　ここらにはコヨーテがいるんだ。今ごろの季節には子を産む。子どもを守るためには、小型犬ぐらいなら襲《おそ》いかねない」

「パックスは小さいんです」ピーターはマメのできた掌《てのひら》に体重を移《うつ》した。

「お願いです。遠くから探しに来たんです」

兵隊はもう一度自分の犬の写真をじっと見て、財布の中にしまった。ピーターのほうを向いた時には、また最初に見えた年齢《ねんれい》にもどったようだった。

「我々《われわれ》は持ちこたえている。だが、敵《てき》は近づいているんだ。入ってもいいが、明日までに出るんだよ」そこで、ピーターの松葉杖を指してたずねた。「できるかい？」

「できます。じゃあ、通してくれるんですか？」

兵隊はまわりを見回すと、かがんで言った。

「この道路は一時間ごとに見回りをしているけれど、守衛所《しゅえいじょ》は主要道路の入口だけだ。森の中には、まだ配置されていない。二十メートルも奥《おく》に入れば、だれにも止められないはずだ。ただし、万一捕《つか》まった時には、俺《おれ》が言ったとは言わないでくれよ。さあ、行って」

「どうもありがとう」

ピーターは兵隊の気が変わらないうちに回れ右をして、森へ向かった。

「ぼうや、見つかるといいね」


森の中は静かだった。これは自然の静けさ。ときどき森に住む生き物が立てる物音が聞こえてくるのは、いい兆《きざ》しだ。今にも木の間にパックスの赤い尻尾《しっぽ》が見えるような気がする。ここなら、ピーターが呼《よ》びかければ、答える声が聞こえそうだ。そう思うと気持ちが奮《ふる》い立ち、すりむけて血がにじむ掌《てのひら》の痛《いた》みも、脇《わき》の下の痛みも忘《わす》れられる。

ピーターは、何十年もの年月積み重なってきた落ち葉の上を、松葉杖《まつばづえ》をついて一時間ほど歩いた。ジープの音が聞こえた時には、通り過《す》ぎるまで藪《やぶ》に隠《かく》れていた。そのあとは、道路の端《はし》に沿《そ》って歩くことにした。別の車が来ても、すぐに気がついて隠れられるから。

ようやく着いた。

目印があるわけでもなく、カーブから直線になる地点を覚えていたのでもない。あたりに満ちる裏切《うらぎ》りの感覚で、ピンときた。ピーターはここでひどいことをした。この場所がそれを記憶《きおく》している。

「パックス！」

ピーターは大声で呼んだ。兵隊に聞かれたってかまうもんか。ジープが来るなら来ればいい。軍隊全部が来てみろ。ぼくはパックスぬきでは帰らないぞ。

「パックス！」

呼びかけに答えるのは、深まる静けさばかりだった。今度の静けさは不吉《ふきつ》なもので、いい兆しとは言えない。

やがてピーターは、再《ふたた》び道路を進み始めた。パックスを呼びながら、砂利道《じゃりみち》の路肩《ろかた》に目をくばりながら。あの日ピーターを乗せた車が行ってしまった時、パックスは兵隊人形を口にくわえていたに違《ちが》いない。これまでも、ピーターがもどって来ないとあきらめると、パックスは兵隊人形を口から落としていた。なんとかしてあの兵隊人形を見つけよう。パックスがここにいたという、確《たし》かな証拠《しょうこ》だから。

ピーターは目を皿のようにして人形を探《さが》しながら五百メートル進んだ。一キロ進んだ。そこで立ち止まった。兵隊人形が見つかるはずがないじゃないか。だって、パックスはあきらめないから。絶対《ぜったい》にあきらめない。パックスは、自分が置き去りにされたとは思わないだろう。ふたりは切っても切れない仲だから。パックスはずっと前からわかっていたんだ。ピーターは、今までわからなかった。

パックスがここにいないとしたら、ピーターを探しに家にもどったのかも知れない。帰ろうとするはずだ。川があって行けないのかも知れないし、川を越《こ》えて行けるかも知れない。犬は、いつだってどんなことがあっても家にもどるじゃないか。パックスはどんな犬より十倍も賢《かしこ》いから、帰り道が分からないなんてあり得ないだろう？　もしかしたら、今ごろ家にもどっているかもしれない。

家。

家までは工場跡《あと》から南西に十六キロぐらいだ。工場跡は、今いるここから七、八キロ南に行ったあたりだろう。

ピーターは、パックスを呼《よ》び続けながら南に向かった。工場跡付近の峡谷《きょうこく》を夜に歩くのは危険《きけん》だから、工場跡でひと晩眠《ばんねむ》って夜明けに谷を下ろう。工場跡の外側で広くなる地点で川を渡《わた》る。そのあとは、なじみの道を十六キロ歩けば家だ。

「待ってろよ」ピーターは大声で言った。「今行くからな」

パックスは、はっとして目が覚めた。ピーターが近くにいる。
寄《よ》りそって眠《ねむ》っていたサカゲを起こしてしまうほど勢《いきお》いよく立ち上がると、パックスはピーターの匂《にお》いを求めて空き地を探《さが》し回った。

匂いはない。でも、ピーターは近くにいる。

パックスは木立を抜《ぬ》けて野営地《やえいち》の上の尾根《おね》に駆《か》け出した。戦争病の兵隊の中に、少年の姿《すがた》は見えない。つぶやき声や叫《さけ》び声の中にも、ピーターの声は聞こえない。パックスは丘《おか》をはい降《お》りて、できるだけキャンプの近くを歩き、全部の方向からただよってくる匂いをかいだ。ピーターはいない。

でも、ピーターは近くにいる。近づいている。
パックスはサカゲのかたわらにもどって寝《ね》そべった。けれど、眠れなかった。

28

パックスが同じ道筋《みちすじ》を歩いたことを確信《かくしん》して、ピーターは南に向かって一時間近く歩いた。けれど、木立を抜《ぬ》けたところで立ち止まった。

ゆるやかな斜面《しゃめん》の牧草地帯が約一キロ半にわたって下り、さらに一キロ半ほどの広い緑色の平地につながっている。降《お》りきったあたりからは、巨大《きょだい》な鍬《くわ》で掘《ほ》ったような何十メートルもの高さのギザギザの階段状《かいだんじょう》の上りになっている。その先に、地平線にまで続く森があり、峡谷《きょうこく》はそこに隠《かく》れている。

起きてから九時間というもの一度も休まずに歩いてきたが、今日の前に広がる無限《むげん》とも思える行く手を見たら、わずかに残ったエネルギーが枯《か》れ果てた。

ピーターはリュックサックを下ろして、地面にへたりこんでしまった。九時間も松葉杖《まつばづえ》をにぎりしめていた両手は、かぎ爪《づめ》の形に固まっている。無理やり開くと、掌《てのひら》が痛《いた》かった。一昨日マメができ、それがつぶれて、もう一度マメになったのだ。熱を持った掌に水筒《すいとう》の冷たい水をかけ、はりついたタイヤのゴムを取る。それから、予備《よび》の靴下《くつした》を手にかぶせて、もう一度目の前の景色を見た。

斜面を半分ほど降りたあたりに動くものが見える。二本の木の間のでこぼこした下り坂を、何かが走って行く。キツネの走り方だ。ピーターはひざ立ちになった。

「パックス！」

また見えた。だが違《ちが》う。何かはわからないけれど、赤ではなく黄褐色《おうかっしょく》だ。コヨーテかも知れない。

そう思ったら体が目覚め、ピーターは突然《とつぜん》走り出した。リュックサックは背《せ》でゆれ、松葉杖はピストンのように動いて斜面を下り、一番下までちょうど三十分で着いた。そこからは、沼地《ぬまち》のようになった地面を、沈《しず》みながら泥《どろ》だらけで進むのでスピードが落ちた。

やがて、三メートルの高さの垂直《すいちょく》な岩壁《がんぺき》がピーターの前に立ちふさがった。上から見たより、実際《じっさい》はずっと高かったのだ。

ひるむこともなくピーターはリュックサックを岩棚《いわだな》に放り投げ、次に松葉杖《まつばづえ》を投げ上げた。杖が岩棚の上にはずむ音が聞こえる。そして、岩の割《わ》れ目に指をかけて、よじ登る。岩肌《いわはだ》にギプスがこすれるが、ヴォラの訓練のおかげでピーターの両腕《うで》は強くなっていた。やがて、せまい足がかりの上に体をひき上げることができた。そこから、はり出した木をつかむ。そして次の割れ目に指をかけ、やがて最初の岩棚の上に上がった。

こうして階段状《かいだんじょう》の岩壁《がんぺき》を登るのに一時間かかった。まず杖とリュックサックを投げ上げ、その次に岩をよじ登る。尾根《おね》の上に着いた時には息を切らし、汗《あせ》まみれで大きな松の木の根元にたおれこんだ。水筒《すいとう》の水をひと飲みで飲み干《ほ》し、最後のハムサンドを食べた。それから、ヴォラが作ってくれたふたつ目の包みをあける。

ピーナツバターサンドだ。のどが詰《つ》まる。初めてパックスがゴミの中からピーナツバターの空容器《からようき》を見つけた時のことを思い出したのだ。つっこんだ鼻づらが抜《ぬ》けなくなり、ピーターはお腹《なか》が痛《いた》くなるほど笑った。ピーナツバターサンドの包みをリュックサックにしまいながら考えた。一昨日これを見つけていたら、ゴミ箱をあさる犬にやったのに。ピーターは立ち上がった。そろそろ夕方の六時、まだ先は長い。

歩きながらも、あの腹《はら》をすかせた目をした動物たちが頭からはなれなかった。一昨日見た姿《すがた》が幽霊《ゆうれい》のように寄《よ》せては返す。あいつらに言ってやれたらいいのに。ぼくにもわかるよ、自分を愛し、大事にしてくれる人がいて、その人が突然《とつぜん》いなくなった時の気持ち。急に世界が危険《きけん》に思えるってこと。

ピーター自身、母親を失っている。朝起きたらそんなふうに世界が変わっていた子どもが、この一週間でどれぐらいいるだろう？　父親か母親が戦争に行ったとか、家に帰ってこないとか。もちろん、それは最悪の場合だ。もう少し小さなことだとしたら？　お兄さんやお姉さんに何か月も会えない子どもはどれぐらいいる？　友だちと別れなければならない子どもは？　すきっ腹をかかえている子どもは？　住んでいた場所をはなれなくてはならない子どもは？　飼《か》い主《ぬし》と別れて、自力で生きる羽目になったペットは？

どうしてそういうことをだれも気にしないんだろう？「戦争が何を犠牲《ぎせい》にするか、人は真実を告げるべきだ」ヴォラは、そう言った。そういうことだって、戦争の犠牲だろう。

歩き出したところで、闇《やみ》が迫《せま》っているのに気づいた。少し焦《あせ》る。夜を過《す》ごす場所を見つけなくてはいけない。まわりを見回そうとして、ピーターは体をぐるりと回した。その拍子《ひょうし》に左の松葉杖《まつばづえ》の先が不安定な岩をついた。手ひどく転んだ時、ポキンと音がした。一瞬《いっしゅん》、肋骨《ろっこつ》が折れたと思ったが、骨《ほね》でなく木が折れた音だった。ピーターの手は松葉杖の上の部分をにぎりしめていて、杖の先は二メートルほど先にすっ飛んでいた。

「バリゾコマン！」

自然にそう言っていた。ぴったりの言葉だ。いろいろな言葉でののしってみたが、どれよりもぴったりだった。けれど、暗さを増《ま》す森がピーターのわめき声を吸《す》いこんで、何も言い返さないことに気づくと、少しこわくなってやめた。どっちにしても、怒《いか》りをぶちまけているひまなどない。松葉杖を修理《しゅうり》しなければならないのに、暗くなりかけている。

折れた杖の添《そ》え木《ぎ》に使えそうな固い枝《えだ》を、まわりじゅうの木々がさし出している。それなのに、枝を切る手斧《ておの》がない。リュックサックに入れたガムテープを探《さが》すのに、まずバットを取り出した。そのとたん、解決法《かいけつほう》が見つかった。

折れた杖をたてに並《なら》べ、その上にバットを置く。そして、ガムテープを巻《ま》いた。きっちり巻き終えると、松葉杖に体重をかけて試した。大丈夫《だいじょうぶ》。頑丈《がんじょう》だ。ヴォラの言った通りだと、教えてあげたかった。ヴォラは自分の作ったバットが、旅の途中《とちゅう》で必ず必要になると言っていた。

ピーターはもう一度リュックサックのわきにひざまずいた。今の事故《じこ》が教訓になった。キャンプに必要な物をリュックサックから出す。それから地面にくぼみを掘《ほ》って、そこに小枝と乾《かわ》いた草を積んだ。マッチを近づけると、小さな炎《ほのお》が燃《も》え上がった。

ピーターはジャックナイフを火に入れて消毒をした。そして、歯をくいしばって、掌《てのひら》にできたマメの皮を破《やぶ》った。痛《いた》くて悲鳴を上げかけたが、そのあとヴォラの軟膏《なんこう》を塗《ぬ》り、痛みが消えるまで深呼吸《しんこきゅう》をした。薬草の匂《にお》いをかぐと、ヴォラの台所にもどったような気になる。ヴォラは今ごろ台所にいるだろうか？　あの手作りの重い義足《ぎそく》なしで、なんとかやっているだろうか？

ナイフをしまう前に、もう一度取り上げた。刃《は》に最後の火影《ほかげ》が躍《おど》るのを見て、ヴォラのナイフを初めて見た時のことを思い出す。義足のささくれを削《けず》り落とすのを見て、どれほどびっくりしたことか。

ピーターはジーンズのすそをまくった。自分のふくらはぎにナイフの背《せ》をあて、ささくれた、完璧《かんぺき》ではない足の一部を削《けず》り落とすことを想像《そうぞう》してみる。

その時コヨーテが吠《ほ》え、さらに遠くでそれに答える声がした。ピーターはふるえ上がった。ナイフの刃《は》を返し、皮膚《ひふ》を切る。ほんの一センチの切り傷《きず》だが、飛び上がるほど痛《いた》い。木の義足《ぎそく》なら痛まないから、利点もあるってことだ。

傷から血が滴《したた》り落ちる。玉になって落ちる赤黒い血で、飛んでいるキツネの絵を足に描《か》く。爪《つめ》の先で鼻を描き、ふたつの耳を描く。親指についた血で、尻尾《しっぽ》を描いた。

パックス、明日は必ず見つける。

赤キツネとの血の約束だ。

29

ネズミ三匹《びき》でお腹《なか》はいっぱいなのに、まだマスクラットを一匹くわえている。マスクラットは、パックスにとって最初の大きな獲物《えもの》だ。これは、スエッコとサカゲの一日の食料になるだろう。夜じゅう狩《か》りをしてきたから一刻《いっこく》も早く眠《ねむ》りたいが、いつも通り遠回りの複雑《ふくざつ》な道をたどって巣穴《すあな》へ向かう。捕食《ほしょく》動物に追跡《ついせき》される危険《きけん》を防《ふせ》ぐためだ。傷を負ったスエッコを移動《いどう》させた時の血の匂《にお》いがまだ強く残っているから、やつらの目印になるだろう。

朝日が射《さ》すと、草原が緑色に輝《かがや》き出した。何かが動いている。サカゲだ。スエッコを守るためにいつもいる隠《かく》れ家《が》の前ではなく、そこから何飛び分かはなれた草地に出ている。

緊張《きんちょう》したようすで飛んだかと思うと、草の中に転げこむ。パックスの目に、さらにおどろくべき光景が飛びこんできた。スエッコの小さな頭が出てきた。

スエッコが外に出ている。そして、遊んでいる。

パックスはマスクラットを下に置いて、サカゲに呼《よ》びかけた。

スエッコがこちらに頭を向ける。

確《たし》かめるために、もう一度パックスが呼びかけた。

スエッコが応《こた》えた。聞こえるんだ！

安心して体中の力がぬけるほどだった。以前は、ただひとりの人間の男の子を大切に思っていたパックスは、今やあの、すぐに毛を逆立《さかだ》てる雌《め》ギツネと、みすぼらしい弟への愛でいっぱいになっていた。しかも、みんな安全に暮《く》らしている。

パックスは草地を駆《か》け抜《ぬ》けた。自分たちの真ん中にパックスを迎《むか》えようと、サカゲとスエッコが場所を作る。パックスが仰向《あおむ》きに寝《ね》ると、スエッコがその上に飛びのった。痛《いた》がって悲鳴を上げないように気をつけながら、パックスは優《やさ》しくスエッコの体を転がしてやった。聞こえたのは、悲鳴ではなく喜びの声だった。

三匹《びき》のキツネは一時間ほどそこで遊んだ。ときどきスエッコが休憩《きゅうけい》すると、そのたびに他の二匹は遊びをやめて、スエッコに寄《よ》りそうのだった。草地に咲《さ》くキンポウゲの花のように、三匹のキツネは朝日に向かって顔を上げていた。

突然《とつぜん》、サカゲが鼻の孔《あな》をふくらませて立ち上がった。

パックスの鼻も、いやな匂《にお》いを感じた。ここ二日というもの、この匂いに脅威《きょうい》を感じ、不安を募《つの》らせていた。今や、どんどん強まっている。

「コヨーテだ！」

巣穴《すあな》に駆けもどろうとしたサカゲが途中《とちゅう》でクルリと向きを変え、スエッコの元に飛んでもどった。こんなに取り乱《みだ》したサカゲは初めてだ。

三匹のキツネは森の木立のある地点に、同時に耳を向けた。何かの体がふれて木の枝《えだ》がゆれる音。気配を消す必要がない動物だ。谷から北へ向かって、この草地へ近づいてくる。

あのコヨーテは、スエッコの血の跡《あと》をたどっている。

サカゲは鼻でつついて弟を立たせると、パックスに向かって叫《さけ》んだ。

「この子を守って！」

パックスはスエッコを隠れ家《かくれが》に追い立てた。入口の前を行ったり来たりしながら、サカゲを見守る。サカゲは緊張《きんちょう》した足取りで、音が聞こえたほうへ向かったと思うと、足を止めた。耳をそばだて、腰《こし》を高く上げている。

その時、サカゲの正面の、まさにネズの葉の上にスエッコをひきずった跡《あと》がまだ残っているあたりに、黒っぽいブチのコヨーテが現《あらわ》れた。頭を地面すれすれに下げている。サカゲが吠《ほ》えかけると、コヨーテがパッと顔を上げた。サカゲはもう一度吠えて、草地へ飛びもどった。

コヨーテは首をかしげて、サカゲのほうへ一歩進んだ。けれど、すぐにまた鼻づらを下げて、再びスエッコの血の痕跡《こんせき》をたどり始めた。

パックスは本能的《ほんのうてき》に走って逃《に》げたくなった。体の大きい、筋骨《きんこつ》たくましい雄《おす》のコヨーテだ。これほど大きな攻撃的《こうげきてき》な獣《けもの》は、キツネが戦える相手ではない。それでも、さらに深い本能がパックスに思いださせた。《隠れ家にいるスエッコは無防備《むぼうび》だ》と。

サカゲも、《逃げろ》という本能を無視《むし》した。それどころか、まっすぐコヨーテに向かって走って行き、その横腹《よこはら》に飛びかかった。

コヨーテはくるりと回ってかみついたが、サカゲの後ろ足を少し捕《と》らえただけだった。痛手《いたで》を負ったサカゲは大げさに足をひきずり、悲鳴を上げて草地へもどる。コヨーテはそれを見ていたが、サカゲの駆《か》け引きを見抜《みぬ》いたのか、スエッコの血の匂《にお》いの追跡を再開《さいかい》した。

サカゲが急いでもどってコヨーテの前に飛び出すと、背《せ》を弓なりにして正面から立ち向かった。そののどから、パックスが耳にしたことがないしわがれたうなり声を出している。

コヨーテは一瞬《いっしゅん》たじろいだ。ちっぽけなキツネが自分に戦いを挑《いど》んだことに驚《おどろ》いたのだろう。だがすぐに肩《かた》をいからせて攻撃の姿勢《しせい》を取ると、牙《きば》をむきだした。

パックスは緊張した。パックスののどからもうなり声がほとばしる。巣穴《すあな》の中ではスエッコが泣き声を上げている。

コヨーテはサカゲに飛びかかって、地面に組み伏《ふ》せた。しばらくの間パックスには、二匹《ひき》の毛皮と牙だけが草の間に見えるだけで、あとはうなり声と叫《さけ》び声しか聞こえなかった。

やがてサカゲがコヨーテから逃げて、再《ふたた》び草地の真ん中に向かってひと飛びだけ飛んだ。

サカゲは、なんとかしてスエッコのいる巣穴からコヨーテを遠ざけようとしているのだろう。コヨーテから少し距離《きょり》を取りながら、サカゲは自分をエサにして、モミジバフウの大木までおびき出す。

そこで、パックスが前にやったように、幹《みき》に飛びついた。地上を追ってきて、うなり声を上げているコヨーテから一瞬《いっしゅん》も目をはなさずに、一番下の枝《えだ》によじ登る。枝が分かれたところまで登ると、コヨーテの頭よりずっと高くなった。枝の上からサカゲがあざけりの声を浴びせた。

コヨーテはジャンプしたが、ひっかいたのは木の皮と葉だけだった。木の下をぐるぐる回って、少しでも高い場所を探《さが》してもう一度ジャンプした。今回は、前足が枝に届《とど》き、落ちる前に一瞬爪《つめ》を立てた。コヨーテは体勢《たいせい》を立て直して、さらにジャンプする。

パックスの見たところ、サカゲはそれ以上逃《に》げようがないところまで行っている。コヨーテは今にもサカゲを枝からひきずりおろすか、サカゲの作戦に愛想をつかして、スエッコの血の匂《にお》いの追跡《ついせき》にもどるに違《ちが》いない。そうなったらサカゲはコヨーテを追いかけて、体をひき裂《さ》かれるまで戦うだろう。

「ここにいろ！」

パックスはスエッコに命じた。そして、自分も草地へ急いだ。

ピーターは目を疑《うたが》った。

工場跡《あと》の石積の塀《へい》のそばには、大きなカバの木があった。友だちと遊びに来た時、その木を海賊《かいぞく》の木と名づけた。秋になると木の葉が鮮《あざ》やかな黄色に色づいて、黄金のコインにおおわれたように見えたからだ。パックスをその幹《みき》につないだことがあった。幼《おさな》いパックスは、子どもたちの戦争ごっこが気に入らなかったらしい。海賊の木は今も立っているが、枝《えだ》は、黒ずんだゴミがこびりついたようなありさまになっている。他には工場跡以外、見覚えのあるものが何もない。

下の野原の木々は爆風《ばくふう》によって根こそぎひき抜《ぬ》かれ、ひき裂《さ》かれ、バラバラの破片《はへん》になっている。広大な草地は、焼き尽《つ》くされて灰《はい》になっている。土手にはカラスがついばんだ魚やザリガニ、カメ、カエルなどの残骸《ざんがい》が散らばっている。

何よりも心が痛《いた》んだのは、川の水だ。以前ここに来た時には、谷底のプールのようになった場所で、水に飛びこんで遊んだ。泡《あわ》立つ水は澄《す》み切って、マスの虹《にじ》色の体も、黄緑色の水草の茎《くき》もよく見えた。見上げれば、トンボがうすい網《あみ》のような翅《はね》を広げ、水面をかすめて飛ぶのが見えた。きらめくダイヤモンドの中を泳ぐような気がしたものだ。

それが今は、泥《どろ》だらけの巨岩《きょがん》が転がって川をふさいでいて、谷底のプールはただの茶色の輪になり果てている。泥水が土手近くまで広がって川幅《はば》は半分になり、乾《かわ》いた粘土《ねんど》が死の匂《にお》いを放っている。

水が戦争の元。ピーターは、「あんたのお父さんは、どっちの側で戦うの？」とヴォラに聞かれたことを思い出した。

ピーターは、そんな質問《しつもん》自体に面くらいながら、憤然《ふんぜん》として答えた。

「正しい側です」

「ぼうや」ヴォラはもう一度、念を押《お》すように呼《よ》びかけた。「ぼうや！」

「あんたは、世界の歴史の中で、正しくない側に立って戦う人がいると思うのかい？」

風が起こり、灰《はい》を巻《ま》き上げて平原を渡《わた》る。ピーターは、ここでもう一度遊ぶことを想像《そうぞう》してみた。だれかがここで遊びたいと思う日が来るまでには、長い時間がかかるだろう。目に映《うつ》る生き物といえば、頭上を音も立てずに旋回《せんかい》するハゲワシだけだ。これほどの廃《はい》墟《きょ》だもの、ハゲワシどもは何日も続けてご馳走《ちそう》を食べていることだろう。ハゲワシを見ているうちに、その悲しい光景を想像してぞっとした。一番近い二羽は、すぐそばの土手のドクニンジンの藪《やぶ》の上を回っている。たぶん、ピーターが邪魔《じゃま》した食事にもどるのが安全かどうか、考えているのだろう。

その食事はもしかしたら――ピーターには、その先を考えることができなかったが、打ち消すこともできずにいる。パックスがもしこの場所にいたなら、今ごろは命がないだろう。もしそうだとしたら、あのハゲワシが手がかりとなる。

ハゲワシは三か所で旋回していた。ピーターのすぐそばの一か所と、川の向こう岸の二か所。ゆっくりけだるそうに、決して急がず輪を描《か》いて飛ぶ。彼《かれ》らの獲物《えもの》は、どこにも逃《に》げはしないからだ。

ピーターはリュックサックを下ろした。身軽になって、数歩先のドクニンジンの茂《しげ》みへと松葉杖《まつばづえ》をついて急いだ。茂みの下に、おそれていたものが見えた。キツネの尾《お》だ。先が白い尻尾《しっぽ》は、見間違《みまちが》えようがない。ピーターは枝《えだ》を持ち上げて見た。キツネの死骸《しがい》はむさぼりつくされていたが、毛皮が残っていた。赤ではない。赤い毛皮ではなかった。

パックスじゃない。

ピーターは、かすれたため息をついた。くらっとするほど安心して松葉杖で川へ降《お》り、水の中にふみこんだ。腰《こし》まで水につかったところで、泥《どろ》をかぶった石の上で杖が横すべりしたから、二本とも向こう岸の土手に放り投げて水に飛びこんだ。この約二週間で初めて、ピーターは骨折《こっせつ》した足を気にせずにいられた。力いっぱい泳ぐ。

対岸の土手に着いて、川から上がった。水から出ると、水を吸《す》ったギプスは五十キロもあるように重くなった。濡《ぬ》れてもろくなった石膏《せっこう》がぼろぼろくずれ始めている。ピーターはポケットからナイフを出して石膏を切り裂《さ》き、ギプスから足を抜《ぬ》いた。左足は青白く力が入らないが、腫《は》れはひいていて、内出血もほとんど消えていた。

放り投げた松葉杖《まつばづえ》のところまではって行き、脇《わき》の下にはさんだ。立ち上がって見ると、思ったよりたくさんのハゲワシが旋回《せんかい》している。死骸《しがい》はシカだった。思わずヴォラの畑で出会った雌《め》ジカを思い出す。

「おまえたち人間は、何もかも破壊《はかい》してしまう」

そう告げて視界《しかい》から去って行ったシカ。

斜面《しゃめん》を二十メートルほど上がったあたりに、ハゲワシが一羽旋回している。三番目の地点だ。ピーターは、草が焼き払《はら》われた場所を選んで歩いた。そのほうが歩きやすかった。

初めは焼けこげた地面しか見えなかった。けれど、もう少しでそれをふみそうになって、目に入った。動物の後ろ足。肉は焼け落ちている。それでも、後ろ足とわかった。細い足に黒い毛、白い小さな足先がついている。上のほうに残っている毛は、鮮《あざ》やかなシナモン色。

キツネの足だ。

松葉杖をついたピーターの体がゆらいだ。パックスではないだろう。パックスにしては小さいだろう？　パックスかどうか知りたいと願い、すぐにその願いを打ち消した。どっちにしても同じ。一匹《ぴき》のキツネがこの場所で命を失った。その命を奪《うば》ったのは人間だ。それだけで、怒《いか》り狂《くる》って当然だろう？

手で土を掘《ほ》って、この足を埋《う》めてやろう。

ピーターは地面にひざをついた。砂利《じゃり》やがれきを手でどける。その時、何かが手にふれ、ピーターの肺《はい》の中の空気が燃《も》え尽《つ》きた。

オモチャの兵隊だった。緑色のほおにライフルを押《お》しつけ、なんだろうとその方向にある物に狙《ねら》いをつけている、プラスチックの兵隊。

ピーターは頭からたおれこんだ。

「パックス！」

31

パックスが木の下に着いたちょうどその時、コヨーテは二度目のジャンプをしたところだった。今度はなんとか枝《えだ》に飛びつくことができた。パックスはコヨーテめがけてしゃにむに突進《とっしん》し、ブチの毛皮にかみついて体にぶらさがった。

コヨーテは枝から降《お》りると、流れるような動きでパックスの肩《かた》に食らいついた。パックスは体をねじって逃《のが》れると、草地の南端《なんたん》まで退却《たいきゃく》した。あの木からコヨーテの気をそらしたいと願って。巣穴《すあな》からも気をそらす。自分の愛するキツネたちから気をそらすのだ。

コヨーテはパックスを追わなかった。くるりと頭を返して吠《ほ》え声を上げ、再《ふたた》びサカゲに目を向けた。

パックスは体を低くかがめて、木のところまではいもどろうとしたが、ふと足を止めた。野営地《やえいち》の方向から聞こえた音に、頭をめぐらせる。

ピーターの声？

前方では大きなコヨーテがもう一度吠えた。今度は、それに応《こた》える声がある。三組の耳がネズの木の輪の、ちょうど同じあたりからつき出した。二頭目のコヨーテが走り出てきた。やはり雄《おす》だが毛の色はうすく、ずんぐりした体つきだ。何が起きているか見て取ると、木の下へ駆《か》け出した。

サカゲはおどすように吠《ほ》えて毛を立てたが、パックスにはサカゲが恐怖《きょうふ》で目を白黒させているのがわかった。

二頭目のコヨーテが木の幹《みき》をひっかく。

その時、もう一度パックスは聞いた。ピーターが自分の名前を呼《よ》んでいる。

パックスは草地を走り木立を抜《ぬ》けた。工場跡《あと》の上の尾根《おね》で止まる。

戦争病の人間が石積の塀《へい》から流れ出てくる。手にした棒《ぼう》を高く上げて平原を下り、ひとかたまりに集まっていく。

黒い髪《かみ》の子どもがひとり、焼けこげた地面の上で体を丸めている。ピーターだろうか？北から吹《ふ》く風は、何も告げてくれない。

兵隊たちの動きが止まった。彼《かれ》らが持っている棒《ぼう》に、恐怖《きょうふ》を感じる。男の子が立ち上がった。ひょろりとしているが、ピーターとは違《ちが》うようだ。肩幅《かたはば》が広く、体の下に細い棒がついている。見知らぬ男の子は、ピーターのようにうつむかず、頭を高く上げている。その子は兵隊に挑戦的《ちょうせんてき》な顔を向け、彼らに拳《こぶし》をふり上げた。それも、ピーターならしないことだ。

ひとりの兵隊が駆《か》け下りてきた。その走り方は、ピーターのお父さんに似《に》ている。兵隊が叫《さけ》ぶ。声に聞き覚えがあった。兵隊は男の子に歩み寄《よ》って抱《だ》きしめた。父親がそんなことをするのを、パックスは見たことがなかった。

あのふたりは、うちの人間だろうか？　匂《にお》いをかごうとしたが、一陣《じん》の風が運んで来たのは、大きなコヨーテどもの体臭《たいしゅう》だった。

パックスは空き地にもどった。

32

ピーターは、お父さんに抱きすくめられていた。何年もの間、こうして抱かれ、愛に守られたいと願っていた。お父さんは体をふるわせて泣いている。そして、何もかも大丈《だいじょう》夫《ぶ》だと安心させたがっている。だけど、全然大丈夫じゃない。ピーターの手は松葉杖《まつばづえ》をにぎり、もう一方の手はしっかりと兵隊人形をにぎりしめていた。

ピーターが体をひきはなした。

「お父さん、ここで何をしているの？　ただケーブルをひくだけだって言ったじゃない」

一瞬《いっしゅん》にしてピーターはすべてを悟《さと》った。なぜ兵隊たちは進まなかったのか。どうやって草地が焼き尽《つ》くされ、木々が根こそぎたおれ、川に岩が転がりこんだのか。どのように、キツネの後ろ足一本を残して、いっさいの生命が消えうせたのか。

「知ってたんだね」

ピーターは兵隊人形をポケットにつっこむと、キツネの足を取り上げた。

「父さんは知ってたんだ！　父さんがやったんだ！　パックス！」

33

またピーターの声が聞こえたと思って、パックスは野営地《やえいち》に耳を向けた。

その時、風向きが変わった。パックスの鼻に、戦争病の人間の汗《あせ》と、コルダイト爆薬《ばくやく》、こげた平原の匂《にお》いが飛びこむ。

それから、パックスの家の人間たちの匂いも。

パックスは尾根《おね》の上に駆《か》けもどった。

ピーターが地面から何かを拾い上げたのが見える。棒《ぼう》のようだが、棒ではないもの。毛皮がついていて、切れているもの。

大きな悲しみの匂いが、丘《おか》の下から立ち上《のぼ》ってくる。ピーターが発している、鋭《するど》い痛《いた》み。

それとともに、月日を経《へ》て弱まったお父さんの悲しみ。あの匂《にお》いは、ピーターだけのものではなかったのか。人間に共通の匂いだったんだ。

ピーターはちぎれた棒《ぼう》のようなものを頭の上にふりかざして怒《いか》りの吠《ほ》え声を上げ、そしてひと言叫《さけ》んだ。

「パックス！」

パックスは大きく吠えて返事をした。

34

ピーターはキツネのちぎれた片足《かたあし》を頭の上に高くかざして、もう一度叫んだ。

「パックス！」

するとその時、工場跡《あと》の上のほうから吠え声がしたではないか。ピーターの胸《むね》に希望が湧《わ》き起こる。いいや、吠え声を聞きたいと願うあまりの幻聴《げんちょう》に違《ちが》いない。

それでも一応《いちおう》尾根《おね》を透《す》かして見た。赤い輝《かがや》き。先の白い尻尾《しっぽ》。開けた場所に一匹《ぴき》のキツネが現《あらわ》れて、後ろ足で立ち上がった。後ろ足が二本？　そして、まっすぐピーターを見ている。

ピーターはちぎれたキツネの足をお父さんの手に押《お》しつけて言った。

「埋《う》めてやって」

そして、もう一本の松葉杖《まつばづえ》をつかんで、尾根《おね》に向かった。

「ピーター待て！　わかってほしい。やらなければならなかったんだ」

ピーターは尾根の上のパックスを指さし、自分の胸《むね》を痛《いた》いほどたたいて言った。

「あれが、ぼくのやらなければならない仕事」

お父さんはピーターにケーブルのことを何か叫《さけ》んだ。止まれ。ピーターはケーブルを見たが、松葉杖をついてそれをまたぎ、止まりはしなかった。今やピーターの頭には、尾根の上で待っているキツネのことしかない。パックスと自分との間にある距離《きょり》しかない。一歩一歩、松葉杖をついては体をゆすって前進し、その距離を縮《ちぢ》める。

尾根に着くころには、風でいったん乾《かわ》いたシャツが、再《ふたた》び汗《あせ》でぐっしょり濡《ぬ》れていた。

ピーターは立ち止まってパックスを呼《よ》んだ。パックスは頭をつんと上げて、木々のほうに向かって走って行く。

四本足！

ピーターは、それをしっかり確認《かくにん》した。パックスは無傷《むきず》だった。ピーターがあとを追う。

けれどまたピーターが近づくと、パックスは遠ざかってしまう。木立の中へと速足で。ピーターはさらにあとを追った。自分を試すようなこのゲームを拒否《きょひ》することはできないと思った。パックスの信頼《しんらい》を失ったんだから、こんなふうにされるのはあたり前だろう？　ピーターの忠誠心《ちゅうせいしん》を確認する必要があるんだろう？　パックスが望む限《かぎ》り、ピーターはそれに従《したが》おう。それが公平な罰《ばつ》だ。木立の中を百メートル、さらに次の百メートル、ピーターはパックスについていった。

やがて開けた草地に出た。そこでパックスは立ち止まって待っている。ピーターがパックスに追いつき、手をさし伸《の》べた。

「ごめんよ。ほんとうにごめん」

パックスはピーターの視線《しせん》を受け止めたと思うと、その手首にかみついた。痛いほどの力で押《お》しあてられる歯に、ピーターの脈はどくどくとはね上がった。ピーター自身の野性《やせい》を呼《よ》び覚ますほどの力。而二不二《ににふに》。

パックスはピーターの手首を放して、草地を横断《おうだん》してねじ曲がった木のほうへ駆《か》けて行った。二頭のコヨーテがその木のまわりを回っている。パックスが背《せ》の高いほうのコヨーテに飛びついた。

「やめろ！　パックス、もどってこい！」

木までは遠く、少なくとも五十メートルはあるだろう。ピーターは松葉杖《まつばづえ》の先を芝土《しばつち》に突《つ》き突き、急いで進んだ。

二十メートルほどの所に近づいた時、コヨーテの獲物《えもの》が木の上にいるのが見えた。別のキツネだ。明るい色の毛に、鋭《するど》く繊細《せんさい》な顔。雌《めす》だ。傷《きず》から出血している。ふさふさした尻尾《しっぽ》の代わりに、黒くこげたぼさぼさの毛束のようなものがぶら下がっている。

雌《め》ギツネは、からかうように一頭のコヨーテに手を出した。パックスは別のコヨーテにかみつく。二匹《ひき》のキツネがチームとして戦っているのがピーターにもわかった。

そして、この二匹が、とてもコヨーテにかなう相手ではないということもわかった。

ピーターはどなり声を上げて木に突進《とっしん》したが、コヨーテに無視《むし》された。二頭のうち背《せ》の高いほうがふり向いて、パックスの首筋《くびすじ》にかみつき、パックスが金切り声を上げる。

ピーターが怒《おこ》って吠《ほ》えた。片方《かたほう》の松葉杖に体重をかけ、体をそらせてもう一本の松葉杖を思いっきり横手投げした。トネリコのバットで補強《ほきょう》したほうだ。力いっぱい、二頭のコヨーテの真ん中を狙《ねら》って投げた。

すると、二頭のコヨーテはおそれをなして逃《に》げだした。バットが木にあたって大きな音を立て、体の黒い大きいほうのコヨーテが走り去って草むらに駆《か》けこむ。もう一頭は二十メートルほど逃げたところで立ち止まってふり向いた。

ピーターをにらんで、牙《きば》をむきだす。

ピーターも、自分の歯をむきだして見せた。その隣《となり》でパックスが背中の毛を逆立《さかだ》て、飛びかかる構《かま》えでうなり声を上げている。ピーターが残る一本の松葉杖を頭の上にふりかざして吠えまくり、パックスが歯をむいてうなると、うすい色のコヨーテもさすがにあとずさった。そして、回れ右をして草地を出て行った。

ピーターは木に寄《よ》りかかり、ふるえながら地面に座《すわ》りこんだ。

とたんにパックスがピーターの上に飛びのった。ピーターの顔の下で体をねじり、ピーターの顔をなめ回し、骨折《こっせつ》した足の匂《にお》いをかぎ、また顔に鼻をすりつける。ピーターは両腕《うで》でパックスを抱《だ》いて、松葉の匂いのする毛皮に自分の顔を押《お》しつけた。

「元気だったんだね、元気だった。元気だった!」

頭上の木から雌《めす》ギツネが飛び降《お》りて、空き地を囲むネズの藪《やぶ》の中に姿《すがた》を消した。パックスはピーターのひざの上で体を起こすと、雌ギツネに呼《よ》びかけた。

少ししてピーターの目に、藪の中から黒い鼻先がつき出すのが見えた。

藪から出てきたのは、やせた小さなキツネだった。パックスが八か月だったころぐらいの大きさだ。太陽の光にまばたきをしている。小さなキツネは、三本の足でヨロヨロと歩いている。雌ギツネがもう一度現《あらわ》れた。油断《ゆだん》なくピーターを見ながら行ったり来たりして、小さなキツネに吠《ほ》えかける。

パックスはピーターの腕《うで》から身をよじって抜《ぬ》け出し、もう一度吠《ほ》えかけた。三本足のキツネが、さらに何歩か近づく。その歩き方は、まだ足を失ってから日が経《た》っていないように思える。そこで、ピーターにもつながりがわかった。

ピーターが片手《かたて》を出して、そっと呼びかけた。ためらいがちに、小さいキツネがピーターとパックスを見比《みくら》べる。小さなキツネがよたよたと近づき、パックスのあごの下に自分の頭をさし入れた。

ピーターが指を伸《の》ばすと、足を失ったキツネは一瞬《いっしゅん》だけ首筋《くびすじ》をなでさせてくれたが、急いで安全な雌ギツネのそばへともどって行った。

二匹《ひき》のキツネは、期待するようにパックスを見たが、やがて藪の中に消えて行った。

パックスはあの二匹のものだ。そしてあの二匹はパックスのもの。切っても切れない。

ピーターはそう理解《りかい》した。

ここまでやって来たのに。やっとここまで。

ひざ立ちになってパックスの背《せ》に手を置くと、筋肉《きんにく》が緊張《きんちょう》するのを感じる。

ピーターはまわりを見回した。今や森は危険《きけん》だ。コヨーテやクマがたくさんいる。すぐに兵隊たちもやってくる。ピーターはパックスを見下ろした。新しい家族の跡《あと》を追おうとして構《かま》えている。

「行っていいよ。大丈夫《だいじょうぶ》だ」

本当は違《ちが》う。悲しくて体が空っぽになったようだ。心臓《しんぞう》を蹴《け》られたようで、息さえできない。ピーターはパックスの体から手をはなした。ピーターの悲しみを感じたら、パックスが去って行かないだろうから。

「行け！」

パックスは藪《やぶ》のあたりまで走って行ったものの、ふり向いてピーターを見た。あふれ続ける涙《なみだ》を、ピーターはぬぐおうともしなかった。

パックスが駆《か》けもどって来て、鼻声で鳴きながら涙をなめた。ピーターはパックスの体を押《お》しのけて下に下ろした。松葉杖《まつばづえ》を見つけて、立ち上がる。

「いいんだ。もどってほしくはない。おまえは行きなさい。うちのポーチの戸はいつでも開けておくから」

パックスは藪を見て、それからまたピーターの顔を見た。

ピーターはポケットに手を入れると、オモチャの兵隊を取り出し高く上げた。

パックスが顔を上げた。目をピーターの手に向けている。

ピーターは、プラスチックの兵隊人形を藪を越《こ》えた森の中に向かって投げた。できるだけ遠くへと。

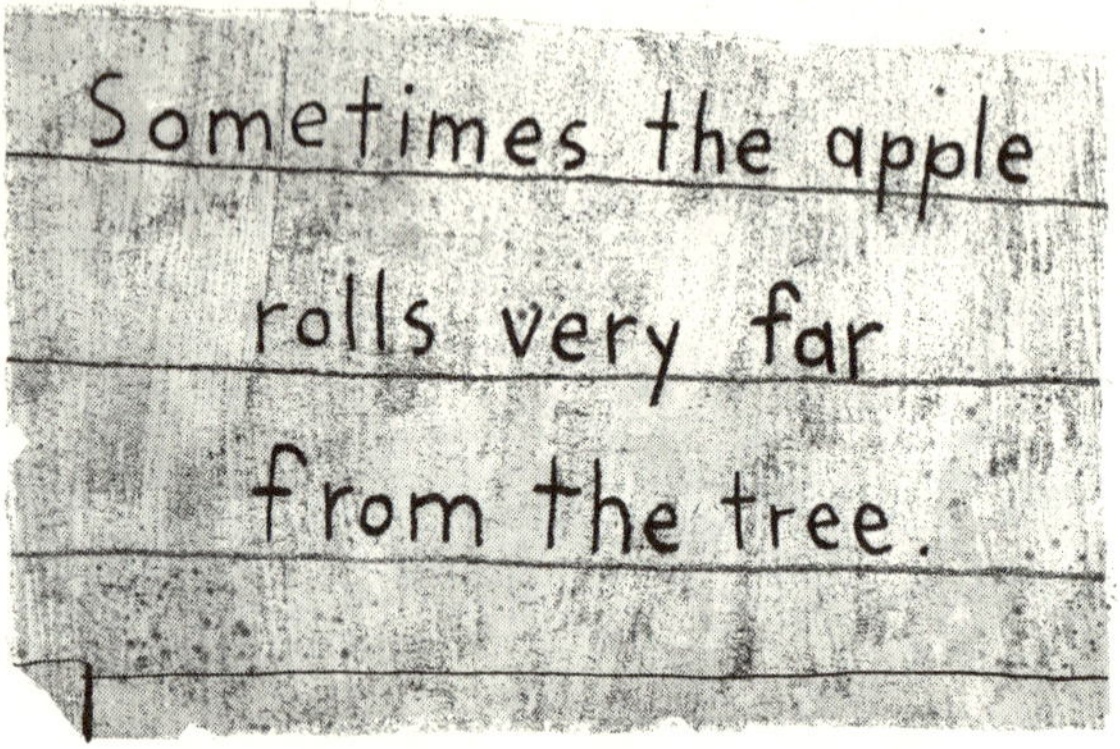

《時にはリンゴの実も、
母なる木から
ずっと遠くまで転がる》

謝辞《しゃじ》

サラ・ペニーパッカー

調べれば調べるほど、アカギツネの素晴《すば》らしさに感嘆《かんたん》するとともに、最大の敬意《けいい》を持って描《か》かなければと、気が引き締《し》まる思いをしました。

ニューヨーク州当局に属《ぞく》する生物学者であり、熟練《じゅくれん》した野生動物研究者、長年野生のアカギツネを研究しておられるマシュー・ウォルターに感謝を捧《ささ》げます。この物語の中でキツネの生態《せいたい》を正確《せいかく》に描くことができたのは、彼《かれ》から専門知識《せんもんちしき》を授《さず》けていただいた賜物《たまもの》です。逆《ぎゃく》に、実際《じっさい》のキツネの生態にそぐわない部分があるのは、熟慮《じゅくりょ》の結果、物語の組み立てを優先《ゆうせん》させたのが理由です。読者のみなさんも、素晴らしいアカギツネの生態を、ぜひご自分で調べてみてください。

以下の方々のご協力がなかったら、この物語は本にはならず、ただ部屋いっぱいの紙くずの山で終わっていたでしょう。成長した今も、子どもと動物との非常《ひじょう》に強い繫《つな》がりをいまだに私《わたし》に思いださせてくれる、私の子どもたち。全国北から南までに住む、才能《さいのう》と見識《けんしき》に満ちた、しかも手抜《てぬ》きの文章を一切許《ゆる》さない作家仲間たち。小さな一粒《つぶ》の種だった時から、この物語を理解《りかい》し、愛してくれた私のエージェント、スティーブン・マーク。適切《てきせつ》なアドバイスをくれた、編集者《へんしゅうしゃ》のドナ・ブレイ。信じられないほどの協力体制《たいせい》で働いてくれた、ハーパー・コリンズ社の皆《みな》さん。膨大《ぼうだい》な時間をキツネと過《す》ごすことを許してくれた、辛抱強《しんぼうづよ》いデビッド。そして、この物語の背景《はいけい》となった物語、物語の中の物語を授《さず》けてくれた、クリス・クラッチャーに感謝《かんしゃ》を捧《ささ》げます。

＊追記

キツネは、鳴き声やしぐさ、匂《にお》い、表情《ひょうじょう》や声の調子を複雑《ふくざつ》に組み合わせて気持ちや意思を伝えあいます。各章のうち、キツネの視点《してん》で語られる会話文は、豊《ゆた》かなキツネの言葉を、筆者が人間の言葉に翻訳《ほんやく》したものです。

著者：サラ・ペニーパッカー Sara Pennypacker
アメリカ合衆国で著名な、児童書のベストセラー作家。作家になる前は、画家としても活動。マサチューセッツ州ケープコッド在住。日本に紹介された作品は「クレメンタイン・シリーズ」（ほるぷ出版刊）がある。

画家：ジョン・クラッセン Jon Klassen
カナダのイラストレーター、作家。マニトバ州ウィペグ在住。2013年に『ちがうねん』でコールデコット賞を受賞。主な作品に『サンカクさん』『どこいったん』（共にクレヨンハウス刊）ほか、多数の作品がある。

訳者：佐藤 見果夢（さとう みかむ）
児童文学及び絵本の翻訳家。主な翻訳作品に、『戦火の馬』『希望の海へ』『走れ、風のように』他。絵本翻訳に『進化のはなし』『こんなしっぽで なにするの？』『これが ほんとの大きさ』（いずれも評論社刊）他。

キツネのパックス
――愛をさがして――
二〇一八年一月三〇日 初版発行
二〇一八年五月二〇日 二刷発行

◆著者 サラ・ペニーパッカー
◆画家 ジョン・クラッセン
◆訳者 佐藤 見果夢
◆装幀 川島 進
◆発行者 竹下晴信
◆発行所 株式会社評論社
〒162-0815 東京都新宿区筑土八幡町2-21
電話 営業〇三-三二六〇-九四〇九
編集〇三-三二六〇-九四〇三
◆印刷所 中央精版印刷株式会社
◆製本所 中央精版印刷株式会社

乱丁・落丁本は本社にておとりかえいたします。

ISBN978-4-566-02458-8 NDC933 p.344 188㎜×128㎜
http://www.hyoronsha.co.jp